Marianne Cedervall

Trüffeltod

Marianne Cedervall

TRÜFFEL TOD

Ein Gotland-Krimi

Aus dem Schwedischen von
Ulrike Brauns

PENDO

Mehr über unsere Autoren und Bücher:
www.pendo.de

Die schwedische Originalausgabe erschien 2016
unter dem Titel »Låt det som varit vila« bei Lind & Co, Stockholm.

Von Marianne Cedervall liegen im Piper Verlag vor:
Mord auf der Insel
Trüffeltod

FSC
www.fsc.org
MIX
Papier aus verantwortungsvollen Quellen
FSC® C083411

ISBN 978-3-86612-441-7

Satz: Uhl + Massopust, Aalen
Gesetzt aus der Sabon LT Std
Druck und Bindung: CPI books GmbH, Leck
Printed in Germany

Für Vivi,
meine herrlich sture und liebste Spielkameradin

Mullvald

Gotland

1

Freitag, 6. November

Der Pfarrer der Gemeinde Mullvald, Oskar Bergsten, stand in der Novembersonne auf der Treppe zum Pfarrhof und begrüßte seine beiden Gäste. Ihm war es kaum gelungen, rechtzeitig zu frühstücken, so früh hatten die beiden Frauen das Treffen angesetzt. Aber sie hatten auf diese Uhrzeit bestanden, schließlich wollten sie den Besuch auf dem Pfarrhof hinter sich bringen, man hatte ja noch anderes zu tun.

»Dieser ganze Bereich steht uns für den Markt zur Verfügung«, sagte Pfarrer Bergsten und machte eine ausladende Geste, die den großen Park einschloss. »Was meinen Sie, ist das nicht ein schöner Platz für unser Trüffelfestival?«

Sara Hansson zog sich die rosafarbene Baseballkappe tiefer ins Gesicht, damit die tief stehende Sonne sie nicht länger blendete.

»Das wird schon gehen«, antwortet sie, und es war schwer zu sagen, ob sie zufrieden war oder nicht. »Wir könnten die Marktstände dort entlang aufbauen.«

Sie deutete auf den Kiesweg, der eine große Rasenfläche in zwei teilte.

»Ja, mit Ständen zu beiden Seiten wird das einer echten Marktgasse ähneln«, sagte Oskar. »Was meinen Sie, Gull-Britt?«

Gull-Britt Hansson gehörte nicht gerade zu den Menschen,

die sofort zu allem Ja und Amen sagten. Alles musste erst einmal sorgfältig durchdacht und abgewogen werden, bevor sie ihr Urteil fällte. Der Pfarrer betrachtete sie aus dem Augenwinkel. Gull-Britt war eine elegante Dame. Heute trug sie einen tief ausgeschnittenen, schwarzen Pullover, der ihre ausladende Oberweite betonte, und eine schwarze Hose. Ihre lilafarbene, grob gestrickte Jacke war ein längeres Modell und kaschierte so, dass sie etwas kräftiger gebaut war. Um den Hals baumelte ihr eine Kette mit großen, lilafarbenen Kugeln. Die Dame hatte Geschmack, so viel war klar. Und ein Vermögen, denn es war nicht zu übersehen, dass Kleidung und Schmuck von höchster Qualität waren. Bloß die Haare entsprachen nicht ganz Oskars Geschmack. Sie waren extrem blondiert und die Frisur irgendwie wild und ganz aus der Fasson. Außerdem trug Gull-Britt blauen Lidschatten. Man konnte nicht gerade behaupten, dass der Pfarrer sich in Sachen Make-up sonderlich gut auskannte, aber Astrid, seine liebe Ehefrau, schminkte sich für gewöhnlich jeden Tag, und blauen Lidschatten hätte sie vermutlich als sowohl unmodern als auch geschmacklos bezeichnet.

Gull-Britt ging ein Stück Richtung Kiesweg und drehte sich – offenbar nachdenklich – hin und her, bevor sie wieder zu Sara und Oskar stieß.

»Das wird hervorragend«, sagte sie. »Mit wie vielen Ständen rechnen wir?«

Der Pfarrer räusperte sich.

»Zunächst einmal mit Ihnen beiden. Sie, Gull-Britt, wollen ja Ihre Trüffel präsentieren, und Sara wird Werbung für das Restaurant machen.«

»Genau«, sagte Sara. »Micke plant ein vorzügliches Menü für den Samstagabend. Sechs Gänge, Gotlandtrüffel in jedem einzelnen.«

Gull-Britt zwang sich zu einem Lächeln, das aber nicht ihre Augen erreichte.

»Ich finde, ihr solltet auch welche von meinen italienischen Trüffeln kaufen, die schmecken einfach noch eine Spur kräftiger. Ich will natürlich nichts gegen die gotländischen sagen.«

»Wie bitte?«, fragte Sara in scharfem Tonfall. »Das ist doch das gotländische Trüffelfestival, oder etwa nicht?«

Oskar schaute von der einen Frau zur anderen. Besser wechselte er das Thema, bevor die beiden sich noch an die Gurgel gingen. Viel schien dazu nicht mehr zu fehlen.

»Lotta und David bringen außerdem die Hunde mit, nicht wahr, Gull-Britt?«, fragte er.

Sie nickte wohlwollend. Da sie Lottas Mutter war, sollte sie das wissen. Lotta und David Storms Vorführung auf dem Markt hatte durchaus Potenzial, zum beliebtesten Programmpunkt des Festivals zu werden. Sie würden ihre außerordentlich pfiffigen Trüffelhunde Buttle und Alva ausstellen.

»Ja, das machen sie«, sagte Gull-Britt und spielte mit den Kugeln an ihrer Kette. »Wir werden alles zeigen, was mit Trüffeln zu tun hat. Von der Suche bis zum Servieren.«

»Ach, apropos«, sagte Oskar. »Die Naturschutzbehörde wird ebenfalls einen Vertreter vorbeischicken.«

»Wozu denn das?«, fragte Sara. »Was haben die denn hier zu suchen?«

»Die Naturschutzbehörde möchte vor Ort über das Jedermannsrecht besonders in Hinblick auf Trüffel informieren«, meldete Gull-Britt sich zu Wort. »Mein Mann hat den Kontakt hergestellt. Das Jedermannsrecht gilt nämlich nicht bei der Trüffelsuche.«

»Was endlich geändert werden sollte«, murmelte Sara.

»Was hast du gesagt?«

Gull-Britts Stimme hatte in eine schrille Tonlage gewechselt.

»Ach, nichts«, erwiderte Sara und schaute mit unschuldiger Miene zu den Baumkronen der hohen Eschen, die den Pfarrhof säumten.

Pfarrer Oskar Bergsten hielt es für das Beste, das Gespräch

wieder zurück auf das bevorstehende Festival zu lenken und räusperte sich erneut.

»Der Handarbeitskreis hat auch einen Stand angemeldet. Sie werden Topflappen anbieten, die man ja bekanntlich zum Kochen sehr gut brauchen kann. Darüber hinaus auch Handschuhe und Strümpfe, die kaum mit der Trüffelsuche in Verbindung gebracht werden können. Aber bei so einer Veranstaltung müssen wir den Frauen einfach die Gelegenheit geben, dabei zu sein.«

Die beiden Damen protestierten nicht. Für den Moment schien sich der schnell aufgekeimte Ärger zwischen den beiden gelegt zu haben.

»Und Sie«, sagte Sara und betrachtete Oskar fragend, »wollten Sie nicht ein altes Auto vorführen?«

Oskar lachte, obwohl ihn Saras bohrender Blick verunsicherte. Eigentlich hatte sie ein süßes Gesicht, aber ihre schroffe Art machte ihre Züge hart.

»Ja, genau. Ich fahre meinen alten Ami-Schlitten vor, einen alten Chevrolet aus den Fünfzigern, damit man sich den mal näher ansehen kann«, antwortete er.

»So was mögen die Leute«, sagte sie. »Dass Sie schrauben, meine ich, also auch noch was anderes machen als predigen.«

Oskar nickte. Das Schrauben am Auto war eine Aufgabe für die Hände, bei der er für gewöhnlich einen völlig freien Kopf bekam. Manchmal fügte sich allerdings auch eine komplette Sonntagspredigt fast wie von selbst in seinem Kopf zusammen, wenn er unter der Motorhaube hing.

»Wird es auch Musik geben?«, fragte Gull-Britt.

»Ja«, bestätigte Oskar. »Ein Trio. Musiker aus Burs. Akkordeon und Geigen.«

»Und ich werde schweineteuren Apfelsaft von der Mosterei reichen«, sagte Gull-Britt. »Der ist so lecker, der wird selbst die härtesten Brocken dazu bringen, bei uns stehen zu bleiben. Und darum geht es ja. Also darum, dass die Besucher mal stehen bleiben, innehalten.«

Sara holte ihr Handy hervor und warf einen Blick aufs Display.

»Ich muss los«, sagte sie. »Wir haben noch eine ganze Menge im Plogbillen zu tun. Super, dass du beim Markt mitmachst, Gull-Britt!«

Oskar hörte zwar Saras freundliche Worte, aber ihm fiel auf, dass da keinerlei Wärme in ihrer Stimme lag. Gespannt wartete er auf Gull-Britts Reaktion.

»Natürlich mache ich mit«, antwortete Gull-Britt. »Es gibt doch kaum jemanden in dieser Gemeinde, der mehr von Trüffeln versteht als ich, oder?«

Saras Lächeln gefror ihr auf den Lippen. Sie drehte sich um und ließ die beiden anderen zurück.

»Micke und ich werden auch schweineteuren Apfelsaft reichen!«, rief sie, als sie bei der Gartenmauer angelangt war. »Nur dass du's weißt, Gull-Britt!«

Hoffentlich hatte nur Oskar das mitbekommen, Gull-Britt war bereits in die andere Richtung unterwegs.

Ob Gull-Britt nun am meisten von Trüffeln verstand oder nicht, wurde heute zumindest nicht geklärt. Über die verschiedenen Trüffelsorten, die Bodenbeschaffenheit und die Wuchsformen wusste sie eine ganze Menge, aber sie konnte niemals so feine Gerichte zaubern wie Micke Hansson, der neue Wirt des Restaurants Plogbillen in Kajpe Kviar, davon war Oskar Bergsten vollkommen überzeugt.

Die Tür des ehemaligen Pfarrhauses, direkt gegenüber dem Pfarrhof gelegen, öffnete sich, und seine Besitzerin trat auf die Veranda. Sie war zweckmäßig gekleidet, trug Stiefel, Jeans und eine Steppweste und war bestimmt unterwegs in den Stall. Als sie Oskar bemerkte, winkte sie ihm zu. Er hob die Hand und erwiderte den Gruß. Anki Karlsson war eine absolut vortreffliche und nette Nachbarin.

2

Anki Karlsson unterdrückte ein Gähnen, bevor sie sich den Aufgaben im Stall zuwandte. Gestern war es spät geworden. Die Fähre hatte erst eine halbe Stunde nach Mitternacht in Visby angelegt, und bis ihre Freundinnen an Land waren, ihr Gepäck und dann sich selbst im Wagen verstaut hatten und sie alle die vierzig Kilometer bis Mullvald gefahren waren, hatten sich die Zeiger der Uhr schon auf halb zwei vorgeschoben. Glücklicherweise hatte Anki bereits vorher sämtliche Betten bezogen, sodass sie sich einfach nur hineinfallen lassen konnten. Gunilla und Ingegerd teilten sich das eine Gästezimmer, und Lena hatte ein Zimmer ganz für sich, was aber allen Freundinnen entgegenkam, schließlich war Lena Weltmeisterin im Schnarchen, und wer ein Zimmer mit ihr teilen musste, bekam nie wirklich viel Schlaf.

Anki schleppte einen Heuballen auf die Weide und löste mit einem Messer die Schnüre. Dann lockerte sie mit der Heugabel die trockenen Halme auf und verteilte sie für ihre Islandpferde. Schließlich ging sie wieder in den Stall und öffnete beide Boxen. Mittlerweile kannten Osk und Austri den Ablauf und wussten, welchen Weg sie einschlagen mussten, um zu ihrem Frühstück zu kommen. Anfangs hatte Anki sie noch am Halfter hinübergeführt, aber das war nicht länger nötig.

»Dann mal los mit euch!«, rief Anki und schlug Osk gegen die Flanke. »Das Frühstück wartet.«

In die fuchsfarbene Stute kam Leben, spielerisch schnappte sie nach Austris weißer Mähne, der sich wiederum nicht lange bitten ließ und liebevoll neckend zurückzwickte. Sie knufften sich gegenseitig, weil jedes zuerst durch die Tür wollte. Austri gewann, was Osk mit einem enttäuschten Wiehern quittierte, aber sie folgte ihm schnell auf dem Hufe. Anki ging langsam hinter ihnen her und hakte den Elektrozaun am Pfosten ein.

»Guten Hunger, meine Lieben!«, sagte sie und kehrte zurück in den Stall, um die Boxen auszumisten.

»Schönen guten Morgen!«

Anki schaute von ihrer Arbeit auf, als sie Ingegerds nur zu bekannte Stimme hörte, und stützte sich mit den Armen auf die Mistgabel.

»Na, bist du auch schon wach? Guten Morgen.«

Ingegerd schlang sich die Arme um den Oberkörper und massierte sich die Schultern.

»Mittlerweile schlafe ich morgens nicht mehr sonderlich lang. Aber wenn ich sagen müsste, ich wäre nach der Überfahrt in Topform, würde ich lügen.«

»Ja, das ist ziemlich spät geworden gestern«, stimmte Anki zu. »Die Fähren haben einen wirklich sonderbaren Fahrplan.«

Ingegerd schüttelte den Kopf.

»Ach, dann hole ich den Schlaf ein andermal nach. Kann ich dir helfen? Ich dachte, wenn ich mit anpacke, wird mir vielleicht warm.«

Anki deutete zu der Wand, an der Mistgabeln und Schaufeln hingen, und schon machte Ingegerd sich eifrig in Box Nummer zwei zu schaffen.

»Schlafen unsere Freundinnen noch?«, fragte Anki über die Trennwand.

»Nein«, antwortete Ingegerd und richtete sich auf. »Lena und Gunilla sind auch schon wach, aber die gehen den Tag etwas gemütlicher an. Und ich könnte mir gut vorstellen, dass sie genau dann hier auftauchen, wenn wir die Pferde gesattelt und gestriegelt haben und sie nur noch aufsitzen müssen.«

Anki lachte. »Eindeutig keine Stallmädchen.«

»Gunilla ist ja noch immer auf dem heimischen Hof aktiv, aber Lena hat bestimmt seit unserer Jugend keinen Stall mehr betreten. Aber sie machen Brote und Kaffee, damit wir was zum Frühstücken mit in die Natur nehmen können.«

Auf dem Rückweg von der Fähre hatte Anki eher aus Spaß vorgeschlagen, dass sie einen Frühstücksausritt mit Picknick machen könnten. Sie hatte nicht damit gerechnet, dass sie beim Wort genommen würde, aber beste Freundinnen waren nun mal beste Freundinnen.

»Das mit dem Reiten wird Lena schnell wieder lernen«, versicherte Anki. »Meist reichen ein paar Minuten auf dem Pferderücken, und schon kommt alles zurück. Als ich vor einem Jahr hergezogen bin, war ich schließlich auch ewig nicht geritten, und trotzdem war alles Wissen noch da. Sowohl im Kopf als auch in den Schenkeln.«

»Wie beim Radfahren also«, sagte Ingegerd. »Wohin kommt denn der Mist?«

Anki zeigte zu einer Hintertür, und schon verschwand Ingegerd mit der Schubkarre hindurch, während sie selbst neue Sägespäne holte und in den Boxen verteilte. Das Ausmisten war eine angenehme Beschäftigung, die sie in Bewegung und somit auch fit hielt. Mist zusammenzuharken und dann mit der Schubkarre wegzubringen war leichtes Krafttraining. Und sobald die Pferde versorgt waren, konnte Anki zu ihrem Kaffee und der Tageszeitung zurückkehren, um sich einen gemütlichen, ausgedehnten Morgen zu gönnen. Aber natürlich kostete es manchmal auch Kraft, so früh in den Stall zu müssen.

Fröhliches Gelächter hob vor dem Stall an, und schon kamen zwei unverschämt muntere Frauen herein. Die kurze Nacht hatte keinerlei sichtbare Spuren bei diesen Rentnerinnen hinterlassen, oder aber sie hatten diese schnell wie der Blitz unter Make-up versteckt. Auch Anki achtete auf ihr Aussehen, selbst wenn sie an manchen Tagen nicht weiter als bis zum Stall ging. Sie legte stets Wert darauf, sich hübsch zu machen. Nicht um irgendeinem Mann zu gefallen, falls das jemand glauben sollte, nein, sich selbst zuliebe wollte sie sich einfach nicht gehen lassen.

»Dann werden wir heute also ausreiten«, sagte Gunilla. »Wie lustig!«

»Bei mir ist das schon eine Weile her«, gestand Lena und biss sich auf die Lippe, »aber ich will es versuchen. Wie lösen wir denn das Problem, dass wir zu viert sind, aber nur zwei Pferde haben?«

»Islandpferde sind doch stark«, lachte Gunilla. »Du setzt dich einfach hinter mich.«

Da Lena nur noch erschrockener aussah, musste Gunilla schnell hinzufügen, dass sie bloß einen Scherz gemacht hatte.

»Zuallererst können wir uns ja dabei abwechseln, die Pferde zu striegeln«, erwiderte Anki. »Beide sind staubig, und nach der Nacht im Stall müssen die Mähnen und Schweife ausgebürstet werden. Wenn wir damit fertig sind, reiten Ingegerd und ich los. Lena, weil du dich erst wieder daran gewöhnen musst, reitest du zurück. Den Weg laufen die Pferde von allein. Ihre Losung ist definitiv: Zu Hause ist es am schönsten.«

»Und wo treffen wir uns? Beziehungsweise, wie kommen wir dann dorthin?«, fragte Gunilla. »Also wir, die nicht reiten?«

»Ihr könnt den Wagen nehmen. Ich habe schon eine Idee, wo wir schön frühstücken könnten«, sagte Anki. »Bis dorthin sind es nur vielleicht vier Kilometer. Dann tauschen wir, und ihr könnt zurückreiten. Ich zeige euch auf der Karte, wie ihr fahren müsst.«

»Vier Kilometer?«, fragte Gunilla. »Das können wir doch auch zu Fuß gehen, oder, Lena? Wird uns guttun.«

Da stimmte ihre Freundin durchaus zu.

»Wenn es für Anki und Ingegerd in Ordnung ist, dass auch sie spazieren gehen, statt zurückzufahren, dann bin ich einverstanden«, antwortete sie.

»Das klingt doch vernünftig«, fand Ingegerd. »Die Bewegung wird mir sicher helfen, wenn ich ganz steif vom Pferd steige, weil ich die Belastung nicht mehr gewöhnt bin.«

»Und ich freue mich einfach, mal wieder Gesellschaft zu haben«, sagte Anki. »Ich bin hier schließlich fast immer allein unterwegs.«

Nachdem die Pferde gestriegelt und gesattelt waren, saßen Anki und Ingegerd auf. Zunächst begleiteten sie Gunilla und Lena ein Stück, doch schon bald wollten sowohl Reiterinnen als auch Pferde das Tempo steigern.

»Herrlich!«, rief Ingegerd, als sie schon ein Stück im weich wogenden Tölt hinter sich gebracht hatten. »Was für ein tolles Tier!«

Anki hatte Ingegerd den hübschen Austri überlassen. Sein schwarzes Fell glänzte nur so, und die weiße Mähne flatterte, weil er die Vorderbeine zum Tölten so hochzog.

»Ich wusste, dass er dir gefallen würde«, rief Anki zurück. »Wollen wir noch einen Zahn zulegen?«

Sie trieben die Pferde an, und schon galoppierten sie nebeneinander über den Weg. Osk und Austri waren begeistert, stachelten sich gegenseitig an und wurden in ihrem kleinen Wettkampf von sich aus immer schneller, um bloß vorn zu bleiben.

Nach einer Weile drosselte Anki das Tempo wieder, und Ingegerd folgte ihrem Beispiel. Sie bogen auf einen Weg ab, der in den Wald führte, und nach ein paar hundert Metern offenbarte sich die Lichtung, die Anki für das Picknick auserkoren hatte, inmitten eines Naturreservats mit einer alten Wallburg.

»Wer kommt denn da?«, fragte Ingegerd und stieg ab.

Ein großer Hund hielt direkt auf sie zu. Schnell sprang Anki ebenfalls vom Pferd, umklammerte fest die Zügel und hob eine Hand.

»Stopp!«, rief Anki, während Osk erschrocken wieherte und zu steigen drohte.

»Stopp!«, wiederholte Anki, und tatsächlich setzte sich der Hund auf die Hinterbeine.

Mit großen Schritten kam ein Mann aus der gleichen Richtung, aus der auch der Hund gekommen war.

»Behalten Sie Ihren Hund an der Leine!«, schimpfte Anki. »Sie sind nicht allein im Wald!«

Der Mann antwortete nicht, griff nur nach dem Halsband seiner Bestie und zog sie mit sich.

»Puh«, sagte Anki und atmete auf. »Das war knapp. Wie geht es dir?«

»Gut«, antwortete Ingegerd. »Was ist denn das für ein Idiot, und warum hat er seinen Hund nicht unter Kontrolle?«

Anki zuckte mit den Schultern.

»Er ist neulich erst hergezogen, und sein Hund ist ihm schon ein paar Mal abgehauen. Er beißt, hab ich gehört. So verantwortungslos. Seit sie hier wohnen, ist es nicht mehr so sicher, in dieser Gegend zu reiten.«

»Da haben wir noch mal Glück gehabt«, sagte Ingegerd. »Den Halter sollte man anzeigen.«

Sie banden die Pferde an einem Informationsschild fest und setzten sich dann an den öffentlichen Picknicktisch, um auf ihre Freundinnen zu warten. Die Sonne stand noch tief, aber bahnte sich trotzdem allmählich ihren Weg durch die Kiefernzweige und erreichte die beiden.

Es dauerte nicht sonderlich lange, bis Lena und Gunilla schnellen Schritts heranspaziert kamen. Lena hielt ihr iPhone vor sich, und ihr heiteres Lachen war nicht zu überhören.

»Hier seid ihr!«, rief Lena. »Wie gut, dass das GPS funktioniert, das ist ja nicht unbedingt üblich so weit ab vom Schuss.«

»Jetzt freue ich mich auf Kaffee und Brote!«, sagte Gunilla.

»Aber es war gut, dass wir zuerst ein Stück gegangen sind, so verbrennt man mehr Kalorien, und das habe ich sehr nötig. Ihr teilt diese Sorge sicher gar nicht.«

Sie zwinkerte ihren Freundinnen zu, und schon entspann sich eine angeregte Diskussion darüber, welche Diät am besten funktionierte. Anki, die – Gott sei Dank – keine überflüssigen Pfunde angesetzt hatte, schenkte derweil Kaffee aus und verteilte die Brote, während die anderen angeregt sprachen.

Als die Käseschnitten aufgegessen und vom Kaffee nur noch ein paar Tröpfchen übrig waren, fand Anki, dass sie lange genug über Glyx und 5:2 geredet hatten.

»Hört mal, hier habe ich übrigens schon eine ganze Menge Trompetenpfifferlinge gefunden«, sagte sie und deutete zur Böschung direkt neben ihnen.

Das langweilige Fastengespräch hörte sofort auf.

»Wir könnten ein paar suchen, bevor wir uns auf den Rückweg machen«, fuhr sie fort. »Dann können wir vielleicht unser Mittagessen noch etwas aufpeppen.«

»Meinst du, es gibt noch welche?«, fragte Gunilla. »Schließlich haben wir schon November.«

»Der Herbst war ungewöhnlich mild, zeitweise sogar recht feucht. Es schadet jedenfalls nicht, mal zu schauen.«

Die Freundinnen erhoben sich und begaben sich auf die Suche.

»Streicht mit den Händen über das Gras, damit ihr auch den Boden sehen könnt«, erklärte Anki. »Wenn ihr einen gefunden habt, sind meist noch viele weitere in der Nähe.«

Es dauerte nicht lange, bis Ingegerd erfreut aufschrie. Die anderen richteten sich auf und schauten zu ihr hinüber.

»Hast du einen Pilz gefunden?«, fragte Gunilla.

»Einen?«, rief Ingegerd zurück. »Hier sind weit mehr als nur einer. Kommt her und helft mir beim Einsammeln.«

Eine ganze Weile lang hockten und pflückten sie alle an der Stelle, an die Ingegerd aus purem Zufall direkt geraten war.

Die Pferde grasten selig am Informationsschild und schienen es ebenfalls nicht eilig zu haben. Noch gab es Gras im Überfluss, man musste sich so viel wie eben möglich davon einverleiben, solange man konnte.

Anki gab als Erste auf. Sie ging zum Tisch und holte den Picknickkorb, damit sie etwas hatten, worin sie die Pilze einigermaßen wohlbehalten nach Hause bringen konnten. Thermoskanne und Tassen mussten mit der Plastiktüte vorliebnehmen, in der Lena und Gunilla die Brote verpackt hatten.

»Wisst ihr was, Mädels?«, sagte Anki mit einem Blick auf die reichhaltige Ernte. »Wir müssen mal aufhören. Die Pilze müssen ja noch gewaschen werden, das dauert eine ganze Weile.«

Und so kamen die Freundinnen mit dem, was sie noch in den Händen hatten, zu ihr und ließen alles in den Korb purzeln.

»Was gibt es denn Gutes zu den Pilzen?«, fragte Ingegerd. »Hast du noch das eine oder andere Stück Fleisch im Tiefkühler, Anki?«

»Selbstverständlich«, antwortete sie. »Vielleicht sogar Lammfilet. Gucken wir gleich mal, und falls nicht, gehen wir eben schnell in den Laden in Mullvald. Dort gibt es richtig gutes Fleisch.«

Gemeinsam packten sie die Reste ihres Frühstücks zusammen und machten sich zum Aufbruch bereit.

»Ich fürchte, vom Reiten tut mir schon der Hintern ein bisschen weh«, beichtete Ingegerd und massierte sich die eine Pobacke. »Ein Spaziergang nach Hause kommt mir ganz gelegen.«

»Man sollte es nicht gleich am Anfang des Reitlagers so übertreiben«, lachte Gunilla. »Wir werden jetzt zwei Wochen lang das *country life* genießen, da gilt es, die Kräfte zu schonen.«

»Ich muss Fotos machen«, sagte Ingegerd. »Dann können

wir daraus ein eigenes Buch basteln – oder sogar einen Kalender. Das geht im Internet ganz leicht.«

Lena nahm die Bank zur Hilfe, um auf Osk zu steigen. Gunilla fiel das Aufsitzen leichter, wobei auch sie nicht gerade auf Austris Rücken schwebte. Aber man konnte sehen, dass sie durchaus noch Übung hatte.

»Wisst ihr was?«, fragte sie, als sie oben saß, das Knie in vertrauter Manier vorgeschoben, damit sie auch vom Pferderücken aus den Steigbügel verstellen konnte. »Das ist so schön mit euch, es kommt mir vor, als wären wir schon längst Teil eines Buchs.«

»Du musst über uns schreiben«, witzelte Lena. »Du machst das schließlich beruflich und hast schon Erfahrung. Mit Ingegerds Bildern wird das ein Bestseller. Vielleicht gibt es ja sogar einen Gotlandpreis dafür, bestes Lifestyle-Buch oder so.«

Gunilla hatte viele Jahre lang Pferdebücher für Mädchen geschrieben, und das war richtig gut gelaufen. Lenas Vorschlag war vielleicht gar nicht unklug.

»Aber am Samstag machen wir doch diese Trüffelsafari mit«, warf Anki ein. »So was Extravagantes haben die Heldinnen unserer Jugend nicht erlebt.«

»Nein, wir haben uns hochgearbeitet«, sagte Gunilla und nahm die Zügel auf. »Das wird bestimmt richtig lustig. Komm, Lena, jetzt geht's zurück zur Ranch.«

3

Tryggve Fridman war auf einer seiner täglichen Spazierrunden mit seinem Rottweiler Putte. Ihm standen viele verschiedene Wege und Pfade zur Verfügung, um für Abwechslung zu sorgen, und heute hatte er sich entschieden, an der Kirche und dem Pfarrhof Mullvald entlangzugehen. Die Umgebung des mittelalterlichen Gebäudes war wunderschön, und manchmal durfte Tryggve dort als Küster arbeiten. Hoch auf dem Hügel thronte das Gemeindehaus, das einen atemberaubenden Ausblick über den Ort bot. Früher war es die Grundschule gewesen, und viele der Bewohner der Gegend hatten ihre ersten Schuljahre dort zugebracht. Er selbst jedoch nicht. Tryggve war zwar Gotländer, aber innerhalb der Stadtmauern Visbys aufgewachsen. Erst ein paar Jahre vor seiner Pensionierung hatte er sich das Haus in Mullvald gekauft, wo er sein Altenteil in Ruhe und Frieden und der Gesellschaft von Putte verbringen wollte. Ruhig war es seither nicht immer gewesen, das musste er zugeben, aber im Großen und Ganzen friedlich, ganz besonders seit Anki Karlsson hergezogen war. Sie war eine kluge und belesene Frau, die wusste, wie man das Leben in vollen Zügen genoss.

Er näherte sich der Steinmauer, die den Pfarrhof umgab. Dort stand eine wohlbekannte Gestalt, die gerade sorglos den Park des Hofs betrachtete.

»Mensch, Gerhard! Wie schön, dich mal woanders zu sehen als hinterm Tresen. Wie hast du dich denn loseisen können?«

Gerhard Klein, der österreichische Wirt, dem sowohl das Plogbillen in Kajpe Kviar als auch das Fischrestaurants am Hafen von Mullvald gehörten, grüßte ihn herzlich zurück.

»Tryggve! Dich sieht man ja auch nicht jeden Tag. Wie nett!«

»Na ja, ich komme schon mindestens einmal pro Woche zu dir, um Fisch zu essen«, entgegnete Tryggve. »Der gebratene Hering aus deinem Hause ist ja weithin bekannt und beliebt, den lasse ich mir ungern entgehen. Aber jetzt sag schon, was verschlägt dich hierher?«

Gerhard drehte sich um und lehnte sich gegen die Steinmauer.

»Du hast sicher mitbekommen, dass hier nächste Woche ein Markt stattfindet«, setzte er an und deutete mit dem Daumen hinter sich zum Pfarrhof.

»Ja, das ist doch eine schöne Idee«, sagte Tryggve. »Eine hervorragende Aktion von unserem neuen Pfarrer und allen anderen Beteiligten, selbstverständlich.«

»Als einigermaßen begabter Koch«, sagte Gerhard bescheiden, »bin ich ja mehr oder weniger gezwungen, mich auf dem Festival zu zeigen, mich umzuschauen und zu probieren. Alles andere wäre ja verrückt. Heute bin ich nur da, um mir einen Überblick zu verschaffen, damit ich mir ungefähr vorstellen kann, wie das aussehen wird. Man darf schließlich nicht vergessen, dass wir in direkte Konkurrenz zum Festival der Trüffelakademie in Visby treten.«

»Allerdings«, sagte Tryggve. »Es findet ja an denselben Tagen statt. Aber das hier wird auch gut, wir sprechen ja einen anderen Schlag Mensch an: die Einheimischen und natürlich die Sommergotländer, die bei der Gelegenheit auch gleich noch einmal nach ihren Ferienhäusern schauen können. So kurz vorm Wintereinbruch ist das ja durchaus angebracht.«

Einen Moment lang standen sie still beieinander. Der Park im Pfarrhof war schön und groß genug für das Festival, das kommende Woche von Donnerstag bis Samstag stattfinden sollte. Es mündete in ein elegantes Mehrgängemenü im Plogbillen für diejenigen, die eine entsprechende Summe auszugeben bereit waren.

»Unser neuer Pfarrer ist genauso einfallsreich wie seine Vorgängerin«, sagte Gerhard.

Tryggve reagierte nicht darauf. Er hatte keine große Lust, an den tragischen Mord an Catharina zu denken, stattdessen lenkte er die Unterhaltung lieber wieder auf die Trüffel.

»Das kann man wohl sagen. Tolle Idee von ihm, wenngleich da natürlich noch eine Menge mehr Menschen die Finger im Spiel haben. Das Paar mit den Hunden zum Beispiel. Die Viecher, die die Trüffel für sie suchen, meine ich.«

Die Tür des Pfarrhofs ging auf, und der Pfarrer erschien auf der Treppe. Er war leger gekleidet, trug eine Jeans, ein Pfarrerhemd und eine Windjacke. *Wenn man vom Teufel spricht*, dachte Tryggve und grüßte Oskar Bergsten.

»Guten Morgen«, sagte auch Oskar, als er auf ihrer Höhe war. »Kommen Sie auf einen Kaffee mit ins Gemeindehaus? Die Haushälterin hat bestimmt auch ein wenig Gebäck parat.«

»Gern«, sagte Gerhard und sah fragend Tryggve an, der zustimmend nickte.

Die drei Männer schritten in gemächlichem Tempo den Hügel hinauf. Putte war nicht angeleint und lief voraus. Er kannte sich bestens aus, denn er war mit seinem Herrchen oft hier gewesen.

Gerhard Klein lebte seit ungefähr zehn Jahren auf der Insel und sprach Gotländisch mit österreichischem Akzent, eine Färbung, die in Tryggves Ohren richtig nett klang. Ein Kaffeepäuschen mit ihm war eine angenehme Überraschung.

»Ich hoffe mal, dass du nicht damit anfängst, Trüffel in deine Fischgerichte zu schmuggeln«, scherzte Tryggve. »Denn dann steigen die Preise, und keiner kann sich mehr leisten, bei dir essen zu gehen. Das wird dich nur Gäste kosten.«

Sie hatten sich mit dampfenden Kaffeetassen und warmem Sandkuchen an einen der Tische gesetzt. An einem der anderen saßen ein paar Frauen vom Handarbeitskreis und unterhielten sich mit dem Hausmeister. Oskar Bergsten war in seinem Arbeitszimmer verschwunden.

»Also, ich hatte nicht vor, meine Speisekarte zu ändern«, konterte Gerhard Tryggves Einwand. »Meine Fischgerichte sind gut, wie sie sind – mit Zitrone, Knoblauch, Chili und Öl kommt man schon mal sehr weit, von Bärlauch ganz zu schweigen. Weißt du eigentlich, dass ich das Plogbillen jetzt verpachtet habe?«

»Das habe ich gehört, ja. Ich bin sogar beim Trüffelessen dabei. Meine Schwester hat mich dazu überredet.«

Tryggve brach ein Stück von dem Kuchen ab, der ungewöhnlich gelb war. Die Haushälterin musste Eier von einem der umliegenden Höfe verwendet haben, sonst hätte der Kuchen keine so schöne Farbe bekommen.

»Wie sieht es denn für die neuen Gastwirte aus?«, fragte er.

Gerhard wiegte bedenklich den Kopf und stand auf, um sich Kaffee nachzuschenken.

»Das ist es ja gerade«, sagte er, als er wieder zurück war. »Micke und Sara Hansson sind junge, arbeitsfreudige Menschen. Sie lieben gutes Essen, aber ich frage mich, ob sie nicht auf die falsche Karte setzen. Wie zum Beispiel mit diesem luxuriösen mehrgängigen Trüffelmenü.«

»Du meinst, sie sollten sich lieber an dein Konzept mit den Hamburgern halten?«

Gerhard reckte den Zeigefinger in die Luft.

»Daran glaube ich fest. Hamburger und andere einfache Gerichte. Es wird nicht leicht, das ganze Jahr über Interessenten für ein Luxushotel und teures Essen zu finden.«

»Luxushotel?«

»Ja, sie bieten im gleichen Haus Hotelzimmer an. Oberhalb des Restaurants. Ich kenne die Branche, deshalb kann ich sehr gut vorhersagen, dass sich das nicht tragen wird.«

»Was halten wohl die Einwohner von Kajpe Kviar davon?«, dachte Tryggve laut.

Er wusste, dass sie immer stolz darauf gewesen waren, ein eigenes Pub zu haben. Freitags und samstags war es dort immer gerammelt voll gewesen, die Gäste kamen aus Kajpe Kviar oder Mullvald, um noch ein Bierchen zu trinken, zu plaudern und Kontakt zu halten. Manche sogar aus Kräklingbo und Anga. Abgesehen von den Pubabenden hatte Gerhard wechselnde Mittagsgerichte angeboten, die besonders von den Handwerkern, die im Winter in der Gegend arbeiteten, nur zu gern angenommen worden waren. Klar, in Mullvald gab es jetzt noch das Fischrestaurant, aber das konnte man nicht mit dem rustikalen Pub und seiner lässigen, schlichten und doch gleichzeitig geschmackvollen Atmosphäre vergleichen.

»Nicht so wirklich viel«, gab Gerhard zu. »Natürlich kann man im Plogbillen nach wie vor sein Bier bekommen, aber es herrscht halt keine Atmosphäre mehr wie in einer entspannten Eckkneipe.«

Tryggve trank seinen Kaffee aus und schaute sich nach der Kanne um. Eine der Frauen vom Handarbeitskreis schenkte sich gerade nach. Sie bemerkte seinen suchenden Blick und kam sogleich mit der Kanne zu ihm.

»Danke, das ist sehr aufmerksam«, sagte Tryggve. »Und lecker noch dazu.«

Gerhard Klein seufzte schwer. »Micke Hansson hat sich sehr klar ausgedrückt, als er die Pacht übernommen hat.«

Tryggve gab zwei Zuckerstücke in seine Tasse und rührte um. »Inwiefern?«

Gerhard lehnte sich näher zu Tryggve und senkte die Stimme. »Ich möchte keine *Schwemme von Locals* haben.

Genauso hat er es formuliert. Grenzt das nicht schon an Tyrannei?«

Tryggve konnte nur zustimmen. Gerhard selbst hatte nie Unterschiede zwischen den Gästen gemacht, aber seine Idee, sich mit dem Pub vornehmlich an die *Locals* zu richten, war ein glücklicher Zug gewesen. Nur auf Kundschaft mit Geld zu setzen, war waghalsig. Denn teuer war es, das wusste Tryggve, der bereits sein Sechs-Gänge-Menü inklusive Weinpaket und Trüffelsafari bezahlt hatte. Trotzdem musste er zugeben, dass er auf den Tag sehr gespannt war.

»Erwartest du jetzt zum Festival denn irgendwelchen Besuch?«, fragte Gerhard und wechselte damit das Thema.

»Ja, ein bisschen Verwandtschaft«, antwortete Tryggve. »Meine Schwester Margaretha und ihren Mann Per. Und sie bringen noch irgendeinen Typen mit, einen Freund von Per. Sie kommen morgen schon an.«

»Wie schön! Sie bleiben sicher ein bisschen, oder?«

»Wahrscheinlich eine Woche, beim Trüffel-Dinner am Samstag sind sie jedenfalls auch dabei.«

Tryggve wurde bewusst, dass er völlig vergessen hatte, nachzufragen, wie lange sie bleiben wollten. Für gewöhnlich hatten sie eigene Pläne und beschäftigten sich selbst, und er hoffte, dass sie sich auch um ihren Freund kümmern würden.

»Versprich mir«, sagte Gerhard, »dass du mit deinen Gästen mal im Fischrestaurant vorbeikommst. Dann spendiere ich euch ein Gläschen zur Fischsuppe. Aber jetzt muss ich dringend nach Hause, da warten ein paar Arbeitsflächen auf mich, die geölt werden wollen. So was sollte man nicht vernachlässigen.«

Er stand auf und zog seine Jacke an.

»Danke! Wir kommen gern«, erwiderte Tryggve und hob zum Abschied die Hand.

4

Lotta Storm betrachtete Buttles hellbraunes Fell und streichelte ihn sacht. Locke um Locke war mithilfe der bestens geschliffenen Schere gefallen, während er brav auf dem Tisch gestanden hatte, den sie eigens dafür in der Küche aufgebaut hatte. Er war diese Prozedur gewöhnt und wusste, dass schon bald wieder Zeit für Spiel und Arbeit war. Lotta griff zur Effilierschere und nahm sich vorsichtig die Ohren vor.

Sicher gab es auch Hundehalter, die diese Aufgabe langweilig und zeitraubend fanden, aber Lotta gehörte nicht dazu. Den Hunden nah zu sein und sich um sie zu kümmern, war ihre Lieblingsbeschäftigung. Als sie und David sich die Hunde angeschafft hatten, hätte sie nie für möglich gehalten, dass sie sich jemals selbst um das Trimmen kümmern würde. Aber sie hatte hartnäckig geübt, war immer besser geworden, und mittlerweile war das Ergebnis richtig gut. Einmal pro Monat mussten sie geschoren werden, darüber hinaus war eine tägliche Pflege vonnöten.

Am Freitag würde sie zum ersten Mal vor Zuschauern trimmen, und zwar auf dem Trüffelmarkt in Mullvald. Dann musste Alva auf dem Tisch ausharren und sich scheren lassen. Solange die Hündin wirklich ruhig stehen blieb, damit Lotta nicht mit der Schere ausrutschte, würde schon alles gut gehen, das hatte David ihr versichert. Lotta selbst hatte sich vorgenommen, die Menschen einfach auszublenden, die sich vor ihrem Stand sammeln würden. Sie nicht zu beachten, sondern wie gewohnt konzentriert zu arbeiten. Trotzdem war sie ein bisschen nervös.

»So, Buttle!«, sagte sie und kraulte ihm den Nacken. »Dann spring mal runter und such Herrchen, der hat sicher ein Leckerli für dich.«

Lotta hob den Hund vom Tisch und kehrte das Fell zusammen. Märta Olsson vom Handarbeitskreis freute sich schon darauf. Sie war eine alte, erfahrene Bäuerin und unfassbar begabt, was Handarbeiten aller Art betraf. Niemand konnte sticken wie sie. Irgendwie hatte sie herausgefunden, dass Lotta ihre Hunde selbst schor und die Wolle wegwarf. Da war Märta zu Besuch gekommen und hatte ihnen ein aufwendig verziertes Weihnachtstischtuch geschenkt.

»Ich wollte Sie bitten, mir die Hundewolle zu geben, statt sie wegzuwerfen«, lautete ihr Anliegen.

»Hundewolle?«, hatte Lotta entgeistert gefragt. »Damit kann man doch nichts mehr anfangen? Aber natürlich können Sie die haben, wenn Sie möchten.«

»Ich möchte ausprobieren, ob sie sich kardieren und dann vielleicht zu Garn verarbeiten lässt. Ein Versuch schadet ja nicht. Kann doch sein, dass genug für ein Paar Strümpfe für den einsamen Polizeikommissar zusammenkommt, der die vielen Pfade und Wege mit seinem Hund unsicher macht«, hatte sie gesagt und gezwinkert.

Lotta steckte die braunen Hundehaare in eine Plastiktüte, die sie erst einmal in den Flur hängte. Märta Olsson musste sich noch bis nach dem Markt gedulden, wenn auch Alva geschoren war. Dass Lottas und Davids geliebte Vierbeiner ihren Beitrag dazu leisten konnten, die kalten Füße eines einsamen Junggesellen zu wärmen, der selbst nicht stricken konnte, war wirklich ein schöner Gedanke.

Der Trüffelmarkt war eine willkommene Abwechslung in

der dunklen Herbstzeit. Ein Spaß würde das werden, und der Handarbeitskreis, angeführt von Märta Olsson, war auch mit am Start. Ein bisschen fragte sich Lotta, was genau Strümpfe und Socken auf einem Trüffelmarkt zu suchen hatten, aber vielleicht war alles willkommen, was in Mullvald hergestellt wurde. Die Idee zum Markt stammte ja von der Kirche, genauer gesagt, vom Pfarrer, da war das eigentlich gar nicht so verwunderlich.

»Puh«, sagte David, als er in die Küche trat. Er hatte gerade ein Telefonat mit jemandem beendet, der offenbar alles über Pilze und Hunde hatte wissen wollen. Er ließ sich auf den Küchenstuhl sinken. »Was für eine Labertasche.«

»Ein Interessent für Safari und Trüffel-Dinner?«, fragte Lotta.

»Nein, das ist nicht mehr möglich. Das Plogbillen ist schon seit Monaten ausgebucht. Du, Lotta, wenn wir gewusst hätten, wie groß das Interesse ist, hätten wir sogar zwei Wochenenden anbieten können.«

Wie fantastisch, dass das Interesse an Trüffeln so groß war! Für die teilnehmenden Gäste handelte es sich um echten Luxus, David und Lotta hingegen hobelten damit nicht gerade Gold. Hätten die beiden nicht noch andere Jobs übernommen, wären sie kaum über die Runden gekommen. Früher war eines der Restaurants in Visby ihr Standbein gewesen, jetzt hatte das Plogbillen übernommen und sorgte für regelmäßige Einkünfte. Keiner von beiden hatte eine Festanstellung, aber sie sprangen regelmäßig ein, um zu spülen, zu putzen, einzudecken oder zu kellnern. Darüber hinaus boten sie Kurse an. David zeigte anderen Hundehaltern, wie sie die Trüffelsuche aufbauten, und Lotta gab Theoriekurse über Trüffel – sowohl die gotländischen als auch die italienischen, die sie während einer Reise mit ihrer Mutter ins Piemont hatte studieren können.

»Du hast Buttle frisiert«, stellte David fest und nahm den eifrig wedelnden Hund auf den Arm. »Bist du müde?«

»Ein bisschen«, gab sie zu und massierte sich die Schultern.

»Jetzt kann die Schere erst einmal bis zum Markt ruhen, und dann hast du Zuschauer. Ich glaube, dass die Besucher dich gern *in action* sehen wollen.«

Lotta lachte und umarmte ihn und Buttle.

David war einfach ein Schatz. Sie konnte sich niemanden vorstellen, mit dem sie lieber das Projekt Trüffelsafari gestartet hätte.

Lotta hatte zwar damit angefangen, aber Davids Interesse war nicht schwer zu wecken gewesen. Wie viel unerfreulicher ihr Leben wäre, wenn sie all ihre Pläne ohne ihn umsetzen müsste.

Es war fast zehn Jahre her, dass sie David kennengelernt hatte. Damals war sie zweiundzwanzig, und ihre Mutter, Gull-Britt, hatte sie auf die Insel mitgenommen, damit sie ihre neuste Errungenschaft in einer Reihe von Männern kennenlernen konnte. Dieser hieß Nils Hansson. Gull-Britt hatte sich ausgemalt, dass Nils und Lotta sofort einen Zugang zueinander finden und sie dann als eine große Familie zusammenleben konnten, aber die Wirklichkeit hatte es anders gewollt. Nils hatte sich als echter Griesgram erwiesen, der keine Gelegenheit ausließ, um Lotta vom ersten Tag an zu kritisieren. Entweder sprach sie beim Essen zu viel oder lachte zu laut, wenn sie zusammen fernsahen. Wenn Lotta Interesse an einer bestimmten Sendung hatte, wollte Nils mit an Sicherheit grenzender Wahrscheinlichkeit etwas anderes sehen. Er rügte ihren Kleidungsstil und betonte ständig, dass sie sich einen Job suchen solle, statt sich auf seine Kosten auf die faule Haut zu legen. Ganze fünf Tage hatte Lotta das ertragen, dann packte sie ihren Rucksack und haute ab. Lief planlos bei Sonnenuntergang den Strand entlang und fragte sich, in welche Richtung man wohl laufen musste, um von dieser Insel zu entkommen. Und dann traf sie David. Er saß auf einem Baumstamm, den Blick auf das Meer gerichtet, die Handflächen nach oben gewendet. Lotta hatte sich neben ihn gesetzt, ohne ein Wort zu sagen. Die Tränen liefen ihr über die Wangen, während sie dasselbe Naturschauspiel betrachtete wie er. Nach einer Weile schaute er sie an.

»Weine nicht«, sagte er. »Streck deine Hände aus und nimm die Kraft der Sonne auf. Alles wird gut, das weiß ich.«

Seit diesem Tag waren sie unzertrennlich gewesen, David und Lotta. Er war ihr großes Vorbild und ihr Beschützer, ihr Geliebter und ihr bester Freund. Und mittlerweile war er derjenige, der sich um die Absprachen mit Nils kümmerte, die die Pacht des Trüffelgrundstücks betrafen. Dank Gull-Britt hatte Nils schlussendlich zugestimmt. Lotta hielt sich nur zu gern vom Mann ihrer Mutter fern, denn so ließ es sich einigermaßen gut leben.

Die Gedanken an Nils Hansson führten dazu, dass Lotta tief seufzte.

»Lotta!«, mahnte David. »Jetzt lässt du die negativen Gedanken wieder Oberhand gewinnen. Mach dich von ihm frei.«

»Wie sehr ich mir wünsche, dass wir seine hässliche Visage nicht auf dem Markt sehen müssten«, sagte sie, »aber es ist mir schon klar, dass das nur ein Wunsch bleiben wird.«

David setzte Buttle auf den Boden und stand auf. Er legte Lotta einen Arm um die Schultern.

»Das lässt sich unmöglich umgehen«, sagte er und streichelte ihr über den Rücken. »Gull-Britt braucht schließlich seine Hilfe, wenigstens um den Marktstand für ihre italienischen Trüffel aufzubauen.«

»Dafür hätte sie auch mich um Hilfe bitten können«, schmollte sie.

»An und für sich schon, aber Nils ist halt ihr Mann. Außerdem haben wir beide selbst viel zu tun.«

Widerwillig musste sie ihm zustimmen.

»Eigentlich sollten wir dankbar sein«, sagte David. »Ohne

Nils hätten wir gar keine Möglichkeit, überhaupt Trüffel zu suchen.«

»Aber gegen eine unverschämt hohe Summe!«, zischte Lotta. »Nein, der Typ ist einfach unmöglich! Dass Mama so dumm sein konnte, sich mit dem zusammenzutun, das werde ich nie verstehen.«

David schob ihr langes blondes Haar beiseite und gab ihr einen Kuss aufs Ohr. Sein warmer Atem ließ Lotta erschaudern.

»Gull-Britt führt dank ihm ein gutes Leben, und ich bin mir sicher, dass sie es gut miteinander haben. Wie gesagt, wir sollten dankbar sein, dass sie ihn überreden konnte und wir nun sein Grundstück nutzen dürfen. Vermutlich war das nicht ganz einfach.«

Da hatte David natürlich recht, trotzdem dachte Lotta gar nicht daran, nett zu Nils Hansson zu sein. Niemals.

»Er ist ein richtiges Schwein«, sagte sie und wand sich aus Davids Arm. »Ich muss jetzt weiter sauber machen.«

Sie sammelte die drei Scheren und die Krallenzange ein. Die größte der Scheren hielt sie ins Licht, um sie genauer zu betrachten, und nickte dann. Das gute Stück musste definitiv vor dem nächsten Einsatz geschliffen werden.

5

Samstag, 7. November

Tryggve stand auf der Veranda und hielt in der Nachmittagssonne Ausschau. Ein bekanntes Auto, ein alter, roter Volvo 745, fuhr langsam auf seinen Hof, und Tryggve schirmte seine Augen ab, damit er besser sehen konnte. Seine kleine Schwester und sein Schwager stiegen aus. Eine der hinteren Türen öffnete sich, und heraus kam ein schlanker Mann mit blonden Haaren, der Pony fiel ihm tief in die Stirn. Er war sicher fünfundfünfzig, sechzig, hatte aber ein sehr jugendliches Auftreten.

»Brüderchen«, sagte Margaretha, »wie schön, dich zu sehen!«

Sie umarmte Tryggve, während ihnen Putte um die Beine strich, der auch begrüßt werden wollte.

»Das finde ich auch, Schwesterherz! Wie wunderbar, dass ihr euch ein paar Tage für dieses Spektakel freinehmen konntet.«

Auch Per und Tryggve umarmten sich, dann streckte der Fremde die Hand aus.

»Darf ich vorstellen, Åke Hansson«, sagte Per. »Åke T. Hansson, um genau zu sein.«

»Darum möchte ich auch bitten«, lachte Åke und verriet mit Aussprache und Tonfall, dass er von der Insel stammte. »Sie sind also der Kriminalpolizist, nehme ich an?«

»Und Sie Gotländer«, stellte Tryggve fest, ohne auf die Frage nach seinem früheren Beruf einzugehen.

»Ja, das stimmt«, bestätigte Åke, »auch wenn ich die letzten fünfunddreißig Jahre auf dem Festland gelebt habe, in Sala. Dort bin ich auch Mitglied des Gemeinderats.«

»Und aus welcher Gemeinde kommen Sie nun ursprünglich?«, fragte Tryggve, der die Herkunft seines neuen Gastes nur zu gern genau verorten wollte.

»Aus der Mitte der Insel«, sagte Åke und griff nach seiner Reisetasche. »Geht es hier rein?«, fragte er, und schon fiel ihm der Pony wieder in die Stirn.

Tryggve machte eine einladende Geste und zeigte dann den Weg ins Haus und bis zu dem Zimmer, in dem Åke schlafen konnte, solange er auf der Insel weilte. Sonderbar, dass er nicht genauer sagen wollte, woher er kam. Nun denn, früher oder später würde das schon bekannt werden.

Kurz darauf stand Tryggve in der Küche, die Gardine vorm Fenster beiseitegeschoben, den Blick in den Hof gerichtet. Seine Verwandten waren dabei, ihr Gepäck auszuladen. Die Kofferraumklappe des Kombis stand offen, zwei Reisetaschen bereits neben dem Wagen auf dem Boden. Schwester und Schwager waren zur Hälfte hineingekrochen und schienen mit etwas zu kämpfen, das sie ebenfalls herausholen wollten.

»Welche Unmengen manche Menschen für nur ein paar Tage mitschleppen«, murmelte er vor sich hin.

Ein Stück entfernt stand Åke auf dem Weg, der zum Meer hinunterführte, und betrachtete zwei Pferde, die an ihm vorbeischritten. Offenbar hatte er nur seine Tasche ins Zimmer gestellt und war sofort wieder nach draußen gegangen. Tryggve blinzelte. Das mussten Anki und eine der Freundinnen sein, von denen sie gesprochen hatte, die gerade ausritten. Sie hielten bei Åke und unterhielten sich mit ihm. Warum half er nicht Margaretha und Per, statt sich mit den Ortsansässigen zu beschäftigen? Tryggve war ein bisschen irritiert, aber ließ dann einen bedeutend schöneren Gedanken Oberhand gewinnen.

Er schaute den beiden Reiterinnen hinterher. »Genau das werde ich tun.«

Entschlossen löste er zwei Haken am Küchenfenster und schob es auf.

»Braucht ihr Hilfe?«, rief er hinaus.

Margaretha kroch aus dem Wagen und machte eine abwehrende Geste.

»Nein, danke dir. Steh da nicht rum und glotz! Setz dich irgendwohin, wir kommen gleich. Du sollst das noch nicht sehen.«

Tryggve lachte, machte das Fenster wieder zu und tat, was seine kleine Schwester befohlen hatte. Kaum hatte er das Fenster geschlossen und die Gardine wieder vorgezogen, zwängten sich die beiden auch schon mühevoll durch die Haustür.

»Vorsicht!«, mahnte Per. »Du stößt gleich gegen das Treppengeländer. Mehr nach links.«

Was zur Hölle trieben die beiden denn da? Tryggve stand im Wohnzimmer und warf einen Blick auf das, was sie hereintrugen. Es schien ein Möbelstück zu sein, aber es ähnelte nichts, was er bislang zu Gesicht bekommen hatte.

»Für dich!«, sagte Margaretha. »Du stehst doch so auf Antiquitäten.«

Tryggve fuhr sich mit den Fingern durch das dichte graue Haar, während er das Geschenk näher betrachtete.

»Mein Gott, das habt ihr für mich gekauft?«, entfuhr es ihm. »Entschuldigt die dumme Frage, aber: Was ist das?«

»Das sieht man doch«, lachte Per. »Auf den ersten Blick.«

»Also, ich jedenfalls nicht«, sagte Tryggve. »Vielleicht eine Art Regal …?«

»Ein kleines, drehbares Bücherregal«, erklärte Margaretha. »Es passt super neben deinen Sessel. Dann hast du immer deine Lieblingsbücher, deine Zeitung und ein Glas Whisky griffbereit.«

Tryggve ging erst etwas näher heran, trat dann wieder einen Schritt zurück und betrachtete das Möbelstück eingehend. Dann lächelte er erfreut und strich sich über den Nacken.

»Was für Holz ist das?«

»Deutsches Ebenholz, also, schwarz gebeizte Eibe«, sagte Per. »Anknabbern solltest du es also nicht gerade. Ein Bissen, und du gehst hops.«

Er lachte, während Tryggve mit der Hand über die glatte Oberfläche fuhr.

»Da sollte es stehen«, sagte er und zeigte darauf. »Genau da, wo ihr es hingestellt habt. Danke, ihr Lieben! Das perfekte Regal für einen alten Junggesellen und Hobbyphilosophen wie mich.«

Auch Putte ging nun hin, drehte ein paar Runden um das neue Möbelstück und legte sich dann daneben.

»Schau an«, lachte Margaretha. »Und schon wurde das gute Stück auch von dem anderen Herrn des Hauses gutgeheißen.«

Tryggve stellte sofort ein paar Bücher hinein und legte die Tageszeitung darauf. Dann fand ein Stapel bunter Historikerzeitschriften ihren vorherbestimmten Platz. Schließlich ging er in die Küche, füllte seinen Lieblingswhisky in eine Kristallkaraffe, trug sie ins Wohnzimmer und stellte sie mit ein paar Gläsern in das Regal.

»Perfekt!«, sagte er. »Besser geht es gar nicht.«

»Dann können wir uns ja gleich dazusetzen und ein Gläschen trinken«, schlug Per vor, »aber vielleicht sollten wir damit noch etwas warten?«

Tryggve warf einen Blick auf die Uhr. Es war Zeit, ein Ründchen mit Putte zu drehen, außerdem hatte er noch etwas vor.

»Ja, liebster Schwager, damit müssen wir noch ein bisschen warten. Aber ich verspreche dir, dass wir mit der Einweihung meines neuen Lieblingsmöbelstücks auf dich warten werden.«

Er ging hinaus in den Flur, nahm Puttes Leine von ihrem Haken, und sofort war sein vierbeiniger Freund zur Stelle.

»Genau«, sagte er und leinte den Hund an. »Jetzt gehen wir mal vor die Tür. Dein Herrchen muss noch schnell etwas erledigen.«

6

Himmel, was hast du doch für ein schönes Haus!«, seufzte Gunilla, die gerade im Bademantel und mit einem um den Kopf gewickelten Handtuch aus der Sauna trat. »Man versteht praktisch sofort, wo alles ist, und braucht nicht wie bei mir einen Kompass, um sich zurechtzufinden.«

»Alte Angeberin!«, lachte Anki und reichte ihrer Freundin ein Glas Hot Toddy.

Gunilla und Anki waren in der Mittelstufe sehr eng befreundet gewesen. Fast jeden Tag hatten sie zusammen im Stall verbracht, doch das endete abrupt nach der neunten Klasse. Gunillas Eltern besaßen ein Sommerhaus in Södertörn, und im Sommer nach Abschluss der Oberstufe lernte Gunilla ihren zukünftigen Ehemann dort kennen. Er war der Erbe eines großen Hofs, und es wurde von ihm erwartet, dass er ihn übernahm. Gunilla, die das Gymnasium mit sehr guten Noten abschloss, hatte vermutlich andere Zukunftspläne, als Bäuerin auf einem Gutshof zu werden. Aber die Liebe siegte, Gunilla heiratete ihren Bauern und bekam vier Kinder. Während sich ihr Mann um die Bewirtschaftung des Hofs kümmerte, nutzte Gunilla ihr Talent, um sehr erfolgreiche Pferdebücher zu schreiben, und führte ein angeregtes Leben. Mittlerweile waren die Kinder ausgeflogen, und sie hatte mehr Zeit. Bücher schrieb sie nach wie vor. Enkel hatte sie auch, aber Anki konnte sich weder an die Namen erinnern, noch wer zu wem gehörte.

»Ach, das hat gutgetan!« Gunilla ließ sich auf das Sofa im Wohnzimmer sinken. »Und was für ein sonderbares Gebräu hast du uns hier aufgetischt?«

»Ach, das geht ganz leicht«, antwortete Anki. »Wasser, Gewürze, Zitrone, etwas Honig und Kognak dazu, fertig! Hot Toddy!«

Der Honig war ein wohlüberlegtes Zugeständnis von Ankis Seite, die alles andere als begeistert von diesem Naturprodukt war. Aber der Kognak überlagerte den Geschmack, der ihr so zuwider war, und machte ihn erträglich.

»Wo sind die anderen Mädels?«, fragte sie. »Noch in der Sauna?«

Ankis Tochter Jenny stöhnte für gewöhnlich und verdrehte die Augen, wenn ihre Mutter ihre sechzig- bis siebzigjährigen Freundinnen als »Mädels« bezeichnete. Aber so hatten sie einander schon immer genannt, und solche Gewohnheiten legte man nicht so einfach ab.

»Wenn du die Mädels vom Festland meinst«, lachte Gunilla, »die genießen die Zeit in der Sauna in vollen Zügen. Außerdem haben die beiden gehörige Schmerzen im Hinterteil nach dem heutigen Ausritt.«

»Dann machen sie es genau richtig, Sauna hilft gegen alles«, sagte Anki. »Für mich ist es die beste Medizin bei Erkältung oder Rückenschmerzen, und ganz sicher hilft die Wärme auch gegen strapazierte Gesäßmuskulatur.«

Ein außerordentlich schöner Tag an der frischen Luft lag erneut hinter ihnen, diesmal hatten sie einen ausgiebigen Strandritt gemacht. Das Tölten mit den Isländern hatte allen vieren großen Spaß bereitet.

»Das ist wie Fliegen«, hatte selbst Lena schon nach diesem einen Tag gesagt.

Nach dem Ausritt hatten sie schnell die Stallarbeit erledigt und sich dann einen Saunagang gegönnt. Anki hatte das Lammfilet in den Ofen geschoben, und die Trompetenpfifferlinge, die sie am Vortag gesammelt hatten, würden eine hervorragende Beilage abgeben.

»Prost«, sagte Anki und hob ihr Toddyglas. »Du kannst dir gar nicht vorstellen, wie glücklich ich bin, dass ihr alle hier seid!«

Sie stellte das Glas ab und nahm das große, schwere Buch auf den Schoß, das ihre Freundinnen ihr geschenkt hatten. Der Einband war knallrot, und auf dem Cover prangten vier fröhliche Gesichter aus Liverpool. Ein Sammelband mit allen Ausgaben ihrer Jugendzeitschrift, ein wahrer Nostalgietrip in die Zeit, bevor der Ernst des Lebens begann. Anki konnte sich noch an das erste Mal erinnern, als ihre Mutter ihr erlaubt hatte, die Zeitschrift zu kaufen. Das war in einem Kiosk an der U-Bahn-Haltestelle Fridhemsplan. Sie hatte ein bisschen betteln müssen, bis die Mutter endlich zugestimmt hatte. Von diesem Moment an konnte Anki in einer ganz neuen und glänzenden Welt versinken.

»Was für ein tolles Geschenk!«, sagte sie und blätterte wahllos in dem Buch.

Auf vielen der Seiten waren die Beatles und Rolling Stones abgebildet, und natürlich alle anderen Popbands der Sechziger, die mit rasanter Geschwindigkeit und mehr oder minder fantasievollen Namen aufgekommen waren.

»Schau mal«, sagte Anki. »Kannst du dich noch daran erinnern, dass wir zu dieser Band getanzt haben?«

Gunilla setzte sich die Brille auf und lehnte sich vor, um erkennen zu können, wen Anki meinte.

»Na klar, das sind die Hep Stars«, sagte Gunilla und zeigte dann auf eins der Bandmitglieder. »Zu der Zeit war Benny Andersson aber noch kein Weltstar, sondern nur in Stockholms Vororten bekannt.«

»Unglaublich, dass wir getanzt haben, während der auf der

Bühne stand und spielte!«, sagte Anki. »Wir hatten ja keine Ahnung, wie berühmt er noch werden würde.«

Gunilla lehnte sich wieder zurück und nippte an ihrem Toddy.

»Das war schon eine tolle Zeit, nicht wahr?«

»Die beste«, stimmte Anki zu. »In den Fünfzigern Kind und in den Sechzigern Teenager sein zu dürfen bei all der Zuversicht, was die Zukunft anging – besser kann man es sich nicht wünschen.«

»Und Arbeit hat man damals auch immer gefunden. Wir Jugendlichen mussten nicht zittern und bangen, wie das heute der Fall ist. Es tut mir sehr leid für sie. Ich bin ganz deiner Meinung, Anki, wir hatten es am besten.«

Gunilla legte sich nachdenklich einen Finger an die Lippen und runzelte die Stirn.

»Hm«, machte sie. »Da fällt mir gerade etwas ein.«

»Etwas, das mit diesen Zeitschriften zu tun hat?«

»Das kann man wohl sagen.« Gunilla nickte, und ihre Augen funkelten schelmisch. »Welche von euch war es noch mal, die sich ein paar Wochen lang den Arm nicht gewaschen hat, weil da ein Autogramm drauf war?«

Anki, die gerade einen Schluck von ihrem Toddy trinken wollte, prustete los, aber verschüttete zum Glück nichts.

»Ich jedenfalls nicht«, lachte sie. »Wie kann man auch so dumm sein, seinen Arm signieren zu lassen? Da wäre ja die Rückseite jedes alten Kassenzettels klüger gewesen.«

Fröhliches Gelächter drang vom anderen Ende des Hauses zu ihnen herüber, schon bald standen Lena und Ingegerd im Wohnzimmer.

»Das war ich«, gab Ingegerd zu. »Die Haut rund um das Autogramm war schon ganz schmuddelig, und meine Mutter war natürlich unfassbar wütend auf mich.«

»Wer war das noch mal?«, fragte Lena. »Also, ich meine, welche Größe hatte dir noch mal auf den Arm gekrakelt?«

Ingegerd drehte sich mit großen Augen zu Lena.

»Lennart Grahn, selbstverständlich«, sagte sie und lächelte zufrieden. »Der hübscheste Typ der Shanes, ihr wisst schon, dieser Band aus Kiruna.«

Ingegerd trug bereits wieder ihre ewigen Jeans und dazu den unfassbar schönen lilafarbenen Pullover, den sie selbst gestrickt hatte. Sie hatte kurze, fast weiße Haare und braune Augen. Lila stand ihr perfekt. Und obwohl sie im Lauf der Jahre ordentlich zugelegt hatte, war es ihr nicht schwergefallen, sich in den Sattel zu schwingen. Ingegerd saß tagsüber viel, wenn sie beruflich Kurse in Ahnenforschung gab, und genauso abends, wenn sie diesem Hobby auch noch privat nachging. Aber das war nicht alles, womit sie sich beschäftigte, sie machte alles Mögliche. Wandern, Skifahren, Schwimmen, Fitnessstudio. Sie ließ keinen Langlaufwettkampf aus. Dass diese reife, gepflegte Dame einmal auf einem Popkonzert gestanden hatte, um sich den Arm signieren zu lassen, war schwer vorstellbar.

»Hier riecht es ja lecker«, sagte Lena, die hörbar schnupperte. »Was trinkt ihr denn da?«

»Das hier«, sagte Gunilla und hielt ihr das Kristallglas hin. »Die Stallchefin lädt tatsächlich auf einen Toddy ein.«

Anki eilte hinaus in die Küche, um zwei weitere Getränke zuzubereiten. Lena blieb ihr dicht auf den Fersen.

»Wie spannend!«, sagte sie. »Ich will genau sehen, wie du das machst.«

Anki besann sich auf ihre alten Lehrerinnengene und wies Lena pädagogisch an, den Toddy selbst zu mischen.

»Erst gibst du vierhundert Milliliter Wasser in den Topf. Kipp einfach aus, was schon drin ist, dann fangen wir noch einmal von vorn an.«

Also leerte Lena gehorsam den Topf aus, füllte das Wasser hinein und blickte ihre Freundin dann fragend an.

»Wir machen zwei, brauchen also die doppelte Menge, das

sind in diesem Fall zwei Zimtstangen und sechs Nelken. Dazu kommen noch zwei Teelöffel Honig. Aber nur gestrichene, wir wollen nicht so viel davon.«

»Fertig? Und jetzt erwärmen?«

Anki dachte nach. Irgendetwas fehlte. Sie schaute sich auf der Arbeitsfläche um.

»Meine Güte, die Zitrone! Du musst noch den Saft einer Zitrone dazugeben, dann kannst du es aufkochen.«

»Und dann vermischt man einfach alles mit dem Kognak?«

»Nicht ganz, das Ganze muss erst noch eine Viertelstunde ziehen, bevor man es zum Kognak gibt. Du musst dich also noch ein bisschen gedulden.«

»Ach, gut!«, sagte Lena. »Dann kann ich mich ja noch ein bisschen hübsch machen.«

Anki schaute ihre Freundin an, die sie ebenfalls seit der Schulzeit kannte und mit der sie seither durch dick und dünn gegangen war. Wenn es ihr schlecht ging und sie Aufmunterung brauchte, dann war sie bei Lena an der richtigen Adresse. Ihr fiel immer etwas Lustiges ein, was man unternehmen konnte.

»Du bist doch schön, so wie du bist«, sagte Anki und meinte es auch so.

Lena trug einen leuchtend roten Seidenmantel, das rot gefärbte Haar fiel in Locken bis auf die Schultern. Normalerweise waren sie zu einem Dutt zusammengefasst, wozu sie nach dem Saunagang noch nicht gekommen war, sie hatte sich einfach nur geföhnt. Lena liebte es, gesehen zu werden, und sie fiel ihren Mitmenschen generell auf. Sie hatte ihr Leben lang als Krankenschwester gearbeitet, war aber mittlerweile in Rente. Trotzdem arbeitete sie freiwillig, so viel sie konnte. Sie war seit vielen Jahren geschieden und lebte allein, deshalb hatten sie und Anki sich am häufigsten getroffen. Die anderen beiden hatten ihre Männer und konnten sich nicht so häufig freistrampeln.

»Du bist lieb, Anki«, sagte Lena und verschwand, um sich doch noch etwas aufzuhübschen.

Kurz darauf saßen sie alle in Ankis Wohnzimmer und genossen den Toddy.

»Was für ein Luxus diese Reise ist!«, sagte Ingegerd. »Die reinste Kur. Reiten, Waldspaziergänge, Trompetenpfifferlinge, und dann erwartet uns noch eine Trüffelsafari. Das ist doch der helle Wahnsinn!«

»Ja, fast stressig«, lachte Anki, »aber ich hoffe, ihr fühlt euch wohl. Und vergesst den Trüffelgottesdienst nicht, auch das Göttliche will bedacht werden. Hier in Mullvald gehen alle in die Kirche. Anfangs war das ungewohnt für mich, aber es ist jedes Mal wieder schön, und außerdem trifft man sich dort und erfährt den neusten Klatsch aus der Gemeinde.«

Gunillas Mund verzog sich zu einem breiten Grinsen.

»Wie spannend«, sagte sie. »Dich dahin zu kriegen, liebe Lena, wird ja eher kein Problem, oder? Du hast dir ja in der Sauna über diesen Mann, den ihr getroffen habt, bereits den Mund fusselig geredet.«

»Tryggve Fridman?«, fragte Anki und machte große Augen. »Der ist doch gar nicht Lenas Typ.«

Gunilla wedelte abwehrend mit der Hand.

»Nein, selbstverständlich nicht Tryggve, auch wenn wir auf den sehr neugierig sind, das kannst du glauben. Nein, nein, der hieß Åke, glaube ich. Nicht wahr, Lena? Der Typ, den du für eine richtige Sahneschnitte hältst?«

Anki grübelte angestrengt, wen sie meinen könnte. Noch waren sie keinem der Ortsansässigen begegnet. Am Vormittag waren Anki und Lena vom Strand hinauf an Tryggves Haus vorbeigeritten. Seine Verwandten hatten sich damit abgekämpft, irgendetwas aus dem Auto zu holen, und dann war ein Mann zu ihnen gekommen und hatte die Pferde gestreichelt. Er hatte einen blonden Pony, der ihm ständig in die Stirn fiel.

»Ach so, einer von Tryggves Gästen«, sagte sie. »War das nicht ein ganz schön farbloser Kerl?«

»Da muss dir gehörig etwas entgangen sein, liebe Anki«, erwiderte Gunilla. »Ingegerd und ich haben ihn ja noch nicht einmal gesehen.«

Lena lächelte geheimnisvoll und leerte das Toddyglas. Sie hatte sich umgezogen und trug nun einen Pullover und eine Jeans. Ihre grünen Augen waren geschminkt, und Anki hätte schwören können, dass sie sich seit ihrem letzten Treffen die Wimpern hatte verlängern lassen. Das waren beeindruckende Wimpern, die Lena da präsentierte.

»Anki ist eine ganze Menge entgangen, finde ich«, sagte sie. »Seine warmen Augen und sein blendendes Lächeln, unter anderem. Von seinen Haaren ganz zu schweigen, die ihm ständig in die Stirn fielen. Geradezu eine Einladung, einmal durchzuwuscheln.«

»Na, da schau an!«, entfuhr es Ingegerd. »Das werden ja spannende Tage, du bist ja jetzt schon richtig vernarrt.«

Das Gespräch wurde vom Läuten der Türglocke unterbrochen, Anki stand auf, um zu öffnen.

»Tryggve!«, begrüßte sie ihn fröhlich und hielt ihm und Putte die Tür auf.

Es hatte eine Zeit gegeben, da wollte Anki weder Hund noch Herrchen in ihren vier Wänden willkommen heißen. Vor dem Rottweiler Putte hatte sie großen Respekt gehabt, und Tryggve gehört nicht zu dem Schlag Mensch, mit dem man von heute auf morgen warm wurde. Er war zunächst extrem schroff und griesgrämig gegenüber Anki gewesen.

»Das riecht ja gut!«, sagte Tryggve. »Gibt es Braten?«

Anki beugte sich zu Putte hinunter und streichelte ihn, während er einen wahren Freudentanz aufführte.

»Lammfilets, aber die brauchen noch ein Weilchen«, sagte sie. »Komm rein und trink ein Glas Toddy mit uns.«

Er senkte höflich den Kopf.

»Danke, das ist lieb, aber so viel Zeit habe ich nicht. Margaretha und Per, meine Schwester und ihr Mann, warten mit dem Essen auf mich.«

»Hast du es gut«, sagte Anki. »Passiert schließlich nicht jeden Tag, dass man uns Singles bekocht. Oder wir Gäste haben, in deren Gesellschaft wir essen können. Meist würfeln wir uns doch nur irgendetwas zusammen, das wir uns dann vorm Fernseher einverleiben.«

Er antwortete nicht sofort, aber mittlerweile wusste sie, dass man bei ihm ein bisschen warten musste. Tryggve war ein besonnener Typ.

»Da muss ich dir zustimmen«, sagte er schließlich, »aber mir macht das nichts aus, ich koche nämlich gern.«

Eine Weile schwiegen sie zusammen und lauschten den Frauen, die sich angeregt im Wohnzimmer unterhielten. Offenbar waren sie wieder zu dem Buch zurückgekehrt, denn sie diskutierten lautstark darüber, welches Lied der Sechziger das beste gewesen war.

»Wolltest du etwas Bestimmtes?«, fragte Anki freundlich. »Ich schätze, du bist nicht ohne Grund im Dunkeln hergekommen, das sähe dir zumindest nicht ähnlich.«

»Ach, aber natürlich«, Tryggve räusperte sich, »ich wollte fragen, ob ihr nicht heute Abend noch auf einen Schluck vorbeischauen wollt, du und deine Freundinnen. Natürlich erst nach dem Essen, das ist ja klar.«

»Einen Schluck?«

»Ja, ich dachte, sie würden vielleicht gern auch noch etwas anderes als dein Haus und den Stall sehen, wo sie schon einmal hier sind«, erwiderte Tryggve lachend. »Meine Verwandten und ihr Freund Åke werden auch da sein.«

»Ich werde sie gleich mal fragen«, antwortete Anki, »aber ich kann mir gut vorstellen, dass ihnen die Idee gefällt.«

Sie drehte den Kopf Richtung Wohnzimmer.

»Mädels, was meint ihr? Mullvalds Tom Barnaby lädt zum

kleinen Fest. Sollen wir zusagen oder haben wir etwas anderes vor?«

Einstimmiger Jubel scholl vom Sofa herüber, woraufhin Putte nervös zu bellen anfing und sich in die Leine hängte.

»Das deute ich mal als Ja«, sagte Anki. »Vielen Dank für die Einladung, wir kommen gern!«

7

Gull-Britt und Nils Hansson bogen in die prachtvolle Allee ein, die zum Hansarve Hof führte. Gull-Britt war eine gute Autofahrerin, das musste Nils zugeben. Sie hatte ihn in Visby abgeholt, wo er mit der Nachmittagsfähre angekommen war, und sie freute sich bestimmt auf seine Gesellschaft in dem großen Haus. Normalerweise verbrachten sie nur ein paar Wochen im Sommer in seinem Elternhaus, aber nun stand das Trüffelfestival in Mullvald an, und seine Frau hatte das als willkommenen Anlass gesehen, noch eine knappe Woche im November hier zu verbringen.

»Außerdem wirst du siebzig, und das muss schließlich irgendwie gefeiert werden«, hatte sie beharrt.

Er selbst wäre dazu lieber in die Wärme auf den Kanaren geflogen, aber aus Sicht des Geschäftsmanns hatte er zugeben müssen, dass die Trüffelernte und der Verkauf von großer Bedeutung waren. Schließlich handelte es sich nicht um irgendein belangloses Gemüse, sondern um ganz exquisite Köstlichkeiten.

»Ich ziehe mich ins Arbeitszimmer zurück«, sagte Nils, kaum dass sie das Haus betreten hatten. »Und will nicht gestört werden.«

Ihm entging nicht, dass Gull-Britt ihm enttäuscht hinterhersah, aber das musste ihm für den Augenblick egal sein.

Er musste allein sein, um seine Gedanken zu ordnen, später konnte er sie immer noch einweihen. Wenn er sich denn entschied, sie einzuweihen.

Nils suchte Zuflucht in dem Raum, der seit jeher für administrative Zwecke und Jagdangelegenheiten genutzt worden war, vor ihm schon von seinem Vater und Großvater. Er zog die Tür hinter sich zu und drehte den Schlüssel zweimal um. Dann testete er die zweite Tür, die zum Saal führte, und schloss sicherheitshalber auch diese ab. Nicht, weil Gull-Britt es wagen würde, ihn zu stören, aber er wollte lieber kein Risiko eingehen. An sich verhielt sie sich stets respektvoll ihm gegenüber, in diesem Punkt war sie besser als seine beiden Exfrauen. Eigentlich sogar in einer Menge weiterer Punkte. Wenn er in Södertälje auf dem Markt stand, mit Kunden sprach und Gemüse verkaufte, kümmerte sie sich um alles im Gewächshaus zu Hause in Tungelsta. Ihr war bewusst, wo er sich am wohlsten fühlte, und genau wie er hatte sie ein Näschen für Geschäfte. Für den Trüffelverkauf war ausschließlich sie zuständig.

Nils ließ sich schwer in den Stuhl am Schreibtisch sinken und kramte in seiner Jackentasche. Tastete, bis er einen Zettel fand, der sich dort schon ein paar Tage lang verbarg und sich glühend heiß anfühlte. Er hatte die Ärztin gebeten, ihm ein paar Stichpunkte aufzuschreiben, damit er sich an die Einzelheiten erinnern, vielleicht ein paar Fakten googeln und so herausfinden konnte, ob die Ärztezunft nicht auf der falschen Spur war. Heutzutage, wo die Ärzte aussahen wie frisch immatrikulierte Studenten ohne jegliche Erfahrung, konnte man sich schließlich nicht mehr aufgehoben fühlen. Mit dem Zeigefinger fuhr er die Zeilen ab, die die Ärztin schnell auf dem Computer getippt und ihm dann ausgedruckt hatte. Der Befund war kein Grund zur Freude, aber Nils Hansson weigerte sich einfach, jetzt schon das Handtuch werfen zu müssen. Er machte regelmäßig Sport, seine Grundkonstitution war hervorragend. Die Voraussetzungen, noch eine Weile durchzuhalten, waren gut, sicherheitshalber wollte er trotzdem ein paar Dinge regeln. Nur für den Fall.

Nils erhob sich und schloss die Tür wieder auf. Gull-Britt saß mit einer Wochenzeitung und einer Tasse Kaffee am Küchentisch. Sie betrachtete ihn fragend, und er wich ihrem Blick aus.

»Kaffee«, sagte er. »Ist noch welcher da?«

»In der Maschine.« Gull-Britt deutete zur Arbeitsplatte. »Stimmt irgendetwas nicht?«

Er nahm sich eine Tasse aus dem Schrank und füllte sie.

»Warum? Was sollte nicht stimmen? Ich hole mir nur einen Kaffee.«

Natürlich musste er sich nicht dumm stellen, aber er wollte absolut nicht darüber sprechen.

»Du schließt dich ein«, sagte sie und nickte zum Arbeitszimmer. »Das ist eher ungewöhnlich, wenn ich das so formulieren darf.«

Nils ging sofort wieder in sein Arbeitszimmer.

»Ich arbeite, verdammt noch mal«, blaffte er, knallte die Tür zu und schloss wütend erneut zweimal ab.

Er setzte sich wieder an den Tisch und trank einen Schluck Kaffee. Wie kindisch und dumm es war, so abweisend zu Gull-Britt zu sein. Seine Ehefrau war gut zu ihm, und eigentlich hatte sie ein Recht darauf, es zu erfahren. Aber vielleicht auch nicht. Sicher, sie hatten sich bei der Eheschließung versprochen, in guten wie in schlechten Tagen füreinander da zu sein, aber jetzt war er an eine Grenze gestoßen. Sein Körper gehörte ihm, ganz besonders jetzt, wo er gebrechlich wurde.

Nils schob ein paar Papierstapel beiseite und fand seinen Schlüsselbund. Wie nachlässig von ihm, den bei seinem letzten Besuch einfach offen liegen zu lassen. Er hätte jedem x-Beliebigen in die Hände fallen können. Gull-Britt interessierte sich nicht dafür, aber Lotta streifte manchmal durchs Haus. Nicht oft, aber es kam vor. Und dieser Nichtsnutz David, mit dem sie verheiratet war, schaute auch hin und wieder vorbei.

Nils suchte und hatte schon bald den richtigen Schlüssel gefunden. Er stand auf und ging zum Waffenschrank, der hinter der Tür zur Küche stand. Er schob den langen Schlüssel mit dem gezackten Bart ins Schloss, drehte ihn, und schon glitt die Tür auf. Der Schrank war nicht gerade ein modernes Exemplar, heutzutage hatten eigentlich alle Jäger einen Schrank mit Nummernschloss. Aber Nils Hansson vertraute Zahlenkombinationen nicht und zog sein System vor.

Im Schrank standen seine Waffen genau so, wie sie immer gestanden hatten. Die Schrotflinte und der Elchstutzen. Letzterer hatte ihm auf Gotland nie viel genutzt, aber auf dem Festland war er viele Jahre lang Mitglied in einer Jagdgesellschaft gewesen, mit der sie in Dalarna Elche schossen. Da hatte der Stutzen viele Einsätze gesehen. Nils drehte sich um und betrachtete die Trophäen an der Wand. Noch immer konnte er sich an den Adrenalinstoß erinnern, als der Bock auf ihn zukam und er die Büchse hob und zielte. Der Finger schloss sich um den Abzug, und kurz darauf sackte das gewaltige Tier in die Knie.

Nils nahm die Schrotflinte heraus und streichelte mit der Hand über den Kolben, der glatt war wie ein Babypopo. Er stellte sie mit dem Kolben auf den Boden, der Lauf ragte gerade in die Luft. Strich mit dem Finger über die Öffnung. Streckte die langen Arme nach unten und testete. Ja, er würde den Abzug betätigen können, wenn die Zeit gekommen war.

Hinten im Schrank standen ein paar Schachteln mit Munition, zwei einzelne Schrotpatronen lagen bereit. Streng genommen brauchte er nur eine, und Schrot war durch die Streuung die sicherste Methode. Wenn Erschießen denn wirklich infrage kam. Er war sich nicht sicher.

Er stellte die Waffe zurück in den Schrank, verschloss die Tür und ging zurück zum Tisch. Nahm den Zettel der Ärztin, steuerte dann den Kachelofen an und öffnete die Luke. Er legte den Zettel mitten auf die Asche und die verkohlten Holzstücke, die noch von dem letzten Feuer übrig waren. Aus dem kleinen Fach, das oben in den Ofen eingelassen war, nahm er eine Streichholzschachtel, riss ein Streichholz an und hielt es in den Ofen. Die Flamme griff auf das Papier über und verschluckte gierig die Aufzeichnungen seiner Ärztin. Schon bald war davon nur noch ein verkohlter Fetzen übrig, der zu Staub zerfiel, als er ihn mit dem Finger berührte. Fort in nur einem Augenblick. Unabhängig davon, wie es nun um Nils Hanssons Herz stand.

8

Mit Warnwesten über den Jacken und Stirnlampen auf den Köpfen marschierten Anki und ihre drei Freundinnen durch die herbstliche Dunkelheit zu Tryggves reizendem Haus. Der sonnige Tag war einem kühlen Abend mit Nordwind gewichen, aber der Himmel war trotzdem klar. Kein Herbstregen in Sicht.

»Es ist wichtig, gut sichtbar zu sein«, hatte Anki bestimmt gesagt, als die eitle Lena wegen der Ausrüstung protestiert hatte. »Außerdem erkennt dich doch eh niemand, und die Weste sorgt nur dafür, dass du heil ankommst, und sei es nur für dein Objekt der Begierde.«

Das Argument zog, weil Lenas Interesse an Tryggves Bekanntem überwog, also streifte Lena die knallgelbe Warnweste über ihre schicke Herbstjacke. Wenn auch immer noch widerwillig. Gunilla – selbst wohnhaft in einer ländlichen Gegend – wusste um die Wichtigkeit, am Wegesrand gesehen zu werden, und hatte selbstverständlich ihre eigene Weste mitgebracht. Ingegerd schließlich war ein so praktisch veranlagter und einsichtiger Mensch, dass von ihr nicht mit Protest zu rechnen gewesen war.

Sie liefen im Gänsemarsch hintereinanderher und konnten im Schein ihrer Lampen den Weg sehr gut erkennen.

»Mir ist eine Nostalgiefrage eingefallen«, rief Anki über die

Schulter ihren Freundinnen zu. »Wollt ihr sie hören? Ist mir eingefallen, als ich in dem Buch von euch geblättert habe.«

»Ja, klar!«, riefen ihre Mädels im Chor.

»Okay, dann könnt ihr grübeln, während wir wandern. Weiß keine von euch die Lösung, bis wir bei Tryggve ankommen, dann verrate ich sie euch.«

Anki blieb stehen, holte Luft und drehte sich zu den anderen um.

»Könnt ihr euch noch an Radio Nord erinnern?«

»Aber sicher«, sagte Lena. »Das war der Piratensender, den wir die ganze Zeit gehört haben.«

»Genau«, sagte Anki, »und hier ist meine Frage: Wann wurde Radio Nord eingestellt, und welches Lied wurde als letztes gespielt?«

Radio Nord war seinerzeit der absolute Lieblingssender gewesen, dicht gefolgt von Radio Luxemburg, den hörte, wer Popmusik wollte. Das änderte sich erst, als Sveriges Radio anfing, die Hitparade zu senden.

Anki und ihr Gefolge hatten die große Straße erreicht. Ein paar Autos sausten mit viel zu hoher Geschwindigkeit an ihnen vorbei, und Lena musste eingestehen, dass die unglamouröse Weste gar keine so schlechte Idee war.

»Vergesst das Nachdenken nicht«, ermuntere Anki sie.

»Viel zu leicht!«, sagte Gunilla, als sie die Straße überquert hatten und sicher auf einem kleineren Weg angelangt waren. »Da waren wir – also du und ich – auf einem Reitlager in Grinda. Lass mal überlegen, wir waren dreizehn, schätze ich. Also muss das 1962 gewesen sein. Ich erinnere mich daran, dass wir um Mitternacht aufgestanden sind, um den historischen Moment mitzuerleben, als der Sender abgestellt wurde.«

»Und was war das letzte Lied?«, fragte Lena.

»*Hit the road, Jack*!«, sagte Ingegerd im Brustton der Überzeugung. »Das war eine Abschiedsbotschaft an Jack Kotschack, der den Sender betrieben hatte. Das war ein trauriger Moment, ich kann mich ebenfalls noch gut daran erinnern.«

»Euer Gedächtnis funktioniert ja wirklich noch vortrefflich«, sagte Anki. »Wenn wir so weitermachen, werden wir vielleicht nicht senil.«

»Das ist jetzt nicht ganz logisch«, wandte Gunilla lachend ein. »So weit in die Kindheit können selbst noch Menschen zurückdenken, deren Kurzzeitgedächtnis nichts mehr taugt. Wir sollten lieber abfragen, was gestern oder heute Vormittag passiert ist.«

Da hatte sie recht, und Anki musste sich daran erinnern, das zu üben. Aber die Fragen zu ihren geliebten Sechzigern waren einfach lustiger, fand sie, und marschierte weiter den schmalen Pfad entlang, der zu Tryggves Haus hinunterführte.

Tryggve hatte die Stirnlampen offenbar schon aus der Ferne gesehen, denn er erwartete sie bereits auf der Veranda, als sie ankamen, und öffnete ihnen weit die Tür.

»Willkommen, meine Damen!«, sagte er. »Immer rein in die gute Stube.«

Das Haus war gemütlich beleuchtet mit Kerzen und kleinen Lampen, fröhliches Gelächter der anderen Gäste war zu hören. Putte kam zu ihnen, strich ihnen um die Beine und blieb schwanzwedelnd vor Anki stehen.

»Sei schön artig und mach unsere Abendgarderobe nicht schmutzig«, ermahnte sie ihn. »Ein bisschen haben wir uns nämlich aufgebrezelt.«

Tryggve nahm ihnen die Jacken ab und hängte sie im Flur auf, bevor er die vier Freundinnen ins Wohnzimmer begleitete. Auf der antiken Sitzgruppe aus dem neunzehnten Jahrhundert saßen bereits drei Menschen. Es war nicht zu übersehen, dass es sich bei der Frau um Tryggves Schwester handelte, sie ähnelten sich wirklich sehr, nicht nur, was Gesichtszüge und Größe betraf.

»Ich bin Tryggves kleine Schwester Margaretha«, sagte die Frau und stand auf, um die Neuankömmlinge zu begrüßen.

Ihr Mann tat es ihr gleich und stellte sich ebenfalls vor.

»Sie haben wir ja bereits getroffen«, sagte Anki und streckte die Hand in Åkes Richtung.

»Ja, natürlich. Sie sind heute hier vorbeigeritten«, sagte er und schaute Lena tief in die Augen.

»Neben mir ist noch Platz«, fuhr er fort und zeigte neben sich. Schnell schob Lena sich an Anki vorbei und zwängte sich zu Åke. Anki, Ingegerd und Gunilla wechselten vielsagende Blicke. Das hatten sie bereits häufig genug miterlebt, Lena gab nie auf. Sie war schnell Feuer und Flamme für einen Mann, der ledig erschien.

»Wie schön Sie es hier haben«, sagte Ingegerd und schaute sich um.

Sie hatte natürlich recht. Das Zimmer war liebevoll eingerichtet und verfügte über tiefe Fensternischen. Tryggve liebte antike Möbel, und das sah man. Trotzdem war es nicht überladen, wie es ja gern bei jemandem der Fall war, der hingebungsvoll Antiquitäten sammelte. Das Wort »geschmackvoll« traf die Einrichtung wohl am besten. Zudem verzichtete Tryggve abends nur zu gern auf elektrische Lichtquellen. Über der Sitzgruppe hing ein Messingkronleuchter mit Kerzen, und hier und da flackerten neu bestückte Kerzenständer. Unter anderem auch auf einem neuen Möbelstück, das neben Tryggves Lesesessel prangte. Anki ging zu dem kuriosen kleinen Regal und fuhr mit der Hand über das Holz.

»Das muss neu sein«, sagte sie. »Das ist mir bisher noch nicht aufgefallen.«

Oft war Anki noch nicht in Tryggves Haus gewesen, für gewöhnlich saßen die beiden in seinem Gewächshaus, wo sie plauderten und ein Gläschen tranken. Aber dieses Regal, da war sie sich sicher, hatte sie noch nicht gesehen.

»Da hast du ganz recht«, antwortete Tryggve, der mit einem

Tablett voller Gläser aus der Küche zu ihnen stieß. »Das habe ich gerade erst von Margaretha und Per bekommen. Schön, oder?«

»Und praktisch«, stimmte Anki zu. »Dann hast du, wenn du in deinem Sessel sitzt, gleich alles Wichtige zur Hand: Bücher, Zeitschriften und Whisky. Du musst nur daran drehen.«

Tryggve lächelte glücklich und verteilte Sekt.

»Was ist das für ein Holz?«, fragte Anki, die noch nicht das Thema wechseln wollte.

»Da musst du dich an Per wenden«, sagte Tryggve. »Mir ist es gerade entfallen.«

»Ebenholz«, sagte Per und prostete Anki zu. »Deutsches Ebenholz.«

»Sehr, sehr schönes Holz für Möbel«, erwiderte Anki.

Tryggve prostete zurück, und dann ließen sich auch Anki, Ingegerd und Gunilla auf den Lehnstühlen nieder. Anki wandte sich an Margaretha und Per und fragte höflich, was sie beruflich machten und wo sie wohnten, wenn sie nicht auf der Insel waren. Per erzählte von seinem Leben als Lokalpolitiker in Nacka, und Margaretha verriet, dass sie Psychologin war.

»Das gebe ich nur ungern zu«, beichtete sie, »ganz besonders auf Feiern. Meist glauben die Menschen, ich könnte sie sofort durchschauen, als hätte ich seherische Fähigkeiten. Darüber hinaus gehen viele davon aus, dass ich mich damit auch gern in meiner Freizeit beschäftige, dabei ist das ein Job wie jeder andere auch.«

Anki konnte das verstehen, ihr erging es als pensionierter Schwedischlehrerin ganz ähnlich. Kaum hatte sie das Wort ausgesprochen, sprachen die meisten von dem großen Unbehagen, das bis zum heutigen Tage Rotstifte in ihnen auslösten.

»Die gab es hier früher nicht, aber mittlerweile verdienen sich ganz schön viele eine goldene Nase mit Trüffeln«, schnappte sie plötzlich einen Gesprächsfetzen von Åke auf, der sich mit Lena und Tryggve unterhielt. »Wisst ihr, wie viel Geld man für diese Delikatesse bekommt?«

»Keine Ahnung«, gestand Lena.

»Mehrere tausend Kronen pro Kilo, würde ich mal schätzen«, sagte Per. »Ich meine, ich hätte sogar mal gehört, dass der Preis in die Vierzig-, Fünfzigtausend gehen kann.«

»Dann hoffe ich, dass sie ähnlich geschmacksintensiv sind wie die Trüffel, die ich mal in Italien probiert habe«, sagte Gunilla. »Ingegerd und ich waren dort vor ein paar Jahren im Urlaub, und uns hat es ganz fantastisch geschmeckt, das kann ich wohl sagen.«

»Ich bin schon sehr gespannt auf die gotländischen«, sagte Ingegerd. »Und dann auch noch mitzuerleben, wie die gesucht und geerntet werden, das ist wirklich ein Traum.«

»Sagen Sie mal, Åke«, fragte Tryggve, »Sie besitzen doch ein bisschen Land. Dann können Sie doch auch nach den schwarzen Diamanten der Wälder suchen.«

Anki entging nicht, wie Åkes Miene sich verfinsterte. Er leerte sein Sektglas in einem Zug.

»Ja«, sagte er knapp, »ich besitze Land, aber das ist nicht viel wert. Bisschen Wald und viel Sumpfgebiet.«

Tryggve fuhr sich nachdenklich übers Kinn und betrachtete seinen Gast. Margaretha stand auf, um allen nachzuschenken.

»Also«, sagte Tryggve, »wenn Ihr Grundstück in der Mitte von Gotland liegt, dann müssen Sie vielleicht aufpassen. Mancherorts wollen sie probebohren, um neue Kalkvorkommen zu finden. Sind Sie davon noch verschont?«

»Das fehlt mir gerade noch«, erwiderte Åke und hielt Margaretha das Glas hin, »denn dann steigen mir auch noch die Spinner von der Naturschutzbehörde aufs Dach. Aber in dem Fall könnte ich es ja einfach verkaufen.«

»Die Proteste sind aber doch nicht weiter verwunderlich«, mischte sich nun Margaretha ein, »hier gibt es schließlich eine Menge einzigartiger Pflanzen. Und auf feuchtem Boden wachsen besonders gern spannende Orchideenarten. Keine schlechte Idee, sich dafür einzusetzen.«

»Du könntest Orchideenwanderungen anbieten«, schlug Per vor. »Gegen Bezahlung, versteht sich.«

Åke verzog das Gesicht, er wirkte nicht so, als wolle er dieses Gespräch fortsetzen. Tryggve hob schnell das Glas, um ein weiteres Mal zu prosten, und für den Rest des Abends beschäftigten sie sich mit weniger heiklen Themen.

Als Anki und ihre Freundinnen nach Hause aufbrachen, nutzte Tryggve die Gelegenheit, noch gleich eine Runde mit Putte zu drehen. Er begleitete sie den gesamten Weg bis zum Pfarrhaus, bevor er umkehrte. Obwohl es schon spät war, schlugen seine Füße einen Weg ein, den er selten nahm. Er durchquerte den Park des Pfarrhofs und folgte dem Pfad, der sich am Fuße der Felswand entlangschlängelte. Nach diesem gemütlichen und gelungenen Abend fiel es ihm schwer, zur Ruhe zu kommen. Da konnte er genauso gut noch ein bisschen länger durch die Dunkelheit streifen. Putte und er waren mit ihren Warnwesten sehr gut zu erkennen.

Hinter der nächsten Kurve lag Hansarve Hof, ein sehr schöner Hof mit einem großen Bauernhaus, das vermutlich zwei- oder sogar dreihundert Jahre alt war. Es hatte sogar einen Flügel. Der Hof bestand aus einem Kuhstall, einer Schmiede, einem Hühnerstall, einem Getreidespeicher, einem Toilettenhäuschen und vielen weiteren Gebäuden. Im Dunkeln konnte er nicht viel erkennen, aber er wusste, dass der Hof instandgehalten wurde und in sehr gutem Zustand war. Schade war nur, dass der Eigentümer selten vor Ort war, der Hof wurde nur im Sommer ein paar Wochen bewohnt, das wusste Tryggve. Und es bekam keinem Haus, lange leer zu stehen. Es musste beleuchtet, beheizt und bewohnt sein. Sonst verkümmerte seine Seele vor Einsamkeit.

Mit langsamen Schritten ging er daran vorbei, schaute aber

die Allee hinunter. Von hier sah es dunkel aus, oder … nicht? Flackerte da nicht ein Licht zwischen den Bäumen? Täuschte er sich? Nun, das geschah ja in der Regel eher nicht. Seine Zeit bei der Kripo hatte seine Aufmerksamkeit stets weiter geschult. Bei der großen Treppe hatte er ein Licht gesehen. Tryggve schaltete seine Taschenlampe aus, blieb reglos stehen und legte Putte die Hand aufs Halsband. Da schlich jemand mit einer Taschenlampe herum, da war er sich ganz sicher. Diebe vielleicht? Der Eigentümer konnte das doch unmöglich selbst sein, oder?

Die Lichtquelle erlosch, und nach wenigen Sekunden knirschten die Steine auf dem Kiesweg. Unverkennbar näherten sich Schritte. Putte spannte sich an und knurrte.

»Stehen bleiben! Polizei!«, rief Tryggve und trat vor.

Er schaltete seine Taschenlampe ein und richtete sie direkt auf das Gesicht der sich nähernden Person. Der Mann riss sofort die Hände hoch, um seine Augen abzuschirmen. Puttes Nackenfell sträubte sich, er ließ den Mann nicht aus den Augen.

»Was machen Sie denn da?«

»Åke?«, fragte Tryggve und ließ die Lampe sinken. »Also, ich könnte Sie das Gleiche fragen. Warum schleichen Sie hier herum?«

Åke hob hilflos die Arme und seufzte.

»Das ist mein Elternhaus«, sagte er.

»Aber warum *schleichen* Sie denn dann hier herum, um Himmels willen? Und warum übernachten Sie nicht dort?«

Åke holte tief Luft.

»Hansarve Hof gehört meinem Bruder Nils. Und um das Kindchen beim Namen zu nennen: Ich bin hier nicht willkommen«, sagte er. »Ich wollte das Haus noch einmal kurz sehen, ist das zu viel verlangt?«

Das war es ganz bestimmt nicht, dachte Tryggve, aber dazu wie ein Dieb in der Dunkelheit herumzukriechen, war doch irgendwie verdächtig.

»Und wenn ich so dreist sein darf, das zu fragen: Gibt es keine Möglichkeit, vielleicht noch einmal bei Tageslicht vorbeizuschauen?«

Åke zuckte mit den Schultern.

»Uns verbindet eine lange, trostlose Geschichte, geprägt von Erbstreitigkeiten und Habgier«, antwortete er. »Kommen Sie, ich erzähle Ihnen alles auf dem Heimweg.«

9

Sonntag, 8. November

Gull-Britt stand so leise wie möglich auf, ging die Treppe hinunter und in die Küche. Sie gab sich größte Mühe, die Stufen auszulassen, die am meisten knarrten, aber das war in diesem alten Haus fast ein Ding der Unmöglichkeit.

Irgendwann reichte es einfach, sich schlaflos im Bett zu wälzen. Um halb zwei war sie aufgewacht und hatte danach nicht wieder einschlafen können. Ihre Gedanken kreisten unaufhörlich um Nils. Irgendetwas hielt er vor ihr geheim. Sie hatte keine Ahnung, worum es ging, aber sein Verhalten ließ keine guten Rückschlüsse zu. Ihn mit dem Rücken gegen die Wand zu stellen und eine Erklärung zu verlangen, war ausgeschlossen, dann würde er sich nur noch weiter verschließen und schweigen wie ein Grab. Auch leise Andeutungen zu machen, bot sich als Taktik bei Nils überhaupt nicht an. Sie würde einfach abwarten und darauf hoffen müssen, dass er sich irgendwann von selbst öffnete.

Beim letzten Blick auf die Uhr, bevor Gull-Britt kapitulierte und aufstand, war es fast vier gewesen, das musste einfach reichen. Da machte sie sich lieber einen Kaffee, als sich länger im Bett von einer auf die andere Seite zu werfen.

Nach einem Blick auf die Wetterstation am Fenster musste sie feststellen, dass die Temperatur unter null gefallen war. Am Tag selbst würde das Thermometer aber vermutlich wieder auf über zehn Grad klettern. Dieser Herbst war sonderbar warm und sogar recht schön.

Tiefe Dunkelheit lag noch über Haus und Hof. Gull-Britt zündete ein paar Kerzen an und schaltete den Wasserkocher ein. Dann füllte sie Kaffee für zwei Tassen in die kleine Presskanne. Das würde für sie reichen, denn Nils schlief ja noch und brauchte erst einmal keinen. Er hatte lauthals geschnarcht und damit noch zusätzlich verhindert, dass sie wieder einschlafen konnte.

Während das Wasser kochte, vertrieb sie sich die Zeit bei Facebook. Um diese Uhrzeit gab es jedoch nicht gerade viele neue Posts, deshalb wechselte sie zu Instagram, bis ihr Kaffee fertig war und sie sich damit an den Küchentisch setzen konnte. Die Bohnen waren eine besondere Sorte, die sie vom Festland mitgebracht hatte. Sündhaft teuer, aber Nils und Gull-Britt gönnten sich zu gern etwas. Viele Menschen, darunter auch ihre Tochter Lotta, hielten Nils für geizig, dabei entsprach das nicht der Wahrheit. Er gab sein Geld eben nur für die richtigen Dinge aus, statt es für Dummheiten zu verpulvern, aber das verstand nicht jeder. Einmal hatten sie sich den Luxus eines verlängerten Wochenendes in Rom gegönnt, an der Piazza Navona gesessen und sehr gut und teuer gegessen.

»Mein Gott, was wir hier das Geld verprassen!«, war es Gull-Britt damals entfahren.

Nils hatte das Rotweinglas gehoben und sie verwundert angesehen.

»Das macht doch nichts, solange wir es haben«, hatte er gekontert, und dagegen hatte sie nichts einzuwenden gehabt.

Sie stellte ihre Kaffeetasse ab und schnupperte irritiert. Merkwürdig. Es roch nach Qualm. Sie schnüffelte intensiver und schaute zu den flackernden Kerzen. Vielleicht heizte jemand mit Holz? Möglich, dass einer der Nachbarn ebenfalls nicht schlafen konnte und das Haus aufwärmte. Aber wer? Der nächstgelegene Hof lag trotz allem ein paar hundert

Meter entfernt. Wenn der Wind jedoch richtig stand, konnte der Qualm dennoch herziehen.

Nur um sicherzugehen, stand sie auf, ging durch den Flur und hinaus auf die große Treppe. Der Qualm kam definitiv von draußen. Aus der unmittelbaren Umgebung. Sie ließ den Blick über das Grundstück wandern. Es war noch immer dunkel, die Sonne würde erst in ein paar Stunden aufgehen. Nur eine Gartenlaterne warf einen Kreis aus Licht auf die von Raureif überzogene Rasenfläche.

Der scharfe Geruch wurde stärker, und jetzt erkannte sie eine Rauchsäule, die hinter dem Kochhaus aufstieg. Dem Kochhaus! Da sollte es definitiv nicht qualmen.

Obwohl sie nur Pantoffeln trug, rannte Gull-Britt die Stufen hinunter, den Kiesweg entlang und am Seitenflügel des Hauses vorbei. Dort war sie selten, was konnte dort brennen? Als sie um die Ecke des Kochhauses bog, blieb sie wie angewurzelt vor dem uralten Klohäuschen des Hofs stehen.

Flammen schlugen bis hinauf zu den Dachschindeln. Es war nur noch eine Frage der Zeit, bis die Fensterscheibe wegen der zu großen Hitze zerspringen würde. Dieser Teil des Grundstücks war von Gestrüpp überwuchert. Wenn das Feuer erst auf die Haselsträucher überging, nicht vorstellbar, wie schnell es sich ausbreiten würde.

Gull-Britt rannte zurück ins Haus.

»Nils!«, schrie sie schon im Flur. »Wach auf!«

Er grunzte, drehte sich zu ihr um und war erstaunlich schnell auf den Beinen. Gull-Britt schleuderte ihm den Morgenmantel entgegen und berichtete ihm atemlos, dass die alte Außentoilette in Flammen stand. Nils verlor keine Zeit. Sofort rannte er die Treppe hinunter und öffnete die Haustür.

»Der Schlüssel, Gull-Britt«, sagte er und zögerte einen Moment. »Hol den Schlüssel zum Kochhaus. Schnell!«

Mit zitternden Händen suchte Gull-Britt nach dem richtigen Exemplar, das am Schlüsselbrett im Flur hing. Alle waren ordentlich beschriftet. Schon hatte sie den richtigen gefunden und eilte hinter Nils her. Er schloss die Tür zum Kochhaus auf und rollte, so schnell er konnte, den Gartenschlauch aus.

»Dreh das Wasser auf!«, schrie er sie an. »So weit es geht. Und ruf die Feuerwehr!«

Wie mechanisch tat sie, was ihr gesagt wurde. Erst das Wasser anstellen, dann das Handy hervorholen, den Notruf wählen und dort umständlich erklären, wo genau sie auf der Insel zu finden waren. Sobald das erledigt war, eilte sie zurück zu ihrem Mann, um nachzusehen, ob sie noch irgendwie anderweitig helfen konnte. Er stand dort, das Ende des Schlauchs auf die Flammen gerichtet. Hitze schlug ihr entgegen, und Gull-Britt wich zurück. Die lichterloh brennende Decke krachte ein, und die Fensterscheiben zerbarsten in tausend kleine Stücke. Die Flammen tanzten bedrohlich, hielten gegen den Wasserstrahl, bis sie endlich aufgaben und es nur noch zischte und schwarzer Rauch aufstieg. Gull-Britt faltete die Hände und betete zu Gott, dass die Katastrophe damit überstanden war.

Als endlich die Wagen der Feuerwehr ankamen, hatte Nils das Feuer so weit gelöscht, aber es rauchte immer noch gewaltig.

»Jetzt übernehmen wir«, sagte der Feuerwehrmann und klopfte Nils auf die Schulter. »Das haben Sie sehr gut gemacht. Ohne Ihren Einsatz hätte das hier sehr schnell anders aussehen können. Gehen Sie doch ins Haus und ruhen Sie sich ein wenig aus.«

Nils stützte sich ungewohnt schwer auf Gull-Britt, während sie zurückgingen. Sie streichelte ihm die Hand. Noch nie hatte sie ihren sonst so vor Energie strotzenden Mann so kraftlos gesehen. Langsam und ohne ein Wort zu wechseln steuerten sie das große Haus an. Die Dunkelheit lichtete sich, langsam brach der Tag an, Sonntag, der achte November. Am Fuß der Treppe blieb Nils plötzlich stehen.

»Was zum …«

Er deutete zur Fassade.

Da sah es auch Gull-Britt. Vorhin im Dunkeln war ihr die Schmiererei nicht aufgefallen, jetzt war sie nicht zu übersehen. Rechts von der Treppe an der dreihundert Jahre alten Kalkmauer stand in großen, schwarzen Graffitibuchstaben: **TOD DEM TRÜFFELSCHWEIN!**

»Wer in Gottes Namen …«

Seine sonst so starke Stimme zitterte. Gull-Britt entging nicht, dass er sich eine Hand gegen die Brust drückte und das Gesicht verzog. Als hätte er Schmerzen. Beherzt nahm sie ihn am Arm und bugsierte ihn die Treppe hinauf ins Haus.

»Nicht jetzt, Nils«, sagte sie. »Darum kümmern wir uns später. Wir tun einfach so, als hätten wir diese hässliche Botschaft noch nicht gesehen.«

10

Anki stand nur im Bademantel in der Küche. Sie fror und fühlte sich angeschlagen, auch deshalb hatte sie sich noch nicht zurechtgemacht. Die trostlose Nacht hatte ihre Spuren hinterlassen. Anki holte Brot aus dem Tiefkühler, vier Scheiben Weißbrot. Gunilla und Lena wollten Toast mit Käse und Marmelade zum Frühstück. Ingegerd und Anki hatten sich an gehaltvolleres Essen gewöhnt und aßen Naturjoghurt angereichert mit unterschiedlichem Getreide. Eier wollten sie alle haben, aber jede auf ihre Art. Gekocht oder gebraten, weich oder hart. Ihre Frühstücksgewohnheiten hatten sich über die Jahre herausgebildet und waren schwer zu ändern.

Bereits um halb fünf war Anki aufgewacht, ohne einen Grund dafür zu kennen. Das geschah mittlerweile manchmal und war jedes Mal wieder ärgerlich. Eine Weile war sie noch liegen geblieben und hatte abgewartet, schlussendlich aber aufgegeben. Sie war aufgestanden und hatte die Rollos etwas beiseitegeschoben. Genau in diesem Moment hatte sie das Blaulicht entdeckt. Mindestens drei Feuerwehrwagen waren an ihrem Haus vorbeigerauscht. Ohne Sirene, nur der kalte und unangenehme Schein des Blaulichts.

Anki hatte den Wagen so lange wie möglich nachgeschaut, sie waren in voller Fahrt an der Kirche vorbeigerast und hinter der nächsten Kurve verschwunden. Irgendwo war ein

Feuer ausgebrochen, und Anki grübelte, wer in der Richtung wohnte. Tryggve nicht, sein Haus stand näher am Meer. Die Wagen waren in einen weniger dicht besiedelten Bereich der Gemeinde unterwegs. Dort gab es ein paar Höfe mit Lämmerzucht, wo es das beste Fleisch, die leckersten Würstchen und die feinsten Lammfelle gab. Sie hoffte inständig, dass kein Stall betroffen war und keine Lämmer schauerlich verbrennen mussten.

Anki konzentrierte sich wieder darauf, das Frühstück zuzubereiten, legte zwei Eier in einen Kochtopf, füllte ihn mit Wasser auf und stellte ihn auf den Herd. Fünfeinhalb Minuten sollten sie kochen, genau so wollten Ingegerd und Lena sie. Auf eine andere Herdplatte stellte sie eine Pfanne und gab ein Stück Butter hinein. Vorsichtig schlug sie zwei Eier auf und ließ sie in die Pfanne gleiten. Das Eigelb durfte nicht kaputtgehen. Die Eier mussten bei niedriger Wärme garen, bevor sie gewendet wurden. Das Eigelb sollte stocken, aber einen weichen Kern behalten, dann war es perfekt. Lange hatte sie das geübt, aber es gelang ihr nicht jeden Tag, das musste sie zugeben.

»Guten Morgen!«

Wie gewöhnlich war Ingegerd bereits um diese Uhrzeit schon frisch und munter.

»Guten Morgen!«, erwiderte Anki. »Hast du gut geschlafen?«

»Ja, bestens. Kann ich dir irgendwie helfen?«

Anki lehnte dankend ab, sie kochte lieber allein, alles andere störte ihre Routine. Besonders um diese Zeit. Beim Mittagessen sah das schon wieder etwas anders aus, da konnte die gemeinsame Zubereitung durchaus Spaß machen.

»Setz dich einfach schon mal hin und leiste mir Gesellschaft, das Frühstück ist gleich fertig. Wenn du Kaffee willst, da ist schon welcher in der Presskanne.«

Sie deutete zur Arbeitsfläche. Ingegerd holte sich eine Kaffeetasse, füllte sie und verfiel dann in Schweigen. Weil Anki ihre Freundin als sehr sozialen und gesprächigen Menschen kannte, hatte sie anfangs nicht verstanden, warum Ingegerd plötzlich so still war. Aber dann hatte sie es begriffen. Ihre Freundin war nur zu gern bei Facebook unterwegs, und wenn sie sich damit beschäftigte, war sie wie verschluckt und nicht mehr ansprechbar. Deshalb versuchte Anki es nicht einmal, sondern ging weiter der Frühstückszubereitung nach.

Es dauerte nicht lange, bis auch Gunilla und Lena zu ihnen stießen. Der Geruch von frischem Toast und Kaffee hatte sie angelockt.

»Dein Sechzigerjahrequiz gestern war richtig lustig«, sagte Lena, die an diesem Morgen sonderbar aufgekratzt war. »Wollen wir noch ein bisschen weitermachen? Mir ist eine supergute Frage eingefallen. Hört her: Wer hat dieses Lied gesungen?«

Lena grölte ein paar Zeilen eines alten Schlagers.

»*Skona mitt hjärta när du går, skona de känslor du förmår …*«, trällerte sie.

»*… skona mitt hjärta och förlåt liten tår, så skona mitt hjärta när du går*«, fiel Anki ein und schlug mit dem Pfannenwender den Takt dazu. »Ziemlich einfach, ich weiß wer.«

Lena betrachtete ihre anderen beiden Freundinnen.

»Noch jemand außer Anki?«

Ingegerd, die noch immer mit ihrem Handy beschäftigt war, schüttelte den Kopf.

»Towa Carson«, riet Gunilla. »Nein, warte, jetzt weiß ich's. Anita Lindblom natürlich.«

»Falsch, falsch!«, lachte Anki und wendete vorsichtig die beiden Eier. »Das war Siw Malmkvist!«

Lena lächelte zufrieden. »Anki hat recht, das Lied ist von der guten alten Siw. Sehr gut! Du kriegst noch einen Zusatzpunkt dafür, dass du sogar mitsingen konntest.«

»Sag mal, ist in der Nacht irgendetwas passiert?«, fragte

Gunilla, als das Schlagerthema abgehandelt war. »Ich war heute Morgen kurz wach und habe Blaulicht vorbeihuschen sehen.«

»Das frage ich mich auch«, antwortete Anki. »Drei Feuerwehrwagen sind gegen halb fünf hier vorbeigerauscht, da wird man ja ganz automatisch neugierig. Aber vielleicht hat es gar nicht in Mullvald gebrannt, und die sind nur durchgefahren. Kajpe Kviar ist nicht weit von hier.«

Die Eieruhr klingelte, und Anki hielt die Eier schnell unter kaltes Wasser. Gunilla nahm sie ihr ab und steckte sie in die auf dem Tisch bereitstehenden Eierbecher, während Anki sich wieder dem sorgfältigen Braten der anderen beiden Eier zuwandte. Diesmal gelangen sie ihr vortrefflich, und sie platzierte die perfekten Spiegeleier auf Tellern für sich und Gunilla.

»Guten Appetit, Mädels!«, sagte sie und machte eine einladende Geste zum Frühstückstisch. »Dann haut rein.«

»Ich habe was gefunden«, rief Ingegerd plötzlich und schaute von ihrem Telefon auf.

Die anderen schauten sie verständnislos an.

»Mullvald hat eine eigene Facebookseite. Wusstest du das, Anki? Sogar öffentlich.«

Anki schüttelte den Kopf. »Keine Ahnung, ich hab ja nicht mal Facebook.«

»Schaut mal«, sagte Ingegerd und hielt den anderen ihr Handy hin. Darauf war ein Bild von etwas Abgebranntem zu erkennen.

»Was steht darunter?«, fragte Anki, die den kleingedruckten Text ohne Brille nicht lesen konnte.

»Brand auf Hansarve Hof«, las Ingegerd. »Ein alter Abort ist abgebrannt, glücklicherweise breitete sich das Feuer nicht aus.«

»Hansarve …«, sagte Anki nachdenklich. »Das muss dieser riesige Gutshof sein, der den Großteil des Jahres leer steht. Im

Sommer hab ich da mal Leute gesehen, aber sonst ist da niemand. Was für ein Glück, dass es nur das alte Klohaus getroffen hat. Ich habe mir schon Sorgen gemacht, dass es eine der Lämmerzuchten war und Tiere umgekommen sind.«

»Es hat nicht nur gebrannt«, sagte Ingegerd und schenkte sich Kaffee nach. »Jemand hat noch ein weiteres Bild eingestellt, schaut mal.«

Sie hielt ihnen erneut das Telefon hin, und die anderen beugten sich darüber, um besser sehen zu können. Anki suchte die Taschen ihres Bademantels nach ihrer Brille ab. Sie keuchte auf, als sie die schwarzen Buchstaben auf der weißen Fassade las.

»Das ist ja furchtbar!«, entfuhr es Gunilla. »Ich würde mich zu Tode erschrecken, wenn das jemand bei uns am Haus machen würde.«

»Wer ist denn das Trüffelschwein?«, fragte Lena.

»Keinen blassen Schimmer«, sagte Anki. »Das müssen wir Tryggve fragen, der weiß das bestimmt.«

11

Gegen neun Uhr fing es an zu dämmern, und Tryggve war gerade im Begriff, das Haus zur ersten Hunderunde des Tages zu verlassen, als sein Handy zu vibrieren begann. Vorher hatte er mit Åke in der Küche gesessen und eine halbe Tasse Kaffee getrunken. Ihr nächtliches Treffen am Hansarve Hof war nicht mehr zur Sprache gekommen, aber dazu würde es sicher noch mehr als einmal Gelegenheit geben. Und Åke hatte auf dem Rückweg schon einen Großteil seiner Geschichte erzählt.

»Immer diese Frühaufsteher. Schrecklich, oder, Putte?«, murmelte Tryggve, während er sein Telefon aus der Jackentasche fischte. »Sicher wieder nur jemand, der uns was verkaufen will, und für so was haben wir keine Zeit, wir wollen schließlich los.«

Er warf einen Blick aufs Display, aber die Zahlen waren ohne Brille nicht zu entziffern. Schade, denn ein paar Nummern von Verkäufern hatte er sich gemerkt und ging einfach nicht ans Telefon, wenn sie sich meldeten. Nun denn, dann musste er den Anrufer eben wegdrücken, falls es jemand war, mit dem er nicht sprechen wollte. Außerdem nahm er sich in diesem Moment selbst das Versprechen ab, bei nächster Gelegenheit nach Visby zu fahren und sich bezüglich Gleitsichtbrillen zu erkundigen. Ständig zwischen verschiedenen Brillen wechseln zu müssen, war einfach zu umständlich.

»Fridman«, meldete er sich knapp und leinte Putte dabei an.

»Hallo, Tryggve! Munter wie eh und eh?«

Sofort erkannte er die Stimme von Mats Myrstedt, seinem guten Freund und langjährigen Kollegen. Was die beiden nicht voneinander wussten, musste man nicht wissen.

»Ach, du bist das«, antwortete Tryggve. »Deine Anrufe sind mir ja stets willkommen, lieber Mats, aber dass du dich so früh am Morgen meldest, ist ja schon eher ungewöhnlich.«

Putte drehte sich auf der Suche nach einem angemessenen Platz für sein morgendliches Geschäft um sich selbst und um Tryggve, sodass dieser aufpassen musste, sich nicht in der Leine zu verheddern.

»Da hast du wohl recht«, stimmte Myrstedt zu, woraus Tryggve schloss, dass sein alter Freund nicht anrief, um sich die Zeit zu vertreiben.

»Das heißt, es ist irgendetwas vorgefallen?«, fragte er und kramte gleichzeitig nach einer Plastiktüte, um Puttes Hinterlassenschaft einzusammeln.

»Auch damit hast du recht«, sagte sein früherer Kollege. »Manchmal zieht man eben gern jemanden der alten Garde zurate.«

»Und da fiel das Los auf mich?«

»Genau«, bestätigte Mats Myrstedt. »Hast du schon gehört, dass es in deiner kleinen Gemeinde heute gegen vier Uhr früh zu einem kleinen Feuer kam?«

Tryggve beugte sich hinunter, es folgte ein gewohnter Handgriff und schon war eingetütet, was Putte gemacht hatte. Das Verknoten der Tüte musste jedoch warten, bis das Telefonat beendet war. Mit einem leichten Schnaufen richtete er sich wieder auf.

»Einem Feuer?«, fragte er zurück. »Nein, davon habe ich noch nichts mitbekommen. Kleines Feuer klingt ja fast niedlich, aber das ist vermutlich nur deine Ausdrucksweise. Sprichst du von einem Brand?«

Myrstedt stieß ein trockenes Lachen aus.

»Richtig«, antwortete er. »Und du bist nicht sehr aktiv, was die sozialen Medien angeht, nehme ich an?«

»So ein Quatsch interessiert mich nicht«, brummte Tryggve. »Was spricht denn gegen die Lokalpresse und Radio Gotland?«

Ein Streifenwagen fuhr an ihm vorbei Richtung Stadt. Tryggve konnte nicht erkennen, wer darin saß, was aber nicht viel ausmachte, schließlich hatten eine Menge neuer Polizistinnen und Polizisten die Arbeit aufgenommen, seit er in Pension gegangen war.

»Würdest du dich auf Facebook herumtreiben«, fuhr Myrstedt fort, »wüsstest du bereits, was vorgefallen ist. So wie alle anderen. Die Neuigkeit ist für alle zugänglich auf einer Seite, die über Mullvald informiert.«

Tryggve hatte schon von dieser Facebookseite gehört, aber keinerlei Interesse daran gehabt, obwohl ihm bewusst war, dass er so am schnellsten über alles, was in der Gemeinde vorfiel, informiert wäre. Früher musste man nur zum Dorfladen gehen, um den neusten Klatsch zu hören. Ihm selbst genügte es, regelmäßig in den Gottesdienst in Mullvald zu gehen, um auf dem Laufenden zu bleiben. Aber offenbar reichte das nicht immer.

»Mats, kannst du gerade kurz warten?«, fragte er. »Putte wird ungeduldig.«

Tryggve steckte das Handy in die Jackentasche, damit er die Tüte verknoten konnte, die er dann an den Wegesrand legte. Er würde denselben Weg zurückgehen und sie mitnehmen. Schnell holte er das Handy hervor und nahm das Gespräch mit seinem früheren Kollegen wieder auf.

»Fällt dir etwas zum Hansarve Hof ein?«, fragte Myrstedt.

Schlagartig war Tryggve hellwach. Einmal Bulle, immer Bulle.

»Hansarve? Dort hat es gebrannt? Ist jemand zu Schaden gekommen?«

Er dachte an das Gespräch mit Åke gestern Nacht auf dem Nachhauseweg. Daran, dass der Bruder nicht mehr im ehemaligen Elternhaus willkommen war. Der nicht bekommen hatte, was ihm zustand, als das Erbe aufgeteilt wurde.

»Nein, ganz so ernst ist es dann doch nicht«, sagte Mats Myrstedt. »Dort ist nur das alte, gammelige Scheißhaus abgebrannt. Als die Feuerwehr am frühen Morgen eintraf, hatte der alte Herr des Hauses den Brand bereits unter Kontrolle.«

»Aha, und wo ist dann das Problem?«, fragte Tryggve, der allmählich fand, dass das Gespräch zu viel Zeit seines Morgenspaziergangs mit Putte in Anspruch nahm.

»Nun ja, auch ohne Personenschaden handelt es sich ja um Brandstiftung, selbst wenn nur ein simples Scheißhaus von den Flammen verschluckt wurde. Die Spurensicherung ist gerade vor Ort eingetroffen.«

Dass es sich um eine ehemalige Außentoilette handelte, schmälerte nicht ihre Aufgabe. Es hätte jemand zu Schaden kommen können, weil die Gefahr groß gewesen war, dass die Flammen auf andere Gebäude übergriffen, deshalb wurde eine Spurensicherung angeordnet.

»Wir halten den Brandanschlag für eine Warnung«, sagte Myrstedt, »und das Feuer ist nicht das Einzige, was auf dem Hof passiert ist.«

»Nicht?«

»Nein«, fuhr Myrstedt fort, »jemand hat mit schwarzer Farbe eine Drohung an die Wand des alten Hauses gesprayt. Eine Morddrohung, könnte man sagen.«

»Aha. Und deine Männer sind gerade vor Ort?«

Bevor er sich zügeln konnte, war es schon herausgerutscht. Alte Gewohnheit, von den »Männern« zu sprechen. Heutzutage konnte es sich genauso gut um Frauen handeln, schließlich war es mittlerweile über sechzig Jahre her, dass die erste Frau die Polizeiprüfung abgelegt hatte. Tryggve war dieser Fauxpas sehr unangenehm, aber Myrstedt schien ihn nicht einmal bemerkt zu haben.

»Klintvall und Persson waren als Erste dort. Persson wohnt ganz in der Nähe, wie du ja weißt, und die muss man nie lange bitten. Aber ich vermute, sie sind bereits wieder auf dem Weg ins Revier.«

Tryggve kannte sowohl Anders Klintvall als auch Camilla Persson. Sie hatten schon zusammengearbeitet, bevor Tryggve pensioniert worden war.

»Hansarve«, sagte Tryggve. »Gegen wen richtet sich die Drohung?«

»Das ist nicht hundertprozentig klar, aber ich kann mir kaum vorstellen, dass sie gegen jemand anderen geht als den Eigentümer. Er heißt… warte, ich muss nachsehen…«

Es klang, als würde er in einem Ordner blättern, den er vor sich hatte.

»Nils Hansson«, sagte Tryggve.

»Ja, genau. Danke. Da steht, dass das Trüffelschwein sterben soll«, fuhr er fort. »Damit kann eigentlich niemand anders gemeint sein. Er ist Gemüsehändler auf dem Festland, und er verkauft wohl auch Trüffel. Wir haben ihn überprüft, aber dabei nichts Aufsehenerregendes gefunden.«

Tryggve dachte an seinen Gast. Åke Hansson hatte nicht gerade heiter von seinem Bruder gesprochen.

»Glaubst du, es besteht ein Zusammenhang zwischen der Brandstiftung und der Schmiererei?«, fragte er.

»Ich kann mir kaum vorstellen, dass zwei Täter unabhängig voneinander in derselben Nacht einen Brand legen und eine Sachbeschädigung vornehmen«, sagte Myrstedt.

»Hat er Feinde, dieser Nils Hansson?«

Tryggves alter Freund brach in schallendes Gelächter aus.

»Ich habe mit Camilla telefoniert, bevor ich dich angerufen

habe. Weißt du, was Hansson gesagt hat, als sie und Klintvall ihm genau diese Frage stellten?«

»Nicht den Hauch einer Ahnung, aber ich glaube kaum, dass er ihnen eine Liste seine Widersacher mitgegeben hat.«

»Absolut nicht. Er hat gesagt, sie sollten ihn besser fragen, ob er Freunde habe. Die könne er an einer Hand abzählen. Feinde hingegen gibt es wohl zu viele.«

»Einer davon wohnt gerade bei mir«, sagte Tryggve.

Im Hörer wurde es still.

»Wie bitte?«

»Du hast richtig gehört.«

»Das ist ja zu gut, um wahr zu sein!«, entfuhr es Mats Myrstedt. »Wer denn genau?«

»Sein Bruder, Åke Hansson«, antwortete Tryggve. »Er ist mit meinem Schwager befreundet und wohnt bei mir, weil er in seinem ehemaligen Elternhaus nicht willkommen ist. Ich bin mir sicher, dass er auf der Feindesliste steht. Wenn ich das richtig verstanden habe, sind sich die Brüder nicht gerade grün.«

Sie beendeten das Telefonat mit Tryggves Zusage, Åke darüber in Kenntnis zu setzen, was mit dem Toilettenhäuschen des väterlichen Hofs geschehen war. Wenn dieser nicht auf Facebook zugriff, dachte Tryggve.

»Du musst nicht den Polizisten geben«, mahnte Mats Myrstedt nachdrücklich. »Das kannst du gern uns überlassen, die wir noch im Dienst sind. Vergiss das nicht. Unterhalt dich einfach mit ihm. Frag ihn, ob er die ganze Nacht artig in seinem Gästebettchen gelegen hat.«

»Klar«, antwortete Tryggve und drückte das Gespräch weg. Das eine oder andere würde er Åke schon entlocken. Er wollte sich nicht zuschulden kommen lassen, einen Verbrecher geschützt zu haben.

Nachdenklich spazierte er nun weiter mit Putte, und gänzlich unbewusst steuerten ihn seine Füße um die scharfe Kurve am Hansarve Hof vorbei. Aus der Entfernung sah er ein kleineres Löschfahrzeug, das vermutlich zur Sicherheit noch vor Ort war, um eventuell aufkeimende Brandherde zu löschen. Der Wagen der Spurensicherung stand daneben, und Tryggve war insgeheim froh, dass er nicht zu den armen Kreaturen gehörte, die in einem ehemaligen Abtritt herumkrabbeln mussten. Man konnte sich durchaus Schöneres vorstellen.

Davon abgesehen, lag der Hof friedlich und still da. Obwohl er gern die schwarzen Buchstaben mit eigenen Augen gesehen hätte, die an das Haus gesprayt worden waren, ließ er sich nicht von seiner Neugierde auf den Hof treiben. Schließlich hatte er nichts mit dem Fall zu tun, noch dazu hatten Klintvall und Persson sicher alles in ihrer Macht Stehende getan, als sie hier gewesen waren. Aber niemand konnte ihn daran hindern, über weitere Feinde von Nils Hansson zu grübeln. Er würde sich Åke vorknöpfen und versuchen, weitere Informationen aus ihm herauszukitzeln.

Putte schien genug zu haben. Er drehte sich kurzerhand um und machte sich auf den Heimweg. Er wollte sicher sein Frühstück, da musste Tryggve sich fügen und ihm folgen.

Gerade als er das Haus betrat, klingelte sein Handy. Warum waren denn an diesem Morgen alle so mitteilungsbedürftig?

»Fridman«, meldete er sich, so unfreundlich er konnte.

»Hallo, Tryggve, Anki hier«, sagte sie aufgeregt.

»Guten Morgen«, erwiderte er. »Du bist auch schon auf den Beinen?«

»Um diese Uhrzeit doch eigentlich immer«, sagte sie. »Die Pferde wollen versorgt werden, das weißt du ja. Außerdem ist der Morgen mittlerweile schon vorbei, der Vormittag längst angebrochen.«

Anki gehörte nicht zu denen, die die Morgen einfach verstreichen ließen. Lieber ging sie in den Stall und kümmerte sich um ihre Islandpferde und mistete ihre Boxen aus, ein sonderbares Hobby, das er niemals nachvollziehen können würde.

»Also«, fuhr sie fort, »ich frage mich bloß, ob du schon gehört hast, was passiert ist.«

»Meinst du den Brand? Ja, das ist mir nicht entgangen. Ich war selbst gerade dort, die Gefahr scheint gebannt, da ist nur ein altes Toilettenhäuschen abgebrannt. Das gute Stück hatte sein Haltbarkeitsdatum sicher längst überschritten.«

»Ich dachte eigentlich eher an die Schmiererei an der Wand. Die halte ich für viel bedrohlicher.«

»Woher weißt du davon?«, fragte er, aufrichtig verwundert.

Anki lachte.

»Durch Facebook, stell dir mal vor! Mullvald hat eine eigene Seite. Wusstest du das, Tryggve?«

Schon wieder kam an diesem Morgen das Gespräch auf dieses fürchterliche Facebook. Offenbar hatte auch Anki sich diesem Trend angeschlossen. War Teil dieser riesigen Anzahl von Menschen geworden, die nichts anderes taten, als permanent Mist von sich zu geben. Wie konnte sie bloß so tief sinken?

»Ingegerd ist bei Facebook«, erklärte Anki da. »Ich selbst halte davon nichts.«

Tryggve stieß einen Seufzer der Erleichterung aus.

»Wie sollen wir denn die Fahndung aufziehen?«, fragte Anki, woraufhin Tryggve vor Verwunderung fast das Telefon aus der Hand fiel.

Er holte tief Luft und setzte sich auf eine der Bänke auf seiner Veranda.

»Fahndung? Wir?«

»Ja, wir«, sagte Anki fröhlich. »Wir sind schließlich ein Dream-Team, das weißt du doch.«

»Anki«, begann er so bestimmt, wie er konnte.

»Ja, ich höre«, entgegnete sie, aber Tryggve war sich nicht sicher, ob sie das wirklich meinte.

»Diesmal hältst du dich da raus, verstanden? Die Aufklärung von Sachbeschädigung und Brandstiftung ist Sache der Polizei, nicht von Amateuren.«

Dann drückte er das Gespräch weg, steckte das Telefon in die Innentasche seines Mantels und ging ins Haus. Jetzt wollte er mit Åke sprechen, aber das brauchte eine Anki Karlsson ja nicht zu wissen.

12

Montag, 9. November

Lass uns mal anhalten«, sagte Anki. »Ich gebe zu, dass ich mir auch gern den Hof genauer ansehen würde, aber einfach nur rumzustehen und zu glotzen, ist auch irgendwie albern.«

Gunilla und Anki waren zu einem frühen Morgenspaziergang aufgebrochen, nachdem Lena und Ingegerd angeboten hatten, die Boxen auszumisten und die Pferde zu füttern.

Das Wetter hielt sich und war erstaunlich angenehm für Mitte November. Die Sonne schien, und das Thermometer zeigte zehn Grad an. Ab und zu kam eine leichte Brise auf, aber gerade war es windstill.

Der ganze Tag lag noch vor ihnen, sie konnten ihn mit allerhand Aktivitäten füllen, selbstverständlich stand auch Reiten auf dem Programm. Wenn sie das *country life* mit gemütlich ländlichem Touch leben wollten, wie es in den Hochglanzmagazinen dargestellt wurde, dann mussten sie was dafür tun.

»Ach was«, sagte Gunilla, die es gewohnt war, mit der Landbevölkerung umzugehen, weil sie ihr Leben lang nichts anderes getan hatte, »wir gehen einfach auf den Hof und tun so, als würden wir uns für irgendetwas interessieren. Auf dem Land gilt man nicht als neugierig, wenn man unangemeldet vorbeikommt. Im Gegenteil, es sorgt eher für ein Gefühl von Sicherheit, weil man aufeinander aufpasst.«

Gunilla verließ strammen Schritts den Weg und bog auf die Allee ein, die geradewegs auf das stattliche Bauernhaus zuführte. Viele Blätter waren bereits von den Bäumen gefallen und bildeten am Rand des Kieswegs Laubhaufen. Von der Form der Blätter ließ sich darauf schließen, dass es sich um eine prachtvolle Lindenallee handelte.

Gunilla stimmte sogleich ein altes Volkslied an: »*Vi gingo i en lindallé med gula, våta blad …*«, trällerte sie und hakte sich bei Anki unter.

Die Freundin fiel mit ihrer Altstimme gleich mit ein und lachte. »Wenn wir eins können, dann alte Lieder singen. Merkwürdig, wie gut man sich ausgerechnet daran erinnert.«

Sie schaute sich um, während sie sich dem Haus näherten. Ein großes dunkelgraues Auto – vielleicht einer von diesen sogenannten SUVs, dachte Anki – parkte neben einem langen, bogenförmigen Rosenbeet. Hinter dem Beet wuchsen eine Zuckerhutfichte und ein ordentlich gestutzter wintergrüner Busch. Die eine oder andere Rose trotzte noch der Witterung und zeigte sich in ihrer ganzen hellroten Pracht. Falls jemand aus dem Haus kam und fragte, was sie wollten, konnte Anki sich erkundigen, wie man sich um solche Mengen von Rosen kümmerte, ohne verrückt zu werden. Sie selbst hatte überhaupt keine Veranlagung zum Gärtnern. Für sie war schon der Gedanke unerträglich, ständig herumzurennen, alles zu gießen und zu stutzen, wie es die hingebungsvollen Blumenliebhaber taten. Im Augenblick war es aber eine gute Ausrede, um etwas darüber herauszufinden, wofür sie sich in Wahrheit interessierte: was auf dem Hof geschehen war. Die abgebrannte Außentoilette und die Schmiererei an der Wand. Die schwarzen Buchstaben konnte man gut von Weitem erkennen, und Anki schauderte, als sie die Botschaft noch einmal las.

»Das ist zweifellos eine Morddrohung«, sagte Gunilla.

Im selben Augenblick öffnete sich die Haustür, eine kräftige Frau trat heraus und stellte zwei Einkaufstaschen auf die Treppe. Sie ließ die Tür offen stehen, als sie noch einmal hineinging, um ihre Handtasche zu holen. Dann schloss sie sie hinter sich. Anki griff nach Gunillas Arm.

»Was sagen wir denn jetzt?«, flüsterte sie. »Wir dürfen nicht zu neugierig wirken.«

Die Frau trug die beiden Taschen die Stufen hinunter Richtung Auto. Gunilla eilte zu ihr.

»Können wir Ihnen helfen?«

Die Frau zuckte zusammen und riss die Taschen näher an sich. Sie schien so tief in Gedanken versunken gewesen zu sein, dass sie Anki und Gunilla erst bemerkt hatte, als sie unmittelbar vor ihr standen.

»Wer sind Sie?«, fragte sie schnell und mit scharfem Unterton.

Anki eilte vor.

»Guten Morgen, entschuldigen Sie die Störung«, sagte sie. »Ich bin Anki Karlsson, ich wohne direkt gegenüber der Kirche. Gunilla und ich waren gerade spazieren, und da haben wir …«

»… diesen herrlich gestalteten Busch gesehen«, beendete Gunilla ihren Satz und deutete rechts neben die Treppe.

Anki schaute in die Richtung und atmete erleichtert auf, weil ihre Freundin ihr zur Rettung gekommen war. Der Busch, den sie meinte, war der schön gestutzte hinter dem Rosenbeet und offenbar Anlass für ein Gespräch zwischen Gartenliebhabern.

»Ach, der«, sagte die Frau und stellte die Einkaufstaschen ins Auto. »Ja, der ist ungewöhnlich, allerdings kann ich Ihnen nicht sagen, was für eine Art das genau ist. Wenn ich es je wusste, dann ist es mir entfallen. Es gibt so viele unterschiedliche Nadelbäume. Mein Name ist übrigens Gull-Britt Hansson.«

Anki näherte sich der Pflanze, die ein paar Meter hoch und sehr breit war. Sie war hart beschnitten und so in die Form einer riesigen Teetasse gebracht worden. Ganz oben war eine kleine rote Hütte mit weißen Giebeln platziert, ein entzückendes Vogelhaus. Ein paar vereinzelte Äste waren nicht gekappt, sondern ragten gerade in die Luft. So ähnelten sie kleinen Bäumen, die das Vogelhäuschen umgaben.

»Die Vögel lieben ihn jedenfalls«, sagte Gull-Britt. »Die Amseln fressen die roten Beeren direkt vom Busch. Einmal waren wir an Weihnachten hier, da haben wir die Beleuchtung im und um das Vogelhaus eingeschaltet. Das war wunderschön.«

Anki fand das Vogelhaus ganz reizend, aber leicht konnte es nicht sein, dort oben Futter nachzufüllen. Genauso wenig, die Fläche so eben zurechtzuschneiden.

»Wir lassen dafür immer Gärtner kommen«, erklärte Gull-Britt, als habe sie Ankis Gedanken erraten. »In regelmäßigen Abständen rücken sie an und kümmern sich um alles. Das könnten wir gar nicht alles selbst bewältigen, so selten wie wir hier sind.«

Sie schloss den Kofferraum und warf einen Blick auf die Uhr.

»Wohnen Sie hier in der Gemeinde? Dann haben Sie vermutlich schon gehört, dass wir in der Nacht Opfer eines Anschlags geworden sind«, sagte sie und fuhr sich mit dem Handrücken über die Stirn.

Anki gab sich Mühe, unwissend auszusehen. Lügen wollte sie nicht, aber bestätigen musste sie ja auch nichts.

»Abscheulich, oder?«, sagte Gull-Britt und deutete zur Fassade.

»Gott, wie schrecklich!«, entfuhr es Anki. »Wer macht denn so etwas so weit draußen auf dem Land?«

Gull-Britt seufzte müde. »Wenn wir das wüssten, dann hätte die Polizei leichtes Spiel, die Verantwortlichen aufgrund von Sachbeschädigung und illegaler Drohung oder wie man das auch immer ausdrückt, festzusetzen. Dabei ist die Schmiererei nicht mal das Einzige.«

»Nicht?«

Anki versuchte, alles aus Gull-Britt herauszukitzeln. Vielleicht würde sie ihnen ja sogar zeigen, wo es gebrannt hatte. Gunilla hatte die Rolle der interessierten Gärtnerin übernommen und ging Runde um Runde um den gestalteten Busch, der eigentlich besser in einen traditionell englischen Garten gepasst hätte, statt zu einem romantischen Rosengarten auf gotländischem Boden.

»Kommen Sie mal mit, ich zeige es Ihnen«, sagte Gull-Britt. »Gebrannt hat es nämlich außerdem.«

»Das erklärt dann ja die Feuerwehrwagen von heute Morgen«, spielte Anki mit.

»Fürchterlich, nicht wahr?«, sagte Gull-Britt, ihre Schultern bebten etwas. »Die waren ganz sicher zu uns unterwegs.«

Anki folgte ihr zu dem Teil des Hofes, der sich hinter dem Kochhaus verbarg und wo einst der Abort gestanden hatte. Orangegelbes Flatterband hinderte sie daran, ganz nah an den Ort des Geschehens zu kommen.

»Hier sind die traurigen Überreste«, sagte Gull-Britt. »Nicht, dass Sie glauben, dass wir den Abort noch genutzt hätten, aber es war einfach ein erstaunlich schönes, kleines Gebäude und... wie beschreibe ich es am besten? Es war einfach reizend. Früher hat es den Menschen Freude bereitet, alles so schön wie möglich zu gestalten, selbst ein simples Toilettenhäuschen.«

»War die Spurensicherung schon hier?«, wollte Anki wissen.

Gull-Britt schüttelte den Kopf. »Noch nicht, für eine gründliche Untersuchung waren die Überreste noch zu heiß.«

Anki ging ein Stück an der Absperrung entlang und reckte den Hals, um – wenn möglich – etwas zu erkennen, wobei sie nicht mal sagen konnte, wonach genau sie eigentlich Ausschau hielt.

»Können Sie sich vorstellen, wer das gewesen ist?«, fragte Anki. »Haben Sie mit irgendjemandem Probleme?«

Gull-Britt schüttelte den Kopf, ihre Augen wurden glasig. *Sie darf nicht anfangen zu weinen*, dachte Anki. Die hellblau geschminkten Lider würden laufenden Tränen nicht standhalten.

»Warum können uns die Leute nicht einfach in Ruhe lassen?«, klagte Gull-Britt. »Nils kann manchmal ziemlich barsch sein, aber muss man so weit gehen, nur weil man ihn nicht mag?«

»Nils?«

»Mein Mann. Er ist im Haus und ruht sich von der ganzen Strapaze aus. Dass er keinen Herzinfarkt bekommen hat, als wir …«

Ihre Stimme brach, vorsichtig tupfte sie sich mit einem Papiertaschentuch, das sie aus der Tasche gezogen hatte, eine Träne aus dem Augenwinkel.

»Als Sie …?«, fragte Anki vorsichtig.

»Als wir gelöscht haben«, sagte sie. »Nils hat geackert wie ein Tier und hatte das Feuer sogar unter Kontrolle, als die Feuerwehr endlich ankam.«

Anki legte Gull-Britt schnell eine Hand auf den Arm. »Ist ja klar, dass solch ein furchtbares Erlebnis an den Kräften zehrt.«

Gull-Britt schnäuzte sich und tupfte dann auch noch die Nase ab.

»Jetzt müssen Sie mich entschuldigen«, sagte sie, »ich muss einkaufen. Außerdem gibt es noch viel fürs Wochenende zu organisieren. Da erwartet uns ja auf jeden Fall etwas Schönes hier im Ort.«

Gunilla war es wohl leid, den sonderbaren Strauch zu betrachten, weshalb sie zu ihnen hinters Kochhaus kam.

»Machen Sie bei der Trüffelsafari mit?«, fragte ihre neue Bekannte.

Anki bejahte, denn das entsprach schließlich der Wahrheit.

»Und was ist nun mit dem Busch?«, presste Gull-Britt mit

einem aufgesetzten Lächeln hervor. »Haben Sie herausgefunden, worum es sich handelt? Sie machen mir den Eindruck, als würden Sie sich sehr für alles Botanische interessieren.«

»Ja, ich glaube, ich weiß es«, antwortete Gunilla. »Ganz sicher bin ich mir nicht, es gibt unzählige Nadelbaumarten, aber bei uns zu Hause auf dem Hof steht auch so einer. Allerdings sieht er weit weniger prächtig aus als dieser hier.«

13

Sara Hansson legte die Hand an den Griff und schob die Tür zur Spülmaschine auf. Sie hob den Korb zu schnell heraus, sodass das Geschirr unnötig laut klirrte. Flott die nächste Fuhre hinein und die Maschine wieder angestellt. Es war ziemlich laut, wenn das Wasser hineingepumpt wurde, trotzdem war es ein Glück, dass die meisten Restaurants mittlerweile mit solchen Schnellspülern ausgestattet waren. Wie würde man sonst mit allem hinterherkommen? Im Plogbillen in Kajpe Kviar mangelte es schließlich immer an Personal, Platz für mehr Maschinen gab es hier jedoch auch nicht, ganz egal, wie groß der Bedarf gewesen wäre.

Wie mechanisch trocknete Sara die Teller ab, die noch feucht aus der Maschine gekommen waren, und stellte sie in den Schrank. Sie mochte diese monotone Aufgabe, sie hatte etwas Beruhigendes, und am schönsten war es sowieso, wenn sie die Küche ganz für sich hatte. Zum großen Trüffel-Dinner am Samstag sprangen – wie gewöhnlich – David und Lotta ein, und das war ziemlich praktisch, weil sie beide sehr vielseitig einsetzbar waren. Nur um das Kochen kümmerte Micke sich selbst, allerdings durfte Sara ihm assistieren, die durch ihn im Laufe des Jahres bereits einiges gelernt hatte. Dabei waren eigentlich die Weine ihr Steckenpferd. Es wurde ihr nie langweilig, sich auf diesem

Gebiet weiterzubilden. Micke nannte sie oft einen regelrechten Nerd.

Sie warf einen Blick aus dem Fenster und entdeckte einen hübschen Buntspecht, der oben auf der großen Esche Platz genommen hatte. Er hackte entschlossen mit seinem kräftigen Schnabel. Sein Federkleid war außerordentlich hübsch: schwarz und weiß mit einer hellroten Zeichnung, die sehr gut zu erkennen war. Wie das wohl war? Frei wie ein Vogel zu sein, statt hier in der Küche stehen und arbeiten zu müssen? Nichts kochen oder abtrocknen zu müssen? Micke würde sicher die Welt bereisen, um noch mehr über das Kochen in anderen Ländern zu lernen, sie selbst war auf der Insel voll und ganz zufrieden. Hier fühlte sie sich am wohlsten.

Handtuch und Teller noch in der Hand, ging Sara zur Tür und spähte ins Restaurant. Die Gäste waren gegangen, jetzt konnte sie die Tische nach dem Mittagessen abräumen und wieder herrichten. Zu dieser Jahreszeit und besonders bei diesem schönen Herbstwetter blieben die Mittagsgäste nicht unnötig lange drinnen, sondern begaben sich auf lange Herbstspaziergänge in die Natur. Oft fuhren sie dazu von Kajpe Kviar nach Ljugarn, um dort am Strand entlang bis zu dem beeindruckenden Raukefeld mit den spektakulären Steinformationen zu wandern. Sie wollten keine Sekunde ihrer Zeit hier vertrödeln, und das konnte Sara sehr gut verstehen. Schließlich hatten sie viel Geld dafür bezahlt, etwas zu erleben.

Sara seufzte und wandte sich wieder der Küche und dem Geschirr zu. Mickes und ihr eigenes Leben hatte sich nicht großartig verändert, seit sie sich vor zehn Jahren kennengelernt hatten. Damals jobbten sie beide in einem Sommerrestaurant in Visby. Seither waren sie zusammen, aber für Kinder war ihnen keine Zeit geblieben, was Sara jedoch nicht bedauerte. Sie war noch ausreichend bedient von ihrer eigenen Kindheit und ihren Geschwistern. Einmal waren sie nahe dran gewesen, doch sie hatte im letzten Moment noch abgetrieben, und seither passte sie besser auf. Und Micke wollte einzig als Koch besser und besser werden und ein richtig feines Restaurant betreiben. Aus diesem Grund hatte er das Plogbillen von Gerhard Klein gepachtet, nachdem dieser entschieden hatte, dass er mit dem Fischrestaurant in Mullvald ausgelastet war. Gerhards Zweifel waren groß gewesen, als Micke ihm von seinen Plänen erzählt hatte, das Plogbillen in ein Luxusrestaurant umzuwandeln, in dem zum krönenden Abschluss des Gotländischen Trüffelfestivals ein Trüffelwochenende stattfinden sollte. Trotzdem hatte er ihnen nur das Beste gewünscht. Zum Restaurant gehörten vier Zimmer, und mithilfe von tüchtigen Handwerkern hatten sie diese in Vier-Sterne-Hotelzimmer aufgewertet. Ob das Luxuskonzept tragen würde, musste sich erst noch zeigen, aber Micke war hartnäckig und seine Liebe zu gutem Essen tief verwurzelt. Wenn es ihnen nur gelang, die Gäste anzulocken, die regionale Speisen in einem luxuriösen Ambiente schätzten, würde sich die Mühe auszahlen, davon war Sara überzeugt.

Noch war Kaffee in der durchsichtigen Kanne auf der Warmhalteplatte. Sie goss zwei Becher voll und ging damit ins Büro, wo Micke über den Computer gebeugt dasaß.

»Hier, bitte. Nicht mehr der frischeste Kaffee, aber zum Beleben reicht er allemal. Die Mittagsgäste haben uns etwas übrig gelassen.«

Er schaute auf und lächelte sie kurz an.

»Danke, den kann ich gut brauchen. Ich habe noch eine ganze Menge zu organisieren, bis ich für Samstag alles unter Kontrolle habe.«

Sara betrachtete ihren Mann.

»Werden alle Zutaten rechtzeitig hier sein?«, fragte sie.

»Der Hofladen bringt am Freitag die Ochsenwangen. Die Jakobsmuscheln und Seezungen kommen Samstag früh. Rechtzeitig, wie ich hoffe.«

Er war blass und hatte dunkle Ringe unter den Augen. Das

blonde Haar stand in alle Richtungen ab, so sah er einfach nicht gescheit aus.

»Und das Gemüse? Soll ich dir übrigens mal die Haare schneiden?«

»Mir die Haare schneiden? Du bist ja lustig, dafür haben wir gerade wirklich überhaupt keine Zeit.«

»Stimmt. Und wie steht es nun mit dem Gemüse?«

»Den Spitzkohl, den wir eigentlich als Beilage wollten, kann ich nirgendwo auftreiben. Aber dann nehmen wir stattdessen in Butter geschwenkten Rosenkohl. Das wird auch gehen, und davon haben wir noch welchen. Ein paar Blatt pro Teller reichen ja aus, die kann Lotta mitzupfen, bevor es ans Servieren geht. Und den Nachtisch dürfen wir nicht vergessen. Kümmerst du dich um das Eis und die Mousse?«

Sie trank einen Schluck Kaffee und schaute wieder zum Fenster hinaus. Sah den Buntspecht, der noch immer in der Esche saß. Mit hoher Intensität pickte er sich ins Innere des Baums vor.

»Sara!«

Er begrub das Gesicht in beiden Händen.

»Manchmal bist du echt ein hoffnungsloser Fall. Nachtisch?«

Sie wandte sich von der Aussicht ab.

»Das Eis ist schon fertig.«

»Die Mousse auch?«

»Nein.«

Warum seufzte er so tief?

»Wann willst du die noch machen?«, stöhnte er und kratzte sich mit beiden Händen am Kopf.

Ach so, er wollte also wissen, *wann* sie die Mousse machte? Warum fragte er das nicht gleich?

»Die Mousse ist in Vorbereitung, sozusagen«, erwiderte Sara. »Die mache ich am Freitag.«

Micke atmete auf.

»Danke, du bist ein Schatz, auch wenn es manchmal ein bisschen schneller gehen könnte. Wie steht es denn mit den Reservierungen für das Dinner und mit Übernachtungsgästen?«

Sara lief hinaus zum Tresen mit integrierter Rezeption, schnappte sich das iPad und kam damit zurück ins Büro. Micke hatte unterdessen ihre Becher aufgefüllt und für jeden einen Haferkeks mitgebracht.

»Ich bin unfassbar müde«, gab er zu und rieb sich die Augen.

»Lass mal sehen«, sagte Sara und wählte die nötige Seite aus. »Eine Frau aus Mullvald hat sich selbst und drei weitere Personen zum Trüffel-Dinner angemeldet. Ob Männer oder Frauen geht aus der Information nicht hervor, aber die Frau, die gebucht hat, heißt Anki Karlsson.«

»Sagt dir der Name was?«

Sara schüttelte den Kopf und ging zur nächsten Reservierung über.

»Ein gewisser Fridman hat vier Personen angemeldet. Ich glaube, das ist der ehemalige Kommissar, der vor ein paar Jahren nach Mullvald gezogen ist. Und dann noch der Pfarrer und seine Frau.«

»Oskar und Astrid Bergsten?«, fragte Micke. »Sonst niemand? Keine Stockholmer?«

Er klang enttäuscht, und sie wusste genau, warum. Er wollte Gäste vom Festland anlocken, nicht die Leute aus der Nachbargemeinde.

»Doch, Ann und Robin, ich dachte, das hatte ich schon erzählt?«

Micke grinste. »Deine Schwester mit ihrem superlangweiligen ollen Macker? Wie zur Hölle hält sie es nur mit diesem Prahlhans Robin Fransson aus, der absolut gar nichts kapiert?«

»Fettes Portemonnaie«, sagte Sara. »Kein schlechtes Motiv.«

»Der hat doch nicht mal einen vernünftigen Job«, echauffierte sich Micke, »und was kann man schon mit jemandem gemein haben, der zwanzig Jahre älter ist?«

»Ann ist zumindest ökonomisch abgesichert«, sagte Sara. »Das ist mehr, als wir von uns behaupten können.«

Micke knüllte ein Blatt Papier zu einem Ball und warf damit spielerisch nach seiner Frau.

»Vielleicht sollten wir den Schwager um ein Almosen bitten«, schlug er vor. »Dann würde das fette Portemonnaie nicht nur deiner Schwester nutzen.«

Sara legte das iPad beiseite und sah ihrem Mann fest in die Augen. Wut keimte in ihr auf.

»Verwickle bloß diesen Robin Fransson nicht in unsere Geschäfte! Das ist so ein unerträglicher Angeber. Das kannst du sofort wieder vergessen!«

»Für deine Schwester ist er doch gut genug.«

»Dass er für Ann gut genug ist, heißt nicht, dass er das auch für uns wäre.«

Micke riss abwehrend beide Arme in die Luft.

»Okay, okay, war ja nur ein Gedanke, nimm das doch nicht gleich so ernst. Aber wenn wir nicht bald etwas unternehmen …«

Sie unterbrach ihn, weil sie einfach nichts mehr hören wollte. Es stand ein Fest ins Haus, Saras und Mickes erklärtes Ziel war es, ein unvergessliches Trüffelessen zu veranstalten. Ein Sechs-Gänge-Menü, von dem die Gäste noch lange ihren Freunden und Bekannten vorschwärmen sollten. Die Kunde von Mickes Kochkünsten sollte so schöne Flügel bekommen wie der Specht da draußen und sich in der Welt verbreiten. Wenigstens bis aufs Festland.

»Die Liste geht noch weiter«, sagte Sara. »Hier steht ein Name, der für dich interessant sein könnte. Jemand vom Festland, wenigstens was die Winterzeit angeht, wenn man ganz genau sein will. Zumindest was ihn betrifft.«

»Aha, und um wen handelt es sich nun?«

In seinem müden Blick glomm ein Funken Interesse auf.

»Nils Hansson mit Frau.«

»Mein Onkel Nils?«, fragte Micke und hustete.

»Ja, der wird doch siebzig, und Gull-Britt hat entschieden, das festlich beim Trüffelmenü zu begehen.«

»Und wieso erfahre ich das erst jetzt?«

Sara zuckte mit den Schultern. »Du hast nicht danach gefragt«, antwortete sie.

Micke schüttelte den Kopf.

»Verdammt noch mal, Sara. Das kannst du dir doch denken, dass ich das wissen will!« Er warf die Hände in die Luft und seufzte. »Was sagt Lotta denn dazu? Die hasst Nils doch und wird ihn hier nicht nur ertragen, sondern bedienen müssen.«

»Ach, dann muss Lotta sich eben professionell verhalten, und um Nils kümmere ich mich schon. Als ich mit Gull-Britt sprach, meinte sie, dass es doch schön wäre, wenn er so das Ergebnis der ganzen Trüffelsache mit eigenen Augen sähe.«

»Ha! Das glaubt sie doch selbst nicht, oder?«, antwortete Micke. »Dieser alte Gauner lässt sich wirklich nicht leicht beeindrucken, und besonders nicht, wenn er nicht selbst die Finger im Spiel hatte.«

»Aber die Trüffel stammen doch von seinem Grundstück«, sagte Sara.

Micke lehnte sich auf dem Stuhl zurück und verschränkte die Arme im Nacken.

»Onkel Nils also? Der alte Knilch will sich also anschauen, was ich so treibe? Vielleicht gar keine schlechte Idee, der käme schließlich auch noch als Investor infrage.«

Er lehnte sich wieder vor und stellte die Ellbogen auf den Schreibtisch.

»Aber das ist nichts als ein Wunschtraum«, fuhr er fort. »Der Typ ist einfach unfassbar geizig.«

Sie wurden von Mickes Handy unterbrochen, das zu klingeln begann. Er meldete sich, und schon bald verfinsterte sich seine Miene. Soweit Sara es dem Gespräch entnehmen konnte, handelte es sich um die Meierei.

»Dann schicken Sie halt verdammt noch mal keinen Käse her«, rief er schließlich und legte auf.

Micke verbarg einen Moment lang sein Gesicht in den Händen, bevor er sich mit den Fingern durch das strubbelige Haar fuhr. Dann öffnete er die Schreibtischschublade, holte sein Portemonnaie hervor und nahm zwei Fünfhunderter heraus. Mit verkniffener Miene stand er auf, schob den Stuhl beiseite und ging Richtung Ausgang. Auf dem Weg fing er David ab, der gerade angekommen war, um die Nachmittagsschicht zu übernehmen.

»David, du musst zum Supermarkt in Hemse fahren und dort den Käse der Meierei kaufen. Den weißen! Keinen Blauschimmel, der passt nicht zu den Trüffeln. Achte darauf, dass er schon ziemlich reif ist.«

David starrte auf die Fünfhundert-Kronen-Scheine, als hätte er noch nie so viel Geld gesehen.

»Und woran erkenne ich das?«, fragte er aufrichtig ratlos. »Ich bin kein Experte, was Käse angeht.«

»Du musst ihn anfassen, verdammt! Dann spürst du das. Ruf mich an, wenn du dir unsicher bist. Wo steckt Lotta?«

»Die bewegt Buttle und Alva«, sagte David. »Habt ihr gehört, dass es gestern Morgen gebrannt hat?«

»Gebrannt?«, fragte Sara. »Auf dem Marktplatz?«

»Nein, zum Glück nicht da, sondern auf dem Hansarve Hof.«

»Hansarve?«, fragte Micke. »Bei meinem Onkel?«

»Ja«, bestätigte David. »Das Scheißhaus ist komplett abgebrannt.«

14

Dienstag, 10. November

»Anhalten!«, brüllte ein dreistimmiger Chor in Ankis Auto. »Anhalten, da rechts ist ein Handwerksladen!«

Anki bremste einen Tick zu spät, drehte sich um und setzte mehrere Meter zurück, bis sie auf den einfachen Parkplatz des Hofes einbiegen konnte. Dass der Laden in der Nebensaison überhaupt geöffnet hatte, lag vermutlich daran, dass die Herbstferien gerade erst zu Ende gegangen waren. Außerdem spielte das kommende Trüffelfestival mitunter ebenfalls eine Rolle, schließlich lockte es eine nicht zu verachtende Zahl Gäste auf die Insel. Nicht nur in Mullvald wurde die Erdfrucht gefeiert, die meisten Veranstaltungen richtete die Trüffelakademie in Visby aus.

Die Freundinnen verließen das Auto und schwärmten sofort zwischen gestrickten Handschuhen und Pullis aus, zwischen ganzen Lammfellen, mit Lammleder beschlagenen Stühlen, gefilzten Hausschuhen und selbst gemachter Schokolade. Alles war von kundigen Fachleuten aus der Gegend hergestellt worden. Anki schaute sich auf dem Hof um. Ein gemütliches Fleckchen, hier war sie schon einmal gewesen. Der Hof gehörte einer geschäftigen Dame, die sowohl Trödel als auch Handwerk und selbst gezogene Stecklinge anbot, wenn man sich denn für Pflanzen interessierte. Gerade fesselte keine der dargebotenen Waren Ankis Aufmerksamkeit, stattdessen hatte sie etwas ganz anderes im Nachbarsgarten jenseits des Zauns entdeckt.

Dort stand ein kleines Haus, vermutlich eine alte Seefahrerkate. Zur Ostsee war es nicht weit, auch in Mullvald gab es mehrere Katen dieser Art.

Auf dem Hof stand eine Frau in der Novembersonne und rührte mit einem langen Stock in einem riesigen Bottich, aus dem es dampfte. Anki fragte sich neugierig, was sich in dem alten Kochtopf wohl befinden konnte. Die Frau hatte sie noch nie zuvor gesehen, aber sie war sich relativ sicher, dass das Haus Sommergotländern gehörte.

Da Anki die Shoppinggewohnheiten ihrer Freundinnen kannte, wusste sie, dass sie mindestens eine halbe Stunde lang durch den Laden streifen würden. Deshalb verließ sie den Parkplatz, ging ein Stück die Straße entlang und hielt dann auf das Gartentor zu. Als es quietschte, schaute die Frau vom Bottich auf und stellte das Rühren ein.

»Hallo«, sagte Anki. »Darf ich Sie stören?«

»Das geht schon in Ordnung«, sagte die Frau ausdruckslos. Sie schien nur mäßig begeistert von dem Besuch, aber trotzdem nicht direkt abweisend.

»Ich habe Sie vom Parkplatz aus gesehen und bin neugierig geworden«, gab Anki zu und stellte sich vor.

»Ann Fransson«, sagte die Frau und rührte weiter. »Wir sind meist nur im Sommer hier, mein Mann Robin und ich.«

Aber Gotländerin sind Sie trotzdem, dachte Anki. Ann Fransson hatte einen Teil ihres Dialekts verloren, aber die Sprachmelodie der Insulaner sowie der eine oder andere Diphthong waren noch zu erkennen.

»Was machen Sie da?«, fragte Anki und deutete auf das riesige Gefäß.

»Nichts Besonderes, nur Färben mit Färberpflanzen. Mit irgendetwas muss man sich ja auch im Herbsturlaub beschäftigen.«

»Färberpflanzen?« Anki hatte eine grobe Vorstellung davon, was damit gemeint war.

»Ja, das ist eins meiner Hobbys. Hier auf der Insel ist es nicht sonderlich schwer, an bestimmte Kräuter zu kommen.«

In ihren Augen begann es zu funkeln, was Anki verriet, dass dies Ann Franssons große Leidenschaft war.

»Selbst jetzt noch? Im Herbst?«, erkundigte sich Anki.

Ann senkte den Blick in den Topf, packte den Stock mit beiden Händen und rührte um. Anki wartete einfach ab, das Gespräch ließ sich offenbar nicht beschleunigen.

»Nein, gerade lohnt sich das Sammeln nicht«, antwortete Ann nach einer Weile, »aber ich habe einen Teil der Pflanzen, die ich im Sommer gefunden habe, getrocknet.«

»Wie spannend«, sagte Anki und meinte das wirklich ernst. »Woher wissen Sie das alles?«

Ann zuckte mit den Schultern.

»Ich unterrichte Textillehre«, sagte sie. »Mich interessiert aber der ganze Prozess. Vom Scheren bis zum fertigen Garn, Stoff oder der feinen Stickerei.«

Anki schaute in den Bottich, und Ann hob mithilfe des Stocks etwas Wolle heraus, die in der Flüssigkeit herumschwamm. Das Wasserbad hatte einen schönen Rotton, aber die Wolle selbst war grün.

»Aber wie kann das sein?«, entfuhr es Anki. »Grün?«

Ann nickte und ein ehrliches Lächeln breitete sich auf ihrem sonst so ernsten und blassen Gesicht aus.

»Im Farbbad ist Johanniskraut, das ich im Sommer gepflückt habe, als wir hier waren. Eine gelbe Blüte, die einen intensiven roten Farbstoff abgibt. Ich habe die Wolle vorab mit Alaun gebeizt, deshalb wird sie grün. Hätte ich das nicht getan, wäre es eher ein Lilaton geworden.«

Ankis Gedanken überschlugen sich, das mit dem Beizen und Alaun klang ganz nach Fortgeschrittenenkurs, und sie verzichtete darauf nachzuhaken, was genau das bedeutete.

»Und warum nicht rot?«, fragte sie stattdessen.

Wieder zuckte Ann mit den Schultern.

»Wie Farben reagieren, ist eine Wissenschaft für sich. Johanniskraut kann man ja auch aufkochen, und dann hat der Tee einen schönen Rotton. Probieren Sie das doch mal selbst, der Tee hat eine sehr beruhigende Wirkung. Man kann auch roten Schnaps herstellen, den macht aber für gewöhnlich mein Mann.«

»Sie sind sehr gut informiert«, lobte Anki. »Ich selbst könnte mir das gar nicht alles merken.«

»Das mit den Pflanzen habe ich mir so nebenbei selbst beigebracht, das ist gar nicht so schwer, wie es klingt. Und man verwendet nicht nur die Blüten, eigentlich kann man alles nehmen, sogar die Wurzeln.«

»Wie steht es mit Nadelbäumen? Kann man damit auch färben?«

Ann starrte auf das rote Wasser und rührte weiter. Es war schwer zu sagen, ob sie Ankis Fragen gehört hatte.

»Die Rinde von ein paar Nadelbäumen eignet sich außerordentlich gut zum Färben«, sagte Ann schließlich. »Damit erzielt man meist einen Gelb- oder Rotton, kommt darauf an, um welche Baumart es sich handelt.«

Anki blieb der Mund offen stehen. Diese Frau verfügte über ein wirklich ausgeprägtes Wissen. Ratterte es einfach hinunter wie nichts.

»Haben Sie das schon einmal ausprobiert?«, wollte Anki wissen. »Und wenn ja, welche Farbe kam dabei heraus?«

Ann hob den Blick und schaute über den Zaun zum Nachbarshof mit dem Handwerksladen.

»Ich glaube, Sie werden gesucht.«

Anki folgte ihrem Blick und sah Gunilla, Ingegerd und Lena, die sich unsicher umblickten. Jede von ihnen hatte zwei große Taschen in jeder Hand. Da waren Lammfelle und andere schöne Dinge gekauft worden, so viel stand fest.

»Hier bin ich!«, rief Anki und winkte. »Komme schon!«

Sie verabschiedete sich von Ann und verließ den Hof durch das Gartentor, wo sie um ein Haar mit einer Frau zusammengestoßen wäre, die auf dem Weg zu Ann war.

»Huch«, sagte Anki, »das war knapp.«

Da erkannte sie die Frau, es war Sara Hansson vom Plogbillen in Kajpe Kviar, die sie jedoch so begrüßte, als hätte sie Anki noch nie gesehen.

»Ich bin's, Anki Karlsson. Ich wohne hier in Mullvald und komme mit meinen Freundinnen zur Trüffelsafari am Samstag.«

Sara Hansson lächelte schwach.

Sie hatte ein herzförmiges, fast puppenartiges Gesicht, eine anmutige Frau. Anki schätzte sie auf irgendetwas zwischen fünfunddreißig und vierzig.

»Ich weiß, wer Sie sind. Sie haben zwei Pferde.«

Dann ging sie weiter über den Kiesweg. Das Letzte, was Anki hörte, als sie das Tor hinter sich schloss, war Ann Franssons freudiger Ausruf: »Schwesterchen! Wie schön, dich zu sehen!«

15

Donnerstag, 12. November

Nicht mehr lange, dann begann der Abendgottesdienst in der Kirche von Mullvald, und die anschließende Segnung würde den Startschuss für die Festivaltage darstellen.

Astrid Bergsten setzte sich in die vierte Bank auf der rechten Seite. Schon seit Oskar vor bald einem Jahr das Amt des Pfarrers dieser Gemeinde übernommen hatte, war dies ihr Platz gewesen. Von hier aus hatte sie ihren Mann auf der Kanzel gut im Blick und konnte ihm hinterher Rückmeldung geben, sofern er wollte. Die Sicht auf den Altar war perfekt, und obwohl sie nicht ganz vorn saß, war sie doch weit genug vorn, um von den anderen Kirchgängern gesehen zu werden, die so erkannten, dass die Frau des Pfarrers vor Ort war, und das schadete ja nicht.

In der Gemeinde Mullvald war Astrid gewissermaßen zu Hause. Sie war in der Nähe aufgewachsen und hier sowohl getauft als auch konfirmiert worden. Als der Pfarrerposten neu zu besetzen gewesen war und Oskar ihn schließlich bekommen hatte, war Astrid glücklich nach vielen Jahren auf dem Festland wieder nach Hause zurückgekehrt.

Sie schlug das Gesangbuch auf und blätterte zu der Seite, die auf dem Liedanzeiger angegeben war. Nummer 6, ganz vorn, Astrid kannte es auswendig und hatte keinerlei Probleme, mitzusingen. Sie hatte eher mit den neueren Liedern ihre

Schwierigkeiten, die wollten sich irgendwie nicht so recht in ihr verankern.

Sie drehte sich um und stellte zufrieden fest, dass sich die Kirchenbänke allmählich gefüllt hatten. Fast alle Anwohner der Gemeinde Mullvald nahmen an der einen oder anderen kirchlich organisierten Aktivität teil, und besonders die Gottesdienste waren sehr gut besucht, was ein spannendes Phänomen war, schließlich sah es schon in den Nachbargemeinden oft anders aus. Oskars junge Vorgängerin hatte ganze Arbeit geleistet. Unfassbar tragisch, dass sie auf so schreckliche Weise sterben musste. Oskar kannte die Geschichte, darüber war viel in der Kirchenzeitung und anderen Printmedien berichtet worden. Weil seine Vorgängerin so beliebt gewesen war, hatte er zunächst mit seiner Bewerbung gezögert. Aber Astrid hatte ihn nachdrücklich ermuntert, und schlussendlich hatte sie bekommen, was sie wollte. Am ersten Advent waren sie in den geräumigen Pfarrhof eingezogen, nach neunzehn Jahren in einem kleinen Dorf in Tornedalen. Natürlich hatte es ihnen dort auch gefallen, und alles war gut gewesen, zumindest während die Kinder aufwuchsen. Jetzt studierten die Jungs im Ausland. Heutzutage konnte man seine Universität unter ganz anderen Gesichtspunkten wählen, und die Zwillinge hatten sich für Malta entschieden. Der eine, um Kunstgeschichte zu studieren, der andere Agrarwissenschaften. Keiner von ihnen wollte in die Fußstapfen des Vaters treten.

Astrid selbst hatte Arbeit als Haushälterin der Domkirchengemeinde in Visby gefunden. Das hieß, dass sie täglich über 30 Kilometer pro Strecke pendeln musste, aber das machte ihr nichts aus, denn die Arbeit war kurzweilig und machte ihr großen Spaß.

Schon bald war die Kirche von Gemeindemitgliedern und sicher auch den Gästen gefüllt, die sich eins der Hotelzimmer des Plogbillen in Kajpe Kviar leisteten. Gäste, die übermorgen ein erlesenes, mehrgängiges Menü erwartete, das Restaurant hatte ausgelobt, die exklusiven Pilze in jedem Gang zu verwenden. Oskar und Astrid hatten sich für Safari und Dinner angemeldet, es war mal eine richtig wunderbare Abwechslung, sich etwas so Luxuriöses zu gönnen.

Astrid grüßte leise einen Mann, der in ihre Bank kam und sich neben sie setzte. Er war blond und hatte ein jungenhaftes Aussehen, obwohl er schätzungsweise in ihrem Alter war.

»Astrid?«, flüsterte er und beugte sich zu ihr hinüber.

»Ja«, sagte sie. »Und wer sind Sie?«

»Åke«, antwortete er und lächelte breit, und da erkannte sie ihn.

»Du lieber Himmel, Åke Hansson!«

Ihre Neugierde war geweckt, musste aber warten, denn in diesem Moment trat Oskar vor und hieß sie alle willkommen, bevor die Glocken ertönten, um den Gottesdienst einzuläuten. Der Kantor haute in die Tasten der Orgel, und alle in der kleinen, aber feinen Mittelalterkirche erhoben sich von ihren Bänken. *Lobe den Herren, den mächtigen König der Ehren, lasset den Lobgesang hören!* Und das taten die Gottesdienstbesucher! Die Orgelmusik und die vielen verschiedenen Stimmen erfüllten das gesamte Gebäude bis unters Dach. Astrid und Åke sangen beide schön und rein, und sogleich fiel ihr wieder ein, dass sie ein bisschen in ihn verliebt gewesen war, als sie in die Mittelstufe gingen. Sein Lächeln hatte sie in all den Jahren nie ganz vergessen.

Bald schon war es Zeit für die Prozession, durch den Mittelgang kam Tryggve Fridman mit dem Kreuz, dicht gefolgt von David und Lotta Storm. Lotta trug ein weißes Filzkissen, auf dem drei schwarze Trüffel aus Mullvalds eigener Erde lagen. Hinter den beiden Trüffeljägern schritt Oskar.

Tryggve stellte das Kreuz weg, während Lotta das Kissen mit den Trüffeln auf dem Altar platzierte. Astrid wusste, dass die hässlichen, dunklen Knollen da vorn sehr wertvoll waren. Vor dem Gottesdienst hatten Lotta und David Oskar mehrfach ermahnt, dass er gut auf sie aufpassen müsse. Nun saßen sie beide auf der Chorbank und starrten zum Altar, als wären die Pilze kostbarstes antikes Kirchensilber.

Aber wie fantastisch war es, dass es Menschen gab, die mit solch ungewöhnlichen Dingen Gäste herlockten. Während Astrids Kindheit hatte niemand in Mullvald auch nur eine Ahnung, dass man diese Delikatesse im gotländischen Boden finden konnte. Spargel, ja, aber Trüffel? Nein. Es hatte ein paar Jahre gedauert, bis das Interesse gewachsen war. Angefangen hatte jemand im Norden Gotlands vor ungefähr fünfzehn Jahren. Ein paar findige Frauen kauften Lagottohunde in Italien, die speziell für die Trüffelsuche gezüchtet wurden. Die Frauen gingen unter Haselnusssträuchern auf die Jagd und fanden die begehrten Leckerbissen. Also begannen sie, selbst welche anzubauen und vergrößerten ihren Wirkungskreis. Eilig durfte man es nicht haben als Trüffelbauer, es dauerte zehn Jahre, bis man ernten konnte, hatte Astrid irgendwo gelesen.

»Schön, dich zu sehen«, sagte Åke leise, als das Lied verstummte und sie sich wieder setzten. Er legte ihr die Hand auf den Arm. Warnend hielt sie einen Finger an die Lippen und deutete diskret zu ihrem Mann, der mit dem Gottesdienst begonnen hatte.

»Im Namen des Vaters, des Sohnes und des Heiligen Geistes«, sagte Oskar.

»Amen«, flüsterte Åke und lächelte sie an. Er hatte verstanden.

»Wir müssen uns aber unbedingt nachher unterhalten«, fuhr er fort. »Hau mir bloß nicht ab!«

Sofort kribbelte es in der Magengegend, und Astrid spürte, wie ein Kichern in ihr aufstieg. Schnell hielt sie sich die Hand vor den Mund. Ein Charmeur war er also nach wie vor, dieser Åke Hansson.

16

Nils Hansson zog sich einen Holzstuhl vor den Kachelofen, setzte sich und kratzte die Asche auf eine Schaufel, die er dann in einen alten Emailleeimer leerte. Ein Teil landete ärgerlicherweise auf dem Steinboden daneben. Das würde er später wegfegen müssen. Mit großer Sorgfalt platzierte er neues Holz im Ofen. Er entzündete ein Stück feiner, trockener Birkenrinde und schob sie zwischen die Scheite. Die Tür ließ er einen Spaltbreit offen, um für besseren Zug zu sorgen, und schon bald brannte ein ansehnliches Feuer im Kachelofen.

Er streckte sich, blieb einen Augenblick ruhig sitzen und lauschte dem gemütlichen Knistern. Feuer zu machen, war eine beruhigende Aufgabe. Zumindest wenn man die Flammen unter Kontrolle hatte. Eigentlich war jener Morgen, an dem er, aus dem Schlaf gerissen, einen Brand hatte löschen müssen, zu viel für ihn gewesen. Danach hatte er zunächst ein paar Stunden geschlafen, und erst dann war es ihm möglich gewesen, aufzustehen und mit den Polizisten zu sprechen, die geduldig auf ihn gewartet hatten. Sie nannten den Vorfall einen Brandanschlag, und damit hatten sie sicher recht. Theoretisch hätte sich jemand im Abort aufhalten können, auch wenn die alte Torftoilette seit Jahrzehnten nicht mehr benutzt wurde. Was für ein großes Glück, dass das alles nicht viel schlimmer ausgegangen war, auch wenn von dem schönen Gebäude nun nichts weiter übrig war als ein Haufen Asche und verkohlter Holzverstrebungen. Eigentlich hätte es unter Denkmalschutz stehen müssen, so kunstvoll, wie es verziert gewesen war. Auf dem Dach hatte es sogar einen Taubenschlag gegeben, was früher nicht ungewöhnlich gewesen war. Sein Vater und Großvater hatten Brieftauben gehalten, aber nach ihnen hatte dieses ungewöhnliche Hobby niemand fortführen wollen.

Nils seufzte schwer und stand auf. Er holte Kehrblech und Besen, um die verschüttete Asche aufzufegen.

Die Schmiererei an der Hauswand fand er jedoch viel schlimmer. Der Polizei waren die großen schwarzen Buchstaben sofort aufgefallen, als sie auf das Grundstück gefahren kamen. Aber die Botschaft war nicht direkt an jemanden gerichtet, deshalb handelte es sich um keine rechtskräftige Drohung, sondern nur um einen Fall von Sachbeschädigung. Aber jemand trieb seine Späße mit ihm, so viel stand für Nils fest.

In der Ferne vernahm er das Geläut der Kirchenglocken. Sie waren aus Erz und sehr schwer, weshalb man sie noch weit im Umkreis hörte. Die Gemeindemitglieder und Gäste saßen im Segnungsgottesdienst für die Trüffel. Sonderbares Volk. Die Trüffel stammten aus dem Boden seiner Vorväter, aber alle taten so, als wären die wertvollen Klumpen Gemeindeeigentum. Ein paar Trüffel würden symbolisch hereingetragen und auf den Altar gelegt, damit der Pfarrer Gottes Gaben segnen konnte. So hatte es Oskar Bergsten ihm selbst erklärt, als sie sich neulich kurz im Park des Pfarrhofs getroffen hatten. Es gab sogar ein spezielles Trüffelgebet, ein früherer Bischof hatte es zusammengereimt. Nils schüttelte den Kopf und schnaubte. Er bekam einen angemessenen Obolus für die Pacht seines Grundstücks von David und Gull-Britts verwöhnter Tochter. Benehmen kannte das Gör aber gar nicht. So war es vom ersten Tag an gewesen, seit Lotta bei ihnen aufgetaucht war. Damals war sie sogar einfach weggelaufen, weil Hansarve nicht gut genug für sie gewesen war. Sie wollte sich nicht seinen

Regeln und Gewohnheiten fügen. Als er den Preis für die Pacht des Trüffelgrundstücks genannt und außerdem gefordert hatte, dass die Hälfte des Ertrags an Gull-Britt gehe, hatte er mit einem Rückzieher gerechnet. Aber da hatte er sich getäuscht. David und Lotta waren mit dem Preis für das Grundstück einverstanden gewesen, deshalb hatte er einwilligen müssen. Gute Geschäftssitten hielt Nils sehr hoch, und wenn er erst mal etwas versprochen hatte, dann blieb er bei seinem Wort.

Das Feuer brannte nun herrlich, deshalb schloss er die Tür zum Ofen, ließ die Ventile aber noch offen. Er ging zum Schreibtisch, zog die oberste Schublade auf, nahm eine kleine Taschenlampe heraus und verließ dann das Zimmer. Im Saal schob er unter großer Anstrengung den gewaltigen, klobigen Esstisch beiseite, rollte den Teppich zusammen, der für gewöhnlich unter dem Tisch lag, und so kam eine Luke im Boden zum Vorschein. Es war lange her, seit er zuletzt dort unten gewesen war. Wenn er sich recht entsann, hatten Gull-Britt und er damals gerade geheiratet. Bei der Gelegenheit hatten sie beide ganz korrekt neue Testamente und einen Ehevertrag aufgesetzt.

Nils steckte einen Finger durch den Ring an der Luke und öffnete sie. Er blickte hinab in pechschwarze Finsternis, aber darauf war er vorbereitet. Er schaltete die Taschenlampe ein und leuchtete hinunter. Der Keller war nicht tief, aber groß genug, um dort wichtige Dokumente zu verwahren, was bereits die ersten Bewohner Hansarves begriffen hatten, als sie einen Ort suchten, an dem sie ihre Kostbarkeiten verstecken konnten. Sie hatten den Keller nachträglich modernisieren müssen, weil natürlich die Feuchtigkeit hineingekrochen war. Aber heute war es ein trockenes Archiv, fast genauso sicher wie ein Schließfach bei der Bank. Denn niemand wusste, dass es diesen Keller gab. Zumindest niemand, der gerade im Haus wohnte oder hier arbeitete. Nicht einmal Gull-Britt hatte er davon erzählt.

Die Metallkiste stand an ihrem angestammten Platz, und er hatte auch sofort gefunden, wonach er suchte: einen braunen Umschlag, der nicht besonders dick war. Er ließ die Luke geöffnet, während er mit dem Umschlag in seinem Arbeitszimmer verschwand, um sich an den Schreibtisch zu setzen. Er zog die Blätter heraus und betrachtete die beiden beglaubigten Unterschriften, die am unteren Rand der zweiten Seite standen. Ein paar alte Männer hatten dort vor zehn Jahren in Södertälje unterschrieben. Das ließe sich noch einmal wiederholen, die Männer waren noch am Leben. Nils legte ein unbeschriebenes Blatt auf die Unterschriften und pauste sie mit seinem dokumentenechten Stift ab, ohne das geringste bisschen zu zittern. Dann schrieb er oben auf das nun nicht mehr ganz leere Blatt: *Testament*. Sogleich nahm er das alte Papier und öffnete den Kachelofen. Darin war von dem schönen Feuer nur noch Glut übrig, aber kaum warf er die Blätter hinein, flammte es wieder auf. Er legte Holz nach und schaute dabei zu, wie die Blätter sich in Asche verwandelten. Dann machte er sich an die Arbeit und setzte ein neues Testament auf. Niemand würde erfahren, was er schrieb. Nicht vor seinem Tod jedenfalls.

Als er fertig war, betrachtete er das Geschriebene mit einem zögerlichen Lächeln, bevor er das Blatt zurück in den Umschlag schob. Jetzt war es nur noch eine Seite. Dann brachte er das Dokument zurück in sein geheimes Archiv, rollte den Teppich wieder aus und schob den Tisch an seinen Platz. Er begutachtete, ob auch alles wieder an Ort und Stelle war, oder Gull-Britt eine Veränderung auffallen könnte. Schließlich kehrte er in sein Arbeitszimmer zurück und stellte sich vor das Regal. Das Messingkreuz steckte als Lesezeichen in der alten Familienbibel. Er zog das dicke, schwere Buch heraus, legte es auf den Schreibtisch, klappte den Buchdeckel auf und begann zu schreiben.

17

Ann Fransson schaute sich in der Kirche um und fragte sich, ob sie sich an irgendetwas hier erinnerte. Ganz schwach vielleicht an den Altar ganz vorn, der etwas Geheimnisvolles hatte. Er stand in einer Apsis, ein Wort, das sie erst als Erwachsene gelernt hatte, als Kind hatte sie den Ort immer als »Grotte« bezeichnet. Innerhalb der Kommunionbank war sie nie gewesen, aber bei ihrer Konfirmation hatte sie davor gekniet. So machte man das eben, egal ob man nun an Gott glaubte oder nicht. Kurz nach ihrer Konfirmation war ihre hoffnungslos schwerste Zeit angebrochen, in der so vieles den Bach hinuntergegangen war. Aber Ann hatte sich zusammengerissen und entschieden, dass sie nicht länger in der Hölle, die sich ihr Zuhause nannte, leben wollte. Sie wollte es allen zeigen, aber ohne Ausbildung wäre es nicht möglich gewesen. Sara hatte ihr immer geholfen, deshalb hatte sie die Schule gut abschließen können, auch wenn sie dafür auf eine Menge hatte verzichten müssen. Hin und wieder war sie mit Freunden unterwegs gewesen, aber oft gab es weder Zeit noch Geld für solche Unternehmungen.

»Und nun lasst uns alle gemeinsam das Dankesgebet sprechen«, sagte der Pfarrer, und Ann blätterte zur entsprechenden Seite.

Der Pfarrer machte das Kreuzzeichen über dem Kissen mit

den Trüffeln. Dass sie sogar extra ein Gebet für die kostbaren Pilze herausgesucht hatten, gefiel ihr.

»Danke, Gott, für die Gaben unter der Erde…«, las sie zusammen mit dem Pfarrer und der restlichen Gemeinde.

Ann ließ den Blick zum Altar mit seinem silberbestickten Antependium wandern, das sicher genauso alt war wie das Messgewand des Pfarrers. Ihr Interesse für die Handarbeit hatte sich bereits geäußert, als sie noch sehr klein gewesen war. Ihre Großmutter hatte ihr das Stricken und Häkeln beigebracht, und Ann konnte das Gelernte außerordentlich schnell umsetzen und wurde dafür gelobt. Wie man an der Maschine nähte, brachte sie sich selbst bei. Dazu hatte sie einfach nur ihre Oma genauestens beobachten müssen. Handarbeiten war in der Schule ihr bestes Fach, und ihre Lehrerin hatte sie ermuntert, sich in dieser Richtung zu orientieren. Ihr gesagt, dass sie sehr gut werden könne, wenn sie sich nur anstrengte, und dass es nicht das Schlechteste sei, Textillehre zu unterrichten. Es klang toll, ein friedliches Leben, umgeben von all den schönen Dingen, die sie selbst herstellen würde, es klang wie etwas, das sie aushalten konnte. Und schlussendlich hatte sie diese berufliche Richtung auch eingeschlagen, obwohl sie sich eigentlich gewünscht hätte, Textilkünstlerin zu werden. Eine Künstlerin, die all die schönen Tücher und Gewänder für Kirchen herstellte. Trotz allem hatte Ann es gut. Das Beste war ihre Klasse mit Einwandererfrauen, die sie daheim in Norrköping unterrichtete. Ihre Schülerinnen liebten es, die schwedischen Nähtechniken zu lernen, und sie hatten so unfassbar viel Spaß im Unterricht. Lachen und Plaudern bei der Handarbeit in einem immer besser und besser werdenden Schwedisch war so eine gute Methode, um eine neue Sprache zu lernen.

Ann schielte zu ihrem Mann, der neben ihr saß. Robins Augen waren geschlossen, und er reagierte nur sehr langsam, als es an der Zeit war, das Gesangbuch zur Hand zu nehmen und zu singen, aber er war ohne Protest mit zum Gottesdienst gekommen. So etwas stellte für ihn kein Problem dar, schließlich hielt er es für einen wichtigen Teil sozialer Konventionen, sich auch in der Öffentlichkeit zu zeigen. So etwas nahm Robin sehr ernst, denn er lebte in dem Glauben, eine wichtige Persönlichkeit zu sein, gesellschaftlich und beruflich. Sie brachte es nicht übers Herz, ihm zu erklären, dass die Wahrheit ganz anders aussah, deshalb bediente sie seine Illusion.

Robin arbeitete seit vielen Jahren bei einem Amt in Norrköping, und er war die Karriereleiter zuletzt hinunter- statt hinaufgeklettert. Vom Abteilungsleiter war er zum Sachbearbeiter degradiert geworden. Selbst letztere Aufgabe hatte ihm wenig Erfolg eingebracht, mittlerweile saß er ganz allein in einem Zimmer und sammelte Zeitungsartikel, in denen das Amt erwähnt wurde, schnitt sie aus und heftete sie ab. Er selbst verkaufte seine Tätigkeit als immens wichtige Aufgabe, aber Ann machte er nichts vor. Vermutlich war er der bestbezahlte Ausschneider und Abhefter im ganzen Haus, und wahrscheinlich konnte er in dieser Funktion am wenigsten Schaden anrichten und weiterbeschäftigt werden, ohne dass ihm gekündigt werden musste. Sechzig war er mittlerweile, in ein paar Jahren konnte er in Rente gehen, aber er wollte sicher so lange wie möglich dort bleiben. Bis siebenundsechzig. Ann würde es ihm danken. Sie selbst sah noch weit über zwanzig weiteren Arbeitsjahren entgegen, und die Vorstellung, Robin so lange in Vollzeit zu Hause zu haben, war nicht gerade verlockend. Genauso wenig der Gedanke, von der Schule nach Hause zu kommen und zu wissen, dass niemals ein warmes Essen auf sie warten würde. Robin war ein altmodisch erzogener Mann, der allerhöchstens Nudeln kochen und Würstchen aufwärmen konnte. Nein, sie war wirklich froh über die interne Versetzung ihres Mannes.

Robin war erneut eingeschlafen, weshalb Ann ihn in die Seite knuffte. Er zuckte zusammen, setzte sich dann aber schnell wieder auf und faltete mit gespielter Frömmigkeit die Hände auf dem Schoß.

Ann schaute sich verstohlen unter den anderen Kirchgängern um. Vor ihr waren fast nur ergraute Schöpfe, auch wenn sie ein paar vereinzelte jüngere ausmachen konnte. Auf der anderen Seite des Mittelgangs sah sie ein paar Gesichter im Profil. Allerdings niemanden, den sie sofort zuordnen konnte, aber ein paar kamen ihr trotzdem bekannt vor. Seit ihrem letzten Besuch waren viele Jahre ins Land gegangen, die Menschen veränderten sich. Noch dazu hatte die Familie nie viel Kontakt zu anderen Bewohnern der Gemeinde gehabt. Vielleicht würde sie im Gewimmel nach dem Gottesdienst auf einen ehemaligen Klassenkameraden treffen.

Irgendwie beschlich sie das Gefühl, beobachtet zu werden. Ann ließ den Blick wandern und entdeckte einen Mann in derselben Bank, nur jenseits des Mittelgangs. Ein paar schelmische, wenig schüchterne Augen unter einem blonden Pony erwiderten ihren Blick. Sofort senkte sie den Kopf und blätterte planlos in ihrem Gesangbuch. Vorsichtig schaute sie wieder auf. Drehte nur leicht den Kopf. Er betrachtete sie noch immer, seine Augen funkelten verschmitzt.

Nachdem die letzten Töne des Postludiums verklungen waren, verweilte Ann in der Kirchenbank, um die anderen passieren zu lassen. Doch Robin knuffte sie leicht in den Rücken.

»Willst du den ganzen Abend hierbleiben?«

Sie griff nach dem Riegel und hob ihn an, sodass sich die kleine Tür zur Bankreihe öffnete. Langsam trat sie hinaus auf den Mittelgang. Machte sich so unsichtbar wie möglich und starrte stur auf den Boden. Nur noch wenige Schritte, dann läge die Kirche hinter ihnen. Ann könnte schnellstmöglich zum Auto eilen und in Sicherheit sein.

Jemand griff nach ihrem Arm. Nicht unsanft, aber bestimmt. Ann schaute auf, weil sie wissen wollte, um wen es sich handelte.

»Hallo«, sagte der Mann, lächelte und streckte ihr seine Rechte entgegen. »Wir kennen uns doch irgendwoher.«

Ann schüttelte den Kopf und ergriff seine Hand.

»Das glaube ich kaum.«

»Merkwürdig«, erwiderte er. »Dann sehen Sie jemandem, den ich kenne, sehr ähnlich.«

Robin kam ihr unerwartet zu Hilfe. Er fasste sie am Arm und zog sie mit sich.

»Komm, ich will nach Hause.«

Ohne jeglichen Einwand stolperte Ann hinter ihrem Mann her zum Wagen und ließ sich auf den Beifahrersitz fallen.

»Wer war das?«, wollte Robin wissen und nickte zur Kirche.

»Keine Ahnung«, antwortete Ann. »Er hat mich offenbar mit jemandem verwechselt.«

Astrid stand auf, als der Gottesdienst vorbei war. Åke war bereits verschwunden, obwohl er Astrid zuvor selbst ermahnt hatte, sich nicht einfach aus dem Staub zu machen. Sie hatte es nicht eilig gehabt, er hingegen hatte sich sofort aus der Bank gezwängt und war zum Ausgang vorgerückt. Sie machte einen langen Hals und sah, dass er bei einer Frau stehen blieb, die vermutlich irgendwas zwischen fünfunddreißig und vierzig war. Er nahm ihre Hand, lehnte sich vor und schien ihr etwas ins Ohr zu flüstern.

Astrid schlug das Gesangbuch zu und verließ nun selbst die Kirchenbank. An der Tür zum Waffenhaus stand Oskar und schüttelte Hände. Astrid ging hinüber und stellte sich zu ihm. Er übergab die nun gesegneten Trüffel an Lotta und David und wünschte ihnen alles Gute für den Markt und die am Samstag anstehende Trüffelsafari.

»Wir sind ja auch dabei«, sagte Astrid. »Ich freue mich schon, das ist mal etwas ganz anderes.«

Dann grüßte sie Anki Karlsson, ihre direkte Nachbarin. Heute hatte sie drei Freundinnen aus Stockholm bei sich.

»Wir sind auch mit von der Partie«, sagte Anki. »Das wollten wir uns nicht entgehen lassen.«

»Wir auch nicht«, sagte eine Frau neben ihr. »Hallo, wir kennen uns noch nicht. Ich bin die Schwester des Küsters, und das ist mein Mann, Per. Die Safari wird bestimmt richtig lustig.«

»Was ist mit Tryggve?«, fragte Astrid. »Bringt ihr den auch mit?«

»Selbstverständlich.«

Sie winkte ihrem Bruder zu, der die Gesangbücher einsammelte und in dem dafür vorgesehenen Regal einsortierte.

Astrid drehte sich um und versuchte, Åke in der Menschenmenge ausfindig zu machen, doch ohne Erfolg. Nun denn, wenn er zurück in Mullvald war, würden sie sich früher oder später schon über den Weg laufen.

18

Freitag, 13. November

Tryggve und seine Gäste erschienen gemeinsam beim Eröffnungstag des großen Trüffelmarktes. Er hatte feststellen müssen, wie unglaublich schwierig es war, unter vier Augen mit Åke ins Gespräch zu kommen. Er hatte an den vergangenen Tagen mehrere Versuche gestartet, aber immer erfolglos. Margaretha und Per waren schlussendlich doch in der Nähe gewesen, und Tryggve wollte die beiden nicht in diese Geschichte verwickeln. Davon abgesehen, wollten seine Gäste vor Beginn des Festivals so viel wie möglich von Gotland sehen und waren kreuz und quer über die Insel gefahren.

Tryggve ließ den Blick über den Park des Pfarrhofs gleiten. An einem der Stände entdeckte er eine ältere, etwas mollige Frau, die einen roten Sonnenhut auf dem blondierten Haar trug, was für seinen Geschmack ein wenig übertrieben war. Auch wenn die Sonne schien, war das kein Vergleich zu der sengenden Hitze des Sommers. Aber vielleicht hielt sich die Dame damit ja für besonders schick. Ihre Jacke war dick und sah warm aus, der Pullover darunter war tief ausgeschnitten und gab den Blick auf ein üppiges Dekolleté frei. Tryggve schaute geniert weg. Zu beiden Seiten des Stands flatterten diese modernen Werbeaufsteller, die jedes Unternehmen, das etwas auf sich hielt, hatte anfertigen lassen, um sie sofort hervorzuholen, sobald es Konferenzen oder Verkaufsmöglichkeiten gab. ECHTE GOTLÄNDISCHE TRÜFFEL stand auf dem einen. ECHTE ITALIENISCHE TRÜFFEL auf dem anderen. Dass sie hier war, um über Trüffel zu informieren und sie zu verkaufen, verstand er als Selbstverständlichkeit. Aber auf einem gotländischen Trüffelfestival italienische Trüffel anzubieten, war das nicht etwas waghalsig und frech?

Direkt gegenüber hatte das Plogbillen seinen Stand aufgebaut, die neuen Gastwirte machten Werbung für das Trüffel-Dinner. Ein vollständiges Gedeck mit Gläsern, Besteck und Tellern war aufgebaut. Ein Stapel Speisekarten blieb mithilfe eines großen Kalksteins auf dem Tisch liegen. Ein paar Weinflaschen rundeten den Aufbau ab. Der Koch selbst bot den feinsten Apfelsaft der Insel zur Verköstigung. Tatsächlich nahmen vereinzelte Besucher das Angebot an, unter anderem eine ältere Frau, die ziemlich verlottert aussah. Sie wechselte ein paar Worte mit der Frau des Kochs und blieb in der Nähe. Nach einer Weile wirkte es fast, als würde sie bewusst verscheucht. Also schlenderte sie zum Stand des Handarbeitskreises.

An dem Stand waren gleich mehrere Frauen, mit denen Tryggve besser bekannt war. Drei Mitglieder des Handarbeitskreises verkauften am laufenden Band Handschuhe, Stricksocken und Topflappen. Es war wirklich nicht schlecht, dass es solch alte Institutionen noch gab. Frauen, die mit Freude der Handarbeit nachgingen, während sie plauderten und lachten oder lauschten, wenn der Pfarrer ihnen etwas vorlas. Wahrscheinlich handelte es sich heutzutage nicht mehr nur um sogenannte erbauliche Literatur, sondern auch um spannende oder humorvolle Romane. So manches Mal war er am Gemeindehaus vorbeigekommen und hatte gehört, wie Oskar las und die Damen aus vollem Halse lachten. Das Geld, was sie mit ihren Arbeiten einnahmen, spendeten sie einem guten Zweck. Er musste unbedingt daran denken, sich ein paar neue Socken zu kaufen, bevor er den Markt verließ. Die konnte man schließlich immer gebrauchen. Aus grauer Wolle sollten sie sein. Früher hatte seine Mutter stets gestrickt, was er brauchte, sie hatte aber vor vielen Jahren das Zeitliche gesegnet, und nun war der Handarbeitskreis eine wahre Goldgrube, wenn es darum ging, ihn mit neuen Wollstrümpfen zu versorgen. Er kannte sie alle, und zwar aus der Kirche, wo er als Küster arbeitete, und er hätte es niemals gewagt, laut auszusprechen, wer von ihnen am besten stricken konnte. Das behielt er lieber für sich.

Am anderen Ende des Markts waren zwei Hunde, die eigentlich eher zwei halb großen Lämmern ähnelten. Dabei handelte es sich vermutlich um die Trüffelsuchhunde. Gerade konnte er sich beim besten Willen nicht daran erinnern, wie die Rasse hieß, er wusste nur noch, dass der Name italienisch klang und die Tiere unfassbar gut darin waren, die Trüffel zu erschnüffeln. Um sie herum hatte sich eine Traube interessierter Besucher eingefunden, unter ihnen erkannte Tryggve einen frisch zugezogenen Mann mit einem schrecklich unerzogenen Hund. Es war eine nicht weiter zu bestimmende Rasse, aber er ähnelte hauptsächlich einem Schäferhund. Ausnahmsweise war der Hund einmal angeleint, zu seinem großen Glück. Tryggve hatte bereits von mehreren Seiten gehört, dass vor ein paar Wochen ein Einwohner der Gemeinde von dem Tier gebissen worden war.

Putte hob den Kopf und witterte aufgeregt. Natürlich bemerkte er die anderen Hunde in der Nähe, aber er war viel zu gut erzogen, um überhaupt nur einen Gedanken daran zu verschwenden, wegzurennen oder zu bellen.

»Trüffel könntest du auch finden, oder, Putte?«, fragte Tryggve leise und kraulte seinen Kameraden hinterm Ohr. »Wenn wir denn unbedingt etwas von diesem schwarzen Gold brauchen würden.«

»Ganz sicher«, lachte Åke, der offenbar sein kleines Gespräch mit dem Hund belauscht hatte. »Gehen wir einmal komplett über den Markt? Vielleicht kann man den Luxus irgendwo probieren.«

»Ich bin dafür«, sagte Margaretha. »Da drüben wird sogar Werbung für italienische Trüffel gemacht. Vielleicht kann man dort ja sogar die begehrten weißen Trüffel bekommen, das wäre ja was.«

»Italienische Trüffel, wo es auch gotländische gibt?«, fragte Per.

»Das ist ja wohl egal.« Margaretha steuerte auf den Stand der üppigen Dame zu. Ein sehr spezieller Geruch umgab ihren Stand.

Die Damen des Handarbeitskreises waren ein wenig zusammen- und von ihrem Tisch abgerückt, dazu rümpften sie missbilligend die Nasen. Die Trüffelfrau reichte ihnen kleine Brotecken mit geriebener Trüffel.

»Probieren Sie!«, lockte sie freundlich. »Dann erfahren Sie den verführerischen Geschmack der kostbaren Geheimnisse, die sich in unserem Boden verbergen!«

»Köstliche Geheimnisse!«, sagte Margaretha, bevor sie ein mundgerechtes Stück herunterschluckte. »Was meinst du, Per?«

Tryggves Schwager wirkte nicht ganz so begeistert über die Schnittchen, die ihm angeboten wurden, aber er machte trotzdem gute Miene.

»Wir machen am Samstag bei der Trüffelsafari mit«, sagte Margaretha zu der Frau. »Sind Sie an der Organisation beteiligt?«

Die Frau schüttelte den Kopf, Schultern und Brust wackelten im Takt.

»Nein, nein, das bin ich nicht«, erwiderte sie und lächelte, »aber es sind unsere Trüffel, die beim Menü verwendet werden, und die Trüffelsafari findet auf unserem Grund und Boden statt. Meine Tochter und ihr Mann werden Sie führen, die beiden stehen mit ihren Hunden dahinten.«

Sie nahm das kleine Reibeisen in die Hand und hobelte

mehr Trüffel auf bereitstehende Brotstückchen. Åke, der sich bislang im Hintergrund gehalten hatte, trat vor und stellte sich neben Margaretha.

»Aha, auf eurem Grund und Boden also, sagst du?«, fragte er grinsend. »Hallo, Gull-Britt, wie geht's? Darf ich mich bedienen?«

Das eben noch rosige Gesicht von Gull-Britt verlor auf einen Schlag jede Farbe, sie wurde ganz blass, als Tryggves neuer Bekannter sich vor ihr aufbaute. Ihre Hände zitterten so sehr, dass sie sich mit dem Reibeisen in den Finger hobelte. Schnell fischte sie ein Taschentuch hervor und drückte es auf die blutende Stelle.

»Åke«, sagte sie knapp, ihre Augen wurden schmal. »Was zur Hölle machst du denn hier? Gnade dir Gott, wenn du hier bist, um bei Nils' siebzigstem Geburtstag Unruhe zu stiften.«

In diesem Moment setzte Musik ein, ein Trio mit Geigen und einem Akkordeon spielte ein fröhliches, gotländisches Stück, das Tryggve sofort erkannte: *Lagergrens Walzer*. Margaretha schnappte sich ihren Per und drehte ein paar Runden im Walzerschritt, bevor sie einander lachend in die Arme fielen.

Åke nahm sich ein weiteres Brotstück, und Gull-Britts Brustkorb hob und senkte sich deutlich. Nichts entging Tryggves Argusaugen. Irgendetwas stand zwischen den beiden, so viel war klar.

»Ich spendiere uns einen Kaffee«, sagte Tryggve und schob Åke mehr oder weniger vom Stand der Trüffeldame fort.

Als jeder von ihnen mit einem Pappbecher und einem selbst gebackenen Gotlandskringel versorgt war, setzten sie sich vor einen der Flügel des Pfarrhofs. Tryggve hatte sich vorgenommen, Åke nun endlich anzusprechen. Jetzt oder nie.

»Da Sie unter meinem Dach wohnen«, sagte er, »nehme ich mir das Recht heraus, Sie zu fragen, worum es da gerade ging.«

Åke trank einen Schluck des lauwarmen Kaffees, dann strich er sich mit der Hand über den Mund und antwortete.

»Das ist meine Schwägerin Gull-Britt Hansson«, erklärte er. »Nils' Frau, schon die dritte. Ich kenne sie nicht sonderlich gut, wir sind einander nur ein paar Mal auf Beerdigungen von Verwandten über den Weg gelaufen.«

»Und sie ist mit Ihrem Bruder verheiratet und wohnt in Hansarve?«

»Genau. Wie ich beim letzten Mal schon erklärt habe, ist Nils dreizehn Jahre älter als ich und hat nie eine Möglichkeit ausgelassen, mir eins auszuwischen. Er hat mein Leben lang alles bestimmt und dominiert.«

Tryggve fuhr sich mit den Fingern ums Kinn und dachte nach. An irgendetwas mit diesem Hof erinnerte er sich.

»Ich glaube, ich habe mal etwas über Hof und Grundstück gelesen«, sagte er. »Kann das sein?«

Åke lachte trocken.

»Sie sind sehr aufmerksam. Man merkt, dass Sie mal Polizist waren.«

Tryggve richtete sich auf und kippte seinen restlichen Kaffee auf die Wiese. Kaffee, der schon seit mehreren Stunden in einer Thermoskanne warm gehalten wurde, war nicht gerade das höchste der Gefühle.

»Worum ging es da noch mal genau?«, fragte er nach. »Darauf komme ich irgendwie nicht mehr, ich weiß nur noch, dass ich etwas im *Gotlands Allehanda* gelesen habe.«

Åke seufzte schwer und fing dann an zu erzählen.

»Als vor vielen Jahren nach dem Tod unserer Eltern das Erbe verteilt wurde, haben wir selbst das Grundstück aufgeteilt. Nils hat sich die besten Teile gesichert, von denen ein Gewinn zu erwarten war.«

»Und Sie?«

»Ich habe die unbrauchbaren Moor- und Sumpfgebiete abbekommen. Nichts, womit man etwas anfangen kann, aber ich war damals zu jung, um das zu begreifen.«

»Und jetzt geht es um die Trüffel?«

Åke nickte. »Und jetzt geht es um die Trüffel. Niemand hätte ahnen können, dass der felsige Hang direkt vor unserer Wiese so eine Goldgrube ist. Als Kind war ich da täglich unterwegs.«

»Das schwarze Gold unter der Erde«, sagte Tryggve nachdenklich. »Dass das so viel wert sein könnte.«

»Ich würde sie eher ›schwarze Diamanten‹ nennen«, pflichtete Margaretha ihm bei, die gerade wieder in Hörweite gekommen war.

Per, der einen Schritt hinter ihr ging, schaute sich um und fand zwei unbesetzte Plastikstühle, die er gegenüber der Bank aufstellte. Auch sie hatten sich mit Kaffee versorgt, aber statt Kringel gab es Waffelröllchen.

»Da hast du ganz recht«, stimmte Per zu und setzte sich. »Wie ich herausgefunden habe, kann man für das Kilo bis zu fünfzigtausend Kronen bekommen. Wer die richtige Kundschaft hat, kann ordentlich Geld scheffeln.«

»Dabei braucht man ja nicht einmal viel davon«, sagte Margaretha, »die Trüffel schmecken doch so intensiv. Das habt ihr doch selbst gemerkt, als ihr sie probiert habt.«

Das Gespräch versiegte, sie alle hingen ihren eigenen Gedanken nach. *Was für ein schwindelerregender Preis*, dachte Tryggve. *Da ist es nicht wirklich verwunderlich, dass Åke eifersüchtig auf seinen Bruder ist.* Die Sumpfgebiete, die er bekommen hatte, boten sich einzig für Expeditionen zur Pflanzenkunde an. Und wenn solcherlei Tätigkeiten gewiss schön und vor allem wichtig waren, warfen sie eben kein Einkommen ab.

»Aber Trüffel kann doch jeder suchen, oder? Ich denke da nur ans Jedermannsrecht«, sagte Tryggve.

Åke schüttelte den Kopf, der Pony fiel ihm wieder ins Gesicht.

»Was sich unterhalb der Erdoberfläche befindet, geht nicht ins Jedermannsrecht ein, sondern gehört dem Eigentümer.«

»Zumindest sieht es die Naturschutzbehörde so«, sagte Margaretha und deutete zu dem kleinen Stand, wo deren Vertreter standen und informierten.

»Genau«, nahm Per den Gedanken auf, »weil sie dazu nicht tief genug im Boden stecken. Wer über einen halben Meter in die Tiefe muss, kann sich über die Rechte des Grundbesitzers hinwegsetzen.«

»Und deshalb darf man an sensiblen Stellen nach Kalk oder Öl bohren«, fügte Margaretha hinzu.

»Obwohl ich gehört habe, dass man sich nicht ganz einig darüber ist, ob die Trüffel nun unter das Jedermannsrecht fallen oder nicht«, sagte Per. »So ein Fall ist bislang noch nicht vor Gericht gelandet, und es gibt wohl Pilzkenner, die glauben, was im Boden ist, stehe jedem zu.«

»Das stimmt wohl, aber da ist es sicher am besten, die Füße schön stillzuhalten«, sagte Åke. »Nils verpachtet das Grundstück und lässt sich das sicherlich ordentlich von den beiden Hundehaltern da drüben bezahlen.«

Er zeigte zu dem Stand, an dem die beiden Hunde mit ihrem Herrchen und Frauchen standen. Eine große Menschentraube hatte sich um sie versammelt.

»Mein Bruder hat aber mehrere solcher Trüffelstellen. Um die anderen kümmert sich Gull-Britt und verkauft den Ertrag für die Summe, die du vorhin genannt hast, Per. Meinen Verwandten geht es ziemlich gut.«

Tryggve beugte sich vor und kraulte Putte hinter den Ohren, während er seinen Gedanken freien Lauf ließ. Åke hatte ein klares Motiv für die Verwüstung auf dem Hansarve Hof. Und das Paar, das das Plogbillen pachtete? Wie um alles in der Welt kamen die beiden an genug Geld, um die wichtigste Zutat für ihr exklusives Trüffelmenü zu kaufen? Gerhard Kleins Sorge, dass die ganze Geschichte in die Hose gehen könnte, war vielleicht gar nicht so weit hergeholt.

19

Samstag, 14. November

Anki betrachtete die kleine Gesellschaft, die sich in der gemütlichsten Ecke des Plogbillen zum Kaffeetrinken eingefunden hatte – oder besser gesagt, zum »klucku ti«, wie das Restaurant es dem Gotländischen Dialekt folgend nannte. Zum Kaffee wurde ein saftiger Apfelkuchen gereicht.

Die Einrichtung mit ihren Sofas und Sesseln mit Lammfellen war wirklich einladend, der Boden bestand aus verstreutem Kalksteinkies. Durch das gewaltige Fenster, das bis zum Giebel hinaufreichte, konnte man die Aussicht über Stoppelfelder genießen, die von Wäldern eingerahmt wurden. Es glich vermutlich immer einem bezaubernden Gemälde, egal zu welcher Jahreszeit man hier saß.

In unmittelbarer Nähe zur Tür saßen Lotta und David Storm. Sie hatten die Gäste willkommen geheißen und erklärt, dass sie sie anweisen würden, wie man die begehrenswerten Knollen in der Erde fand. Abgesehen von Anki und ihren geliebten Freundinnen waren neun weitere Teilnehmer vor Ort. Den Pfarrer und seine Frau kannte Anki, genauso Tryggve und seine Besucher. Ankis Blick verharrte einen Moment bei dem jungenhaften, leicht zotteligen Åke, der es Lena angetan hatte. Übel sah er nicht aus, da konnte Anki sie schon verstehen. Er war sicher zehn Jahre jünger als Lena und wäre in ihrer Jugend allein deshalb überhaupt nicht als Freund infrage gekommen, aber in ihrem jetzigen Alter spielte das keine so große Rolle mehr. Solange sie nicht auf die Musik der Sechziger zu sprechen kamen, natürlich. Da war Lena ihm gleich haushoch überlegen. Anki musste ein Kichern unterdrücken und wandte sich dann den anderen Teilnehmern der heutigen Trüffelsafari zu.

In der Runde gab es noch ein weiteres Paar mit einem offensichtlich beträchtlichen Altersunterschied. Und zwar Ann Fransson und ihren Mann.

»Robin Fransson, Sommergotländer«, hatte er sich vorgestellt und war dann in dröhnendes Lachen verfallen, das alle übrigen Gespräche erst einmal verstummen ließ.

Ann, die sicher zwanzig Jahre jünger war, trug eine unfassbar schöne Bluse aus dünnem, weißem Baumwollbatist mit weißen Seidenstickereien zu einer langen Hose. Sie sah aus, als wäre sie selbst gemacht, und Anki wollte bei Gelegenheit nachfragen, ob Ann sie wirklich selbst genäht hatte.

»Robin hatte vor einem Weilchen einen runden Geburtstag«, hatte Ann bei der Begrüßung erklärt. »Sechzig ist er geworden. Ich habe ihm diese Trüffelsafari geschenkt.«

»Als wäre Gotland im November ein Geschenk«, hatte ihr Mann mit hochrotem Kopf gesagt. »Und das mit diesen Trüffeln ist ja wohl auch eine totale Schnapsidee.«

Ann tat so, als hätte sie den Kommentar ihres undankbaren Mannes nicht gehört.

»Das wird bestimmt nett«, schloss sie. »Und jetzt gibt es erst einmal Kaffee.«

Blieb noch eine Teilnehmerin übrig, und das war Gull-Britt Hansson. Ankis Mundwinkel zogen sich unwillkürlich nach oben, als Gull-Britt mit einem hoch aufgereckten iPad durch den Raum lief, um Fotos von allen Teilnehmern zu machen. Sie sah einfach ein bisschen zu lächerlich aus mit der riesigen Kamera, vielleicht brachten deshalb die meisten Gäste ein Lächeln zustande, als sie abdrückte. Nur Ann wandte das Gesicht ab oder versteckte sich hinter ihrer Hand, sobald Gull-Britt in ihrer Nähe auftauchte.

»Wo ist denn dein Macker?«, fragte Åke, als Gull-Britt an ihm vorbeilief.

»Nils stößt erst am Abend dazu«, sagte sie knapp und schürzte die Lippen.

»Wunderbar«, erwiderte Åke und zeigte sein schönes Lächeln. »Du hast ihm sicher erzählt, dass es ein Familienfest wird?«

Gull-Britt ging zu ihm und lehnte sich dann vor, bis ihr Gesicht nur noch wenige Zentimeter von seinem entfernt war.

»Du wirst hier keine Szene machen, verstanden?«, fauchte sie.

Der Kaffee und der dazu gereichte, wohlschmeckende Apfelkuchen waren schnell verdrückt. Anki schenkte sich aus einer Kupferkanne nach, die dazu auf einem Tisch bereitstand.

»Nun werden wir Ihnen einmal kurz den Tagesablauf skizzieren«, sagte Lotta und stand auf. »David und ich erklären Ihnen, was Sie in den nächsten Stunden erwartet.«

Anki lauschte aufmerksam den beiden Enthusiasten, die sie auf der Safari durch die Natur führen würden.

»Wir haben zwei Hunde«, sagte David, »aber die dürfen nicht ins Restaurant. Beide warten draußen im Auto, Sie können sie später begrüßen.«

Anki hatte die Hunde auf dem Markt gesehen und dort auch schon ihre lustigen Namen gehört, Buttle und Alva. So hießen auch zwei Gemeinden auf der Insel. Ziemlich pfiffige Namen für die beiden Vierbeiner.

»Alva ist ein reinrassiger italienischer Lagotto Romagnolo«, erklärte David. »Buttle ist ein Mix aus Lagotto und portugiesischem Wasserhund.«

»Nur Alva wird uns heute begleiten«, sagte Lotta, »aber beide Hunde sind gleich gut darin, Trüffel aufzuspüren, das kann ich Ihnen versichern.«

Dann erzählte sie noch Wissenswertes darüber, wie Trüffel wuchsen, welche Eigenschaften sie hatten und wie spannend es war, dass man Trüffel auf Gotland entdeckt hatte. Gull-Britt konnte nicht still sitzen, sondern schlich die ganze Zeit durch den Raum und machte weiter Fotos, bis Lotta merkbar genervt war.

»Mama, könntest du damit aufhören?«

Anki spitzte die Ohren. Lotta war also Gull-Britts Tochter? Offenbar waren mehrere Familienmitglieder in der Trüffelbranche aktiv.

»So«, sagte David und ließ seinen Blick über die Teilnehmer schweifen, »dann wollen wir uns mal auf die Jagd nach Trüffeln begeben. Sind Sie alle schon aufgeregt?«

Alle Anwesenden, abgesehen von Robin, der unüberhörbar gähnte, antworteten mit einem lauten und einstimmigen Ja.

»Draußen wartet ein Minibus. Wir fahren nicht weit, nur ungefähr eine Viertelstunde. Hier in Kajpe Kviar gibt es keine Trüffel, wir müssen dafür nach Mullvald. Tragen Sie alle geeignete Schuhe? Turnschuhe oder Stiefel?«

Alle hatten an festes Schuhwerk gedacht, eifrig wurden Jacken angezogen, Mützen aufgesetzt, und schon bald standen sie vor dem Restaurant.

Der Koch Micke erschien in der Tür.

»Viel Glück!«, wünschte er ihnen, hinter ihm tauchte auch Sara auf, die zustimmend nickte.

Anki bemerkte, dass Ann zu Sara ging, ihr etwas ins Ohr flüsterte und dann von ihrer Schwester umarmt wurde.

»Wir freuen uns schon auf heute Abend!«, fuhr Micke fort. »Dann erwarten Sie sechs Gänge, alle mit den Trüffeln versehen, die Sie heute finden. Das wird ein Geschmackserlebnis, das Sie so schnell nicht vergessen werden.«

Er hatte ein sanftes Lächeln und wild abstehende Haare, fast so blond wie der Schopf des Knaben, in den Lena sich verguckt hatte. Im selben Moment trat Åke Hansson zum Koch.

»Und was, wenn wir keine Trüffel finden?«, fragte er mit funkelnden Augen.

Micke hob eine Augenbraue, und Anki hätte schwören können, dass er kurz blinzelte.

»Papa?«, sagte er. »Was machst du denn hier?«

Dann wurde Anki von Tryggve abgedrängt, der sie leicht in den Rücken knuffte, weshalb sie das Gespräch zwischen Vater und Sohn nicht zu Ende belauschen konnte. Aber es war nicht zu übersehen gewesen, dass der Koch nicht gerade glücklich darüber war, seinen Vater unter den Teilnehmern zu entdecken. Was ging hier eigentlich vor sich? Zwischen Gull-Britt und Åke. Zwischen Micke und Åke. Und was war mit Nils Hansson? Was verheimlichten sie alle?

Lena setzte sich ganz hinten in den Minibus, und Åke gesellte sich natürlich zu ihr. Anki war fest entschlossen, sich neben Tryggve zu quetschen, um ihm weitere Informationen zu entlocken, als er gerade Ingegerd den Platz neben sich anbieten wollte.

»Nix da!«, sagte sie schnell. »Meine beste Freundin lässt mich sicher gern erst einmal neben dir sitzen. Ihr könnt euch später noch ausgiebig kennenlernen.«

Tryggve wirkte verdutzt, aber Ingegerd, die Anki kannte, suchte sich gleich einen anderen Platz. Sie ahnte vermutlich, dass Anki etwas Bestimmtes wollte, und nicht nur aus Missgunst auf diesen Sitz bestand.

»Du«, sagte Anki und stupste Tryggve vorsichtig in die Seite, als sich der Bus in Bewegung setzte. »Dein Gast …«

»Ja?«

»Wer ist das eigentlich genau?«

Sie hatte die Stimme gesenkt, damit ihnen niemand zuhören konnte. Vor ihnen saß der prahlerische Robin mit seiner eher schweigsamen kleinen Frau. Er hörte vermutlich sowieso nur sich selbst, aber man konnte schließlich nie vorsichtig genug sein.

»Åke Hansson«, sagte Tryggve ähnlich leise, dicht an ihrem Ohr. »In Mullvald geboren, aufgewachsen auf dem Hof, wo es gebrannt hat. Du weißt schon.«

»Hansarve? Damit hat er auch zu tun?«, flüsterte Anki. »Und wie passt der Koch ins Bild? Die sind anscheinend Vater und Sohn.«

»Der Koch? Den kenne ich nicht. Und dass Åke einen Sohn hat, wusste ich auch nicht.«

»Sonderbar.«

»Aber ich weiß«, fuhr er fort, »dass seine Schwägerin die Dame ist, die mit der riesigen Kamera herumrennt und permanent Fotos von allem und jedem macht.«

Anki lachte auf und verbarg das Gesicht in ihrem Schal.

»Schwägerin?«, fragte sie zurück. »Wer ist denn ihr Mann?«

Sie schaute sich so diskret wie möglich im Bus um.

»Nils Hansson, aber der ist nicht dabei, so wie es aussieht«, sagte Tryggve.

Anki dachte für einen Moment über das nach, was sie gerade erfahren hatte.

»Aha, das ist dann also der Eigentümer des Hofs?«

Tryggve nickte und verschränkte die Arme vor der Brust.

»Wenn man die Schmiererei an der Hauswand bedenkt …«, setzte Anki an.

Doch Tryggve hielt sich schnell den Zeigefinger an die Lippen.

»Darüber sprechen wir später«, sagte er. »Hier gibt es mir zu viele Ohren.«

Da war Anki ganz seiner Meinung, und die Informationen, die sie gerade bekommen hatte, reichten auch erst einmal. Im Stillen fragte sie sich, was sie an diesem Wochenende wohl noch erwartete. Heute Abend stand ihnen das Luxusmenü bevor, und da würden alle anwesend sein. Selbst Nils Hansson.

20

Der Minibus folgte einer kurvigen asphaltierten Straße, bis der Fahrer auf eine Freifläche abbog, eine Lichtung zwischen Wachholderbüschen und Schlehdorn, um dort zu parken. David stand auf und wandte sich an die Teilnehmer.

»Da sind wir also«, sagte er. »Jetzt dürfen Sie aussteigen, und dann geht es schon los mit der Trüffeljagd! Alva wird sofort loslegen, und Lotta bleibt ihr dicht auf den Fersen. Behält sie immer im Blick. Wenn Alva eine Trüffel findet, muss Lotta schnell sein und sie ausgraben, sonst frisst sie der Hund.«

Schon lief Alva schnellen Schritts einen herrlichen, grasüberwucherten Pfad entlang. Auf der einen Seite breitete sich Weideland aus, bis es an Eichenwälder stieß. Auf der anderen eine Böschung, doch die darauf stehenden Sträucher hatten bereits alle keine Blätter mehr. Der Boden wirkte felsig, trockenes Laub bildete kleine Haufen.

Lotta rief die aufgeregte Alva zu sich und richtete sich dann mit weiteren Informationen an die Gruppe.

»Hier sehen Sie perfekte Voraussetzungen für die Trüffelsuche«, erklärte sie. »Unter alten Haselsträuchern, wie Sie hier sehen, und besonders dort, wo im Frühling massenweise Leberblümchen wachsen, hat man sehr gute Chancen, Trüffel zu finden. Also dann, such!«

Mit dem Letzten richtete sie sich natürlich an den Hund,

und es dauerte nicht lange, bis Alva etwas in der Nase hatte. Eifrig buddelte sie mit den Vorderpfoten, Erde und Laub flogen nur so durch die Luft. Mit großen Schritten war Lotta bei ihr und rammte ihr Gartengerät in den Boden, eine ganz gewöhnliche Unkrauthacke. Anki und ihre Freundinnen bemühten sich, möglichst weit vorn dabei zu sein, um nichts zu verpassen. Lotta präsentierte ihnen mit ausgestreckter Hand die erste Trüffel, woraufhin ein erstauntes Raunen durch die Gruppe ging. Echte Trüffel, einfach so innerhalb weniger Minuten.

»*Perigord*, Schwarze Wintertrüffel, meine Damen und Herren!«, sagte Lotta.

Erneutes Raunen.

»Der schwarze Diamant«, sagte Tryggve. »So sieht der also aus.«

Gull-Britt hielt das iPad in die Luft.

»Huhu, Gull-Britt«, rief Åke. »Wenn du schon dieses Riesending mitschleppst, kannst du ja auch ein Bild von mir mit der Trüffel machen! Da wird sich dein Alter freuen, wenn du es ihm nachher zeigst.«

Er feuerte ein Lächeln ab. Gull-Britt warf ihm finstere Blicke zu. Ein Foto würde sie im Leben nicht von ihm machen.

Gunilla wurde die Ehre zuteil, den Korb zu tragen, in dem die Trüffel gesammelt wurden, eine nach der anderen. Der Trüffelhund verlor keine Zeit und nahm seine Aufgabe sehr ernst. Die Herbstsonne wärmte angenehm, und der Tag verging rasend schnell. Es dauerte nicht lange, bis der Korb zur Hälfte gefüllt war mit dieser sonderbaren Delikatesse. Sie konnten zwei unterschiedliche Sorten vorweisen. Abgesehen von Perigord gab es noch eine sogenannte Burgundertrüffel.

»Man kennt sie auch unter dem Namen Sommertrüffel«, erklärte Lotta.

Gunilla hielt den Korb so, dass alle Fotos machen konnten, nicht nur Gull-Britt.

»Trüffel im Wert von mehreren Tausend Kronen«, sagte Lotta zufrieden.

Vereinzelte beeindruckte Kommentare waren zu hören, während Gull-Britt weiter Fotos von den Trüffeln machte, diesmal Nahaufnahmen.

»Jetzt würden wir Sie gern auf einen kleinen Imbiss einladen«, fuhr sie fort.

»Einladen trifft es ja wohl nicht ganz«, murmelte Robin Fransson. »Wir haben schließlich für alles bezahlt, was in dieses Paket eingeht.«

Niemand außer seiner Frau reagierte auf den kleinen Hieb.

»Aber nett ist es doch trotzdem, nicht wahr, Robin?«, sagte sie.

Seine Antwort war nichts als ein unverständliches Brummen. *Ann Fransson muss eine Engelsgeduld haben*, dachte Anki.

»Wo liegt denn ungefähr der Kilopreis für Trüffel?«, wollte Tryggve wissen. »Ich habe letztens eine Zahl gehört, die ich nicht ganz glauben kann.«

»Es gibt natürlich Unterschiede, aber man kann schon mit fünfzigtausend Kronen rechnen«, antwortete David. »Was sagst du, Gull-Britt, du hast schließlich die meiste Erfahrung auf diesem Gebiet.«

Gull-Britt, die damit beschäftigt war, Alva in eine passende Pose für ein Foto zu bringen, richtete sich auf.

»Das kommt schon hin. Wir sprechen schließlich von einem reinen Luxusgut. Fünfzigtausend ist kein ungewöhnlicher Preis.«

Gull-Britt hatte rosige Wangen, und ihr Gesicht strahlte in fast kindlichem Glück. Sie war alles andere als blass und ernst wie an dem Morgen, an dem Anki und Gunilla sie zum ersten Mal getroffen hatten. Anki betrachtete die anderen Teilnehmer, die im Halbkreis um Lotta und David standen. Konnte es jemand aus dieser Runde gewesen sein, der den Brand gelegt hatte?

»Und was passiert mit den Trüffeln, die wir gesammelt haben?«, fragte Gunilla und hielt den Korb hoch.

Anki ließ die Gedanken an die Geschehnisse am Hansarve Hof ziehen und kehrte in die Gegenwart zurück.

»Die werden Sie heute Abend essen«, antwortete David. »Jeder Gang ist mit Trüffeln versehen, sogar das Dessert. Darüber hinaus können Sie natürlich auch Trüffel bei uns erwerben, wenn Sie möchten.«

»Wenn Sie Gäste erwarten, können Sie diese sicher mit echten gotländischen Trüffeln beeindrucken«, sagte Lotta.

»Und der Rest?«, fragte Tryggve. »Wir haben ja mehr Trüffeln gefunden, als heute verbraucht werden.«

»Sie lassen sich gut einfrieren«, antwortete Lotta, »und man kann auch sehr leicht Trüffelbutter machen, die sich ebenfalls sehr gut im Tiefkühler hält. Und sie schmeckt prächtig zu einem guten Stück Fleisch. Wir verkaufen aber auch viel unserer Ernte an andere Restaurants und Feinkosthändler.«

Gunilla nahm eine der Knollen und legte sie sich auf die Handfläche. Gull-Britt riss sofort das iPad hoch und schoss ein Foto, das fast zur Werbeaufnahme taugte.

»Da braucht man definitiv das nötige Kleingeld«, stellte Gunilla fest. »Aber viel wiegen sie nicht.«

Der kleine Imbiss wurde auf einem alten Cafétisch vor einem verfallenen alten Erdkeller aufgebaut. Aus einer Thermosflasche füllte David Kürbissuppe in Einwegbecher. Lotta schnitt ein Baguette in Scheiben und rieb ordentlich Trüffel über die kleinen Brote.

»Sehr gut, Lotta«, sagte David. »Wir wollen heute nicht geizen.«

»Wenn man weiß, wo die Trüffel wachsen, braucht man doch eigentlich gar keinen Hund, um sie zu finden, oder?«, fragte Robin, der bisher noch nicht viel gesagt hatte, sondern fast ausschließlich mit den Händen in den Taschen mitgelaufen war. »Man müsste doch nur unter einem alten Haselstrauch buddeln.«

Ein paar lachten über die Frage, andere waren wohl seiner Meinung.

»Vielleicht, wenn Sie besonders geschickt sind«, sagte Lotta, »oder magische Hände haben.«

Robin murmelte etwas, und schon machten Ankis Gedanken sich wieder selbstständig. Eine witzige Idee, selbst auf Trüffelsuche zu gehen. Auf ihrem Grundstück standen ein paar alte Fliederbüsche, vielleicht war das ja einen Versuch wert.

»Wenn ich das richtig verstanden habe, dann gehören Ihnen diese Böschung und dieser Pfad«, sagte Ingegerd. »Sonst dürften wir doch gar nicht hier sein, oder?«

Bevor Lotta oder David antworten konnten, war Åke einen Schritt vorgetreten.

»Dieses Grundstück gehörte meinen Eltern«, tönte er, »und davor meinen Großeltern. Es befindet sich schon so lange in Familienbesitz, wie ich zurückdenken kann. Heute gehört es meinem Bruder Nils, aber Lotta und David haben sicher eine Abmachung mit ihm, nehme ich an.«

Gull-Britt ließ das iPad sinken.

»Kümmre dich um deinen eigenen Kram, Åke, wir kümmern uns schon um unseren«, fauchte sie. »Misch dich nicht in Dinge ein, die dich nichts angehen.«

21

Gull-Britt zog sich das Kleid an und betrachtete sich im Spiegel. Dunkelgrüne Thaiseide, eng geschnitten, was ihrem eieruhrförmigen Körper entgegenkam. Es hatte einen V-Ausschnitt und betonte ihre Kurven. Sie strich sich mit den Händen über die Hüften und drehte sich ein wenig. Das Kleid war genau richtig, daran bestand kein Zweifel. Jetzt fehlte nur noch die passende Kette, dann war ihr Outfit perfekt. Ohne Anstrengung würde sie die schönste von allen Gästen da unten sein, zudem war sie nicht einmal sicher, ob die Leute hier auf dem Land überhaupt wussten, dass man sich für so einen Anlass zurechtmachte.

»Nils«, mahnte sie mit lauter Stimme, »jetzt musst du dich allmählich wirklich fertig machen.«

Sie bekam nur ein Brummen als Antwort. Nils hatte sich bereits die Anzughose und ein Hemd angezogen, so saß er auf dem großen Bett, die Zeitung vor sich.

»Nils«, wiederholte Gull-Britt, »wann willst du die Fliege und das Jackett anziehen?«

Ihr Mann senkte die Zeitung und sah sie an.

»Wir haben noch Zeit«, sagte er. »Eigentlich könnten wir zur Einstimmung doch schon mal hier auf dem Zimmer anstoßen. Was meinst du, mein Schatz? Sekt und irgendeinen Snack?«

Gull-Britt suchte in ihrer Reisetasche nach ihrer Kette, aber ohne Erfolg. Die Idee mit dem Sekt klang vorzüglich.

»Ich kann ja unten mal Bescheid sagen«, bot sie an.

Schnell stieg sie in ihre Pumps und öffnete die Tür.

»Du, Gull-Britt…«

»Ja.«

Sie drehte sich im Türrahmen noch einmal um.

»Du siehst sehr gut aus in diesem Kleid.«

Gull-Britt lächelte ihn an. Nils gehörte nicht zu den Männern, die mit Komplimenten um sich warfen. Heute war er noch dazu extra übellaunig gewesen, weil sie von Mullvald hierher ins Hotelzimmer des Plogbillen umgesiedelt waren. Er wäre am liebsten zu Hause geblieben, aber sie hatte ihn davon überzeugt, dass angesichts des Festessens, das vor ihnen lag, eine Übernachtung vor Ort die bessere Wahl war.

Sie trippelte die Treppe hinunter, ging zum Tresen, der ja auch als Rezeption diente, und tippte auf die Klingel. Fast augenblicklich erschien Sara. Ihr Gesicht war hochrot, außerdem stand ihr der Schweiß auf der Stirn. Ein paar Strähnen lugten unter der Kochmütze hervor.

»Viel zu tun?«

»Immer«, sagte Sara knapp, »aber das passt schon. Wie kann ich dir helfen?«

Gull-Britt dachte kurz nach.

»Der werte Gatte wünscht Sekt, ich schätze aber, wir können uns zur Feier des Tages Champagner gönnen. Er wird schließlich siebzig.«

»Verstanden«, sagte Sara und holte eine kleine Flasche Veuve Clicquot aus dem Kühlschrank.

»Reicht dir das oder hättest du gern eine große?«

Gull-Britt nickte.

»Die ist prima, danke sehr. Und hättest du vielleicht irgendeinen kleinen Snack dazu?«

Sara stellte die Flasche mit zwei Gläsern auf ein Tablett.

»Ich habe sogar noch etwas viel Besseres«, sagte sie. »Frisch frittierte Käsebällchen, einmal mit Fichtensprossen-Geschmack und einmal mit Trüffel. Damit bin ich gerade fertig geworden.«

»Das klingt toll«, sagte Gull-Britt. »Da schlage ich gern zu. Gibt es jemanden, der mir helfen könnte, das alles nach oben zu bringen?«

»Gar kein Problem«, antwortete Sara. »Das mache ich gleich selbst. Gib mir mir eine Minute.«

Nils öffnete vorsichtig die Flasche, ohne den Korken knallen zu lassen, und schenkte ihnen beiden Champagner ein. Dann nahm er eins der Käsebällchen und steckte es sich in den Mund.

»Keine schlechte Idee!«, sagte er und schmatzte zufrieden.

Eigentlich mochte Gull-Britt es überhaupt nicht, wenn er schmatzte, aber diesmal ließ sie es ihm durchgehen. Sie hob ihr Glas, um ihrem Mann zuzuprosten.

»Auf dich, Nils!«, jubelte sie. »Auf einen unvergesslichen Geburtstag!«

»Danke, meine Liebe. Sag mal, du warst ja heute mit auf dieser Safari und hast sie alle kennengelernt. Was sind denn das für Leute, mit denen wir heute speisen werden?«

Gull-Britt traf diese Frage unvorbereitet, und sie dachte nicht daran, ihm einen kompletten Bericht zu liefern. Wenn er erführe, dass Åke in der Nähe war, würden ihn keine zehn Pferde ins Restaurant bekommen, und dieses Risiko wollte sie nicht eingehen.

»Tja, was kann ich dir erzählen?«, zögerte sie eine Antwort hinaus. »Eine Mischung aus Sommergotländern und Touristen. Den Pfarrer und seine Frau kennen wir, ansonsten bin ich mir gar nicht so sicher, aber es wird sicher trotzdem nett.«

Nils nickte und trank noch einen Schluck Champagner. Dann betrachtete er sie eingehend über den Rand des Glases hinweg.

»Fehlt da nicht noch eine Kette zu dem Kleid?«

Gull-Britt fasste sich mit den Händen an den Hals.

»Ach, stimmt. Ich habe sie in meiner Tasche gesucht, aber nicht gefunden. Vielleicht ist sie in der Kulturtasche.«

Sie stellte das Glas weg, ging ins Bad und stellte ihre Kulturtasche auf den Kopf. Auch dort war keine Kette, aber am Haken neben dem Handtuch hing sie. Was für ein Glück! Ohne ein paar schöne Perlen hätte sie sich richtiggehend nackt gefühlt.

»Alles in Ordnung?«, fragte Nils, weil Gull-Britt noch vor dem Spiegel stehen geblieben war, um ihren Lidschatten nachzuziehen.

Er sprach schon wieder mit vollem Mund. Als würde das Schmatzen nicht reichen.

»Ja, bin gleich wieder da«, sagte sie. »Dann probiere ich auch eins der Bällchen und trinke meinen Champagner aus.«

»Die Bällchen sind schon alle weg«, gestand Nils, »aber von der Gelben Witwe ist noch etwas für dich da.«

»Was? Hast du die alle schon in dich reingestopft?«, fragte Gull-Britt und baute sich vor ihrem Mann auf. »Ohne mir auch nur einen übrig zu lassen?«

Sie machte einen Schmollmund und tat so, als wäre sie sauer. Nils streckte die Hand aus und streichelte ihr sanft das Kinn.

»Du musst doch an deine Figur denken«, sagte er. »Aber eins kann ich sagen, die mit dem Fichtensprossenöl haben mir am besten geschmeckt.«

»Danke für diesen Hinweis, das musste ich wirklich dringend wissen!«, erwiderte Gull-Britt. »Vielleicht gibt es unten ja noch mehr. Dann zieh mal dein Jackett an, damit wir endlich runtergehen und uns unter die Leute mischen können.«

Die Gäste sammelten sich langsam in der gemütlichen Ecke des Plogbillen. Lotta und David reichten Champagner und kleine Appetithappen. Anki sah dem Abend voller Erwartung entgegen. Der Tag im Gelände war interessant gewesen. Freundliche Menschen, zumindest in der Mehrzahl, die sich den Luxus eines Trüffelwochenendes gönnten. Aber Spannungen gab es auch, nicht zuletzt zwischen Åke und Gull-Britt. Sie hatte nicht nur wütend ausgesehen, als er sie beim Kaffee begrüßt und sich gegenüber von ihr hingesetzt hatte. Anki war noch etwas anderes als Hass in ihren Augen aufgefallen. Hatte die elegante und so selbstsichere Geschäftsfrau Gull-Britt etwa Angst vor ihm?

Dann war da noch das Treffen mit dem Koch. Auch er hatte etwas mit Åke zu tun. Micke hatte gestutzt und nicht gerade überglücklich ausgesehen, seinen Vater zu sehen. Nein, irgendetwas Mysteriöses umgab diesen Åke.

Die Schwingtür zur Küche öffnete sich, und der Koch erschien zusammen mit Sara, seiner Ehefrau und Kollegin.

»Geht es Ihnen allen gut?«, fragte er.

Er bekam ein allgemeines Ja zur Antwort.

»Allerdings wird man allmählich hungrig«, sagte Robin. »Dieser Kram macht nicht gerade satt.«

Er deutete zu den Käsebällchen, die Anki unfassbar lecker gefunden hatte. Es gab zwei Varianten, eine mit Trüffel und die andere hatte eine leichte Tannen- oder Fichtennote und schmeckte noch einmal besser. Ingegerd war voll und ganz ihrer Meinung gewesen und hatte Sara sogar schon gefragt, wie man die zubereitete.

»Ganz einfach«, hatte diese geantwortet. »Man nimmt Fichtensprossenöl – wir machen das im Frühjahr immer selbst –, mischt es zum Käse, formt daraus Bällchen und ab damit in die Fritteuse. Das bekommen Sie sicher hin.«

Ingegerd nahm ein weiteres Bällchen und wandte sich an Anki.

»Das müssen wir mal ausprobieren«, sagte sie. »Öl selbst zu machen klingt spannend.«

Das fand Anki auch und leerte ihr Champagnerglas.

»Wir begleiten Sie gleich an Ihre Tische, wir warten nur noch auf zwei Gäste. Oh, da kommen sie ja schon«, sagte Micke und schaute zur Treppe. »Das Geburtstagskind mit seiner entzückenden Frau. Herzlich willkommen!«

Sara reichte den beiden Neuankömmlingen sogleich Gläser, und dann wurde erst einmal wieder geprostet. Åke stand vom Sofa auf und ging langsam auf Nils Hansson zu. Anki hielt den Atem an.

»Dann herzlichen Glückwunsch zum Geburtstag, großer Bruder«, sagte er und hob das Glas.

Gull-Britt spielte an ihrer Kette und blinzelte heftig. Nils Hansson starrte seinen Bruder an. Das Champagnerglas glitt ihm aus der Hand und zerbrach am Boden.

»Åke!«, brachte er nur hervor und griff sich an die Brust.

22

So«, sagte Micke und rieb sich die Hände, »dann ist es also endlich so weit, und Sara und ich können Sie herzlich willkommen heißen! Wir hoffen, es wird ein unvergesslicher Abend mit umso unvergesslicheren Speisen, die wir sorgfältig für Sie ausgewählt und zubereitet haben.«

Tryggve lauschte gebannt dem Koch und nickte anerkennend. Auf eine professionelle und freundliche Art hatte er schnell die Stimmung aufgelockert. Niemandem war die frostige Begrüßung der Brüder entgangen, in der gemütlichen Sofaecke des Plogbillen war es totenstill geworden, als das Glas zu Boden gegangen war.

»Ich teile natürlich die Meinung des Kochs«, sagte Sara. »Eine Menükarte liegt bei jedem Gedeck, aber ich werde zu jedem Gang etwas erzählen, während er serviert wird. Genauso verfahre ich mit den verschiedenen Getränken, die wir dazu reichen. Sie werden ein paar außerordentliche Weine kennenlernen, die die Trüffelgerichte auf magische Weise abrunden.«

»Das klingt ja vielversprechend«, polterte Robin dazwischen. »Dann ist man nicht vergebens hergekommen.«

»Folgen Sie mir doch bitte ins Restaurant«, sagte Micke und breitete die Arme aus. »Dem heutigen Geburtstagskind Nils gebührt zur Feier des Tages der Platz am Kopfende.«

Tryggve drehte die Menükarte so, dass das Licht der Kronleuchter auf die kleine Schrift fiel, aber auch das half nicht. Seine Tischdame Ann wollte Tryggve jedoch auch nicht fragen. Sicher waren ihre Augen um einiges besser als seine, aber es war ihm peinlich. Natürlich hätte er auch die Frau des Pfarrers fragen können, die auf der anderen Seite von ihm saß, doch das schickte sich nicht. Also schob er die Karte einfach weg und entschied, umso aufmerksamer Sara zu lauschen, die sich an der Längsseite des Tischs hinter Anki aufgebaut hatte, um ihnen den ersten Gang zu erläutern.

»Wir beginnen mit einem Jakobsmuscheltatar, das wir selbstverständlich mit den Trüffeln garnieren, die Sie heute gesammelt haben. Dazu reichen wir einen trockenen Riesling aus dem Elsass, also von der französischen Seite des Rheins. Dort gibt es unzählige Weingüter, deren Weinberge sich entlang einer Strecke von 170 Kilometern erstrecken. Die Berge sichern ein warmes, geschütztes Klima und halten die Niederschläge fern. Dieser Wein stammt von einem der besseren Güter. Micke und ich haben ihn selbst dort gekauft.«

Sara hatte sich sehr gut vorbereitet und klang, als würde sie einen auswendig gelernten Text aufsagen, fand Tryggve.

»Fantastisch«, sagte Oskar Bergsten, schlug seine Serviette auf und breitete sie über seinem Schoß aus. Dann faltete er die Hände und schloss die Augen.

Sie wurden von drei Kellnern bedient. Außer Sara handelte es sich um Lotta und David, die sie am Vormittag schon auf der Trüffeljagd geführt hatten. Wie Tryggve feststellte, trugen sie dem Servieren angemessene Kleidung und beherrschten diese Kunst genauso makellos wie das Führen durch die Natur.

»So ist das nun mal auf dem Land«, sagte Tryggve.

»Wie bitte?«, fragte Ann neben ihm.

»Also, ich meine, um an einem Ort wie diesem zu überleben, muss man Multitalent sein.«

Ann war ganz seiner Meinung. »Da haben Sie recht. Ganz schön fleißig noch dazu.«

Tryggve vertiefte das Gespräch nicht weiter, sondern konzentrierte sich voll und ganz auf das kleine bisschen Tatar, das vor ihm auf dem Teller lag. Als er sich zu diesem Essen angemeldet hatte, war seine größte Sorge gewesen, ob er ein Sechs-Gänge-Menü überhaupt bewältigen könnte. Wenn die Portionen jedoch alle so übersichtlich ausfielen, würde er stattdessen vermutlich sogar hungrig und ein wenig verärgert nach Hause fahren. Vorsichtig piekte er mit der Gabel in die mit Trüffel garnierte Kammmuschel und steckte sich etwas davon in den Mund. Er kaute behutsam, sodass sich der Trüffelgeschmack gleichmäßig im Mund verteilte. Dann nahm er einen Schluck des Elsassweins dazu, der wirklich hervorragend passte, ganz wie die pfiffige Sara gesagt hatte.

»Lecker«, sagte er zu Ingegerd, die ihm gegenübersaß. »Erstaunlich lecker.«

»Und erstaunlich schnell verputzt«, lachte sie und nickte diskret zum Kopfende, an dem Nils saß.

Tryggve schaute zu ihm hinüber und sah gerade noch, wie Nils Hansson sich das komplett aufgespießte Tatar in den Mund steckte, einmal kaute, schluckte und ein halbes Glas Wein hinterherspülte.

»Aber Nils«, tadelte Gull-Britt, »so schmeckst du ja deine eigenen Trüffel nicht mal. Stell dir vor, das sind wirklich deine Trüffel, die wir hier essen.«

Sie hob das Glas, um ihrem Mann zuzuprosten, der nur irgendwas grunzte und den restlichen Wein hinterherkippte. Dann wischte er sich mit der Leinenserviette den Mund ab, setzte sich mit verschränkten Armen hin und wartete darauf, dass Lotta sich ihm näherte, um seinen Teller abzuräumen.

»Ich würde es vorziehen, von jemand anderem bedient zu werden«, sagte er und wandte den Blick ab.

Gull-Britt atmete heftig ein und legte ihrem Mann eine Hand auf die Schulter.

»Wenigstens heute könnt ihr doch mal nett zueinander sein«, sagte sie mit gedämpfter Stimme.

Nur wer in unmittelbarer Nähe saß, hörte, was dort gesprochen wurde. Lotta drehte sich um und verließ wortlos den Raum. Gull-Britt wich allen Blicken aus, nur Astrid schaute Nils direkt an. Kurz darauf erschien David und deckte ab.

»Was war denn das?«, fragte Astrid Bergsten und richtete sich damit an Tryggve.

»Absolut keine Ahnung«, antwortete dieser. »Das wird jedenfalls ein spannendes Abendessen, so viel steht fest.«

Die kleine Gesellschaft aß sich durch die folgenden beiden Gänge – einmal Rotzunge und einmal mit Schinken umwickelter Kaninchenrücken –, bis sie beim Hauptgericht angelangt waren, das sich aus Ochsenwange mit in Butter geschwenktem Rosenkohl zusammensetzte. Tryggve liebte Rosenkohl und freute sich entsprechend auf das Gericht, das von allen drei Kellnern hereingebracht wurde. *Hoffentlich haben sie den Rosenkohl nicht zu lange gekocht*, dachte Tryggve. *Es gab fast nichts Schlimmeres als verkochten Rosenkohl.*

Nils wurde von Sara bedient, woran er nichts auszusetzen zu haben schien. Lotta hielt sich am anderen Ende des Tisches auf. Die Stimmung war mit jedem Gang gestiegen, und nach ein paar Gläsern Wein konnte selbst Nils sich ein Lächeln abringen, als Ingegerd ihm zuprostete, um auf ihn zu trinken.

Sprachlos betrachtete Tryggve den Teller, während David ihm den Rotwein einschenkte, über den die belesene Sara vorhin ebenfalls ausgiebig referiert hatte. Wo war der Rosenkohl? Auf dem Teller lag nur ein winziges grünes Blatt zu Dekorationszwecken.

»Meine Freunde«, hörte er Åke vom anderen Ende des Tisches, »meine lieben Freunde, ich glaube, wir teilen uns gerade ein und denselben Rosenkohl! Ich finde, darauf müssen wir anstoßen!«

Er stand auf und hielt das eine Blatt auf die Gabel aufgespießt in die Höhe, die anderen taten es ihm gleich. Das folgende Gelächter löste selbst die letzten, eventuell verbliebenen Anspannungen und jede noch vorhandene Befangenheit. Selbst Ann musste sich die Lachtränen wegwischen. Nur Nils verzog keine Miene, aber wenigstens sagte er nichts Dummes. Tryggve fragte sich, welcher arme Vogel dort in der Küche vierzehn einzelne Blätter von einem Rosenkohl hatte zupfen und dann in Butter schwenken müssen. Mehr als zwei kleine Rosenkohlköpfchen dürften sie dafür nicht gebraucht haben.

»Er ist halt einfach nicht reich, der Gastwirt«, kicherte Nils plötzlich. »Vielleicht herrscht ja Ebbe in der Kasse deiner Nachkommen, Åke, was meinst du?«

Das Letzte brüllte er über den langen Tisch hinweg. Åkes Miene verfinsterte sich, und schnell setzte er sich wieder. Dass jemand schlecht über seinen Sohn sprach, gefiel ihm nicht, so viel war klar. Umso schlimmer, dass die Worte von seinem Bruder kamen, noch dazu vor Publikum, das mit der Sache gar nichts zu tun hatte. Am klügsten wäre es vermutlich, wenn Åke aufhören würde, sich das so zu Herzen zu nehmen, aber es wirkte nicht so, als wäre er daran interessiert, sich sein Leben nicht länger von den Folgen der Erbstreitigkeiten mit seinem Bruder vergiften zu lassen.

Tryggve schaute sich um. Anki winkte ihm zu und schien nicht gerade glücklich mit ihrer unmittelbaren Gesellschaft zu sein. Sie saß neben Robin, und es war deutlich zu erkennen, dass sie ihres prahlerischen Tischnachbarn bereits jetzt überdrüssig war. Wie verdiente dieser Vogel wohl sein täglich Brot? Er war irgendwo in der öffentlichen Verwaltung angestellt, das hatte Tryggve aufgeschnappt. Aber wo bloß? Bei der Einwanderungsbehörde? Beim Schifffahrtsamt? Beim SMHI vielleicht, dem schwedischen Wetterdienst, die hatten ihre Zentrale in Norrköping, wo das Ehepaar Fransson wohnte.

Nachdem die Teller des Hauptgerichts abgedeckt waren, kam Sara herein und teilte ihnen mit, dass jetzt eine gute Gelegenheit wäre, sich die Füße zu vertreten, wenn jemandem danach der Sinn stand. Zwei Gänge lägen noch vor ihnen: die Käseplatte und das Dessert. Vielleicht wolle ja der eine oder andere vorher kurz frische Luft schnappen.

Das Geräusch von Stühlen, die zurückgeschoben wurden, erfüllte den Speisesaal, weil die meisten Gäste der Anregung nachkamen und die Gelegenheit nutzten, hinaus in die Nacht zu treten. Der Himmel war sternenklar, es schien sogar der Mond. Nur Nils und Gull-Britt blieben mit Ann und Robin am Tisch sitzen.

»Komm«, sagte Åke zu Lena und zog sie mit sich. »Wir gehen ein Stückchen weg, wo die Laternen und Lampen nicht mehr vom Sternenhimmel ablenken. Auf freiem Feld kann man viel mehr Sterne sehen.«

»Verirrt euch bloß nicht«, warnte Tryggve. »Wir haben keine Lust, euretwegen heute noch eine Suchkette auf die Beine stellen zu müssen.«

Lachend entfernten sie sich. Anki und ihre verbliebenen Freundinnen schlossen zu Tryggve auf.

»Was sagt ihr zu den beiden?«, fragte Anki. »Ich wette hundert Kronen, dass Åke und Lena ein Paar sind, bevor ihr wieder abreist.«

»Da kann man unmöglich gegenhalten«, lachte Gunilla. »Lena gibt schließlich nicht auf.«

»Ich gönne es ihr«, sagte Ingegerd. »Ist doch schön, sich auf die alten Tage noch mal zu verlieben.«

Darüber hatte Tryggve noch nie nachgedacht, aber vielleicht hatte Ingegerd ja recht. Er hatte sich so sehr an sein Junggesellendasein gewöhnt und seit Jahren keine Beziehung geführt. Dass seine letzte zu Ende ging, lag weder an ihm noch an ihr. Damals war ein schreckliches Unglück geschehen, durch das er seine Freundin für immer verloren hatte.

Seine finsteren Gedanken wurden unterbrochen, als Sara die Eingangstür öffnete und zu ihnen hinaustrat.

»Kommen Sie doch bitte wieder herein«, forderte sie die Umstehenden auf. »Der Käse ist serviert.«

Tryggve entging nicht, dass Åke erst wieder zu ihnen stieß, als alle anderen bereits ihren Käse verspeist hatten. Er setzte sich zwischen Lena und Ingegerd und steckte sich den weißen Käse am Stück in den Mund. Zur Verfeinerung diente Gotlandhonig, der anlässlich dieses Abends wiederum mit Trüffel aromatisiert war.

»Ist das ein besonderer Käse?«, wollte Ingegerd wissen.

»Vermutlich ist das, was ich jetzt sage, wie in der Kirche zu fluchen«, erklärte Åke, »aber ich halte ihn nicht für etwas Besonderes. Da haben ein paar kleine Meiereien vom Festland definitiv besseren.«

»Ganz Ihrer Meinung«, sagte Astrid. »Als wir noch im Norden wohnten, hat es uns an hervorragendem Käse nicht gemangelt.«

Åke nahm sein Glas und leerte den Wein in einem Zug, ohne zu wissen, welcher edle Tropfen überhaupt zu diesem Gang gereicht worden war. Durch seine Verspätung hatte er Saras kurzen Vortrag verpasst. Es war ganz unglaublich, was sie sich alles über Weine merken konnte. Darüber hinaus waren die Weine wirklich ausgezeichnet, fand Tryggve. Aber allmählich wurde es ihm ein bisschen viel. Der Geräuschpegel war hoch und die Stimmung gut. Die Zankbrüder schienen eine vorübergehende Waffenruhe geschlossen zu haben, und Lotta hielt sich vom Mann ihrer Mutter fern. Gunilla und Per führten ein intensives Gespräch über das Schreiben. Vereinzelte Wörter konnte Tryggve ausmachen.

»Das hier«, sagte Gunilla und deutete auf die Tischrunde, »würde sich vorzüglich eignen, um einen klassischen Krimi zu schreiben. Luxusmilieu, gutes Essen und eine geschlossene Gesellschaft. Wie gemacht für einen Mord.«

Die Gespräche am Tisch verstummten. Alle schauten Gunilla an. Niemandem war entgangen, was sie gesagt hatte.

»Wie würden Sie das Buch nennen?«, fragte Tryggve, der müde geworden war und das Kinn in den Händen ruhen ließ.

»Lassen Sie mich mal überlegen … *Dreizehn an einem Tisch* vielleicht«, antwortete Gunilla, schaute sich um und lachte.

Ein paar Sekunden vergingen, während jeder für sich nachzählte, wie viele sie überhaupt gerade waren. Keine Gabel stieß gegen einen Teller, kein Glas wurde gehoben.

»Ja, aber … wir sind doch vierzehn!«, entgegnete Gull-Britt und warf Gunilla einen verständnislosen Blick zu.

Gunilla hob ihr Glas.

»Ganz genau«, sagte sie. »Prost! Jetzt folgt nur noch das Dessert.«

23

Anki setzte sich die Brille auf und studierte die Menükarte. Der Nachtisch klang wirklich spannend. Um ihn hereinzubringen, erschien das gesamte Personal, sogar der Koch. Micke bediente das Geburtstagskind und dessen Frau.

»Bitte sehr«, sagte er mit einem Lächeln und stellte den Dessertteller vor Nils Hansson. »Ein ganz besonderes Eis, ich hoffe, es schmeckt.«

Anki betrachtete die beiden, und dann wurde ihr plötzlich bewusst, dass Nils ja Mickes Onkel sein musste.

»Aha«, sagte Nils und kicherte. »Selbst der Koch muss hier mit anpacken, wie ich sehe. Woran liegt das?«

Dann brach er in schallendes Gelächter aus, und Mickes Lächeln erstarb. Für einen Moment sah er höllisch wütend aus, konnte sich aber rechtzeitig fangen. Er stellte den anderen Teller vor Gunilla, richtete sich auf und legte die eine Hand hinter den Rücken.

»Nur wenn wir prominente Gäste bewirten, zeige ich mich hier draußen«, erklärte er. »Oder wenn sich ein Gast für ein besonders gutes Essen bedanken will.«

Es kam zu einer kurzen Pause, und Anki dachte fieberhaft darüber nach, was sie sagen könnte.

»Wir würden uns sehr gerne bedanken«, sagte Pfarrer Oskar Bergsten zur Rettung aller. »Oder? Was meinen die anderen? Natürlich bedanken wir uns für dieses sensationelle Menü und schenken dem Koch dafür einen warmen Applaus.«

»Aber selbstverständlich!«, stimmte auch Tryggve ein.

Anki atmete erleichtert auf, und es dauerte nicht lange, bis alle Gäste Oskars Vorschlag nachkamen. Lotta, David und Sara stellten sich mit Micke in einer Reihe auf und genossen den tosenden Applaus. Anki konnte den Blick nicht von dem eingebildeten Nils Hansson lösen. Pflichtschuldig schlug er ein paar Mal in die Hände, dann griff er zum Löffel und hieb in den Nachtisch. Gull-Britt legte ihm die Hand auf den Arm. Anki verstand nicht alles, was sie sagte, nur ein paar Wörter.

»Langsam, Nils, lass Sara doch erst noch erklären ...«

»Steht doch da, was es ist«, sagte Nils laut und zeigte auf die Menükarte, bevor er weiter Eis in sich hineinschaufelte.

Sara ließ den Blick über die anderen Anwesenden schweifen. Sie sah müde aus, was nicht weiter verwunderlich war, fand Anki. Die puppenhaften Züge waren nicht mehr so markant, und die Müdigkeit ließ sie ein paar Jahre älter wirken. Dieses Menü hatte sicher eine Menge an Vorbereitungszeit in Anspruch genommen und noch mal so viel in der Durchführung.

»Wir sind schon beim Finale unseres großen Trüffelmenüs angelangt«, setzte sie an. »Zum Großteil haben wir Perigord serviert, also Wintertrüffel, nur im Nachtisch ist Burgundertrüffel, auch bekannt als Sommertrüffel.«

»Meine Trüffel«, murmelte Nils und brachte Sara damit kurz zum Verstummen.

»Wie gesagt, handelt es sich bei den Zutaten um die heutige Ernte«, fuhr sie fort und starrte Nils finster an. »Das gilt genauso für das Dessert. Sie haben etwas vor sich, das wir verstecktes Trüffeleis nennen. Schokoladenmousse, Pflaumenkompott und geröstete Haselnüsse runden diesen Nachtisch ab. Alle Zutaten, auch die Nüsse, stammen von der Insel, und wurden alle erst von unserem Koch verarbeitet. Guten Appetit!«

Sara verschwand schnell in der Küche und hatte in der Eile vergessen, ihnen etwas über den Dessertwein zu erzählen. Aber Anki konnte ihr Verhalten sehr gut nachvollziehen, der fiese Nils hatte sie aus der Fassung gebracht und der Abend insgesamt Kraft gekostet. Insofern war es nicht weiter verwunderlich, etwas zu vergessen.

»Also, es war ja wirklich keine Schwierigkeit, das versteckte Eis zu finden«, gackerte Nils, dessen Teller bereits leer war, noch ehe die anderen überhaupt zu essen begonnen hatten.

Er kratzte den Teller ab, legte den Löffel beiseite und schnipste mit den Fingern, um Lottas Aufmerksamkeit zu erregen. Was immer ihm vorschwebte, dazu schien sie jetzt zu genügen.

»Einen Whisky. Mein Mund ist so trocken«, sagte er und lockerte seine Fliege und den obersten Hemdknopf.

»Nils, ich bitte dich«, sagte Gull-Britt, der es offenbar nicht passte, dass er sein Hemd hier aufknöpfte.

»Doch, verdammt. Das ist warm hier drin, und außerdem kratzt es im Hals.«

Was war er doch für ein Quälgeist. Lotta empfand wohl das Gleiche, denn sie antwortete nicht mit Worten, sondern Taten auf seine Bestellung. Sie ging direkt zur Bar, holte das Gewünschte und knallte dann das Glas etwas zu nachdrücklich neben ihm auf den Tisch.

»Hier hast du noch Wasser und Eis, bereite ihn dir selbst so, wie du ihn haben willst«, sagte sie und verließ den Raum.

»Was du doch für eine pampige Tochter hast«, sagte Nils, lachte und kniff seiner Frau in die Wange. »Findest du nicht? Was denkst du selbst über deinen verzogenen Nachwuchs?«

Anki starrte ihn ungläubig an. Dieser Nils Hansson war einfach unfassbar, ein richtiger Stinkstiefel. Sie bemerkte eine tiefe Falte auf Tryggves Stirn, der das Ehepaar Hansson nicht aus den Augen ließ. Auch Ann schien nichts verpassen zu wollen. Offenbar hatte sie darüber sogar ihren Nachtisch vergessen. Sie betrachtete stattdessen ohne wegzublicken Nils, der ungeniert gähnte und sich dann zurücklehnte.

Gull-Britt beugte sich zu ihrem Mann. Anki vermutete, dass sie ihm wegen seines unangebrachten Verhaltens eine leise Standpauke hielt.

»Wie, ob es mir nicht gut geht?«, fragte Nils laut zurück und gähnte ein weiteres Mal.

Alle anderen starrten auf ihre Desserts, die Gespräche waren versiegt. Niemandem entging auch nur eine der Silben, die Nils und Gull-Britt wechselten.

»Ich weiß doch auch nicht«, sagte Gull-Britt, »aber irgendwas stimmt mit deinen Augen nicht. So habe ich dich noch nie gesehen. Außerdem machst du einen sehr müden Eindruck, aber das wäre ja noch nachzuvollziehen.«

»Ich habe doch gesagt, dass es hier plötzlich so verdammt warm geworden ist«, entgegnete ihr Mann und tupfte sich den Schweiß von der Stirn. »Ich gehe mal eben vor die Tür.«

Anki beobachtete den griesgrämigen Mann, der erneut gähnte und dann sein Whiskyglas leerte. Mehr sollte er definitiv nicht trinken. Er war sonderbar bleich geworden. Er lockerte die Manschettenknöpfe. Schob ein paar Finger unter das Hemd und kratzte sich am Arm. Stand auf und hielt sich den Bauch.

»Teufel noch mal!«, zischte er. »Noch einen Whisky!«

»Nils, bitte. Hast du Schmerzen?«

Er musste mehr gepichelt haben als alle anderen, wobei Anki nicht behaupten konnte, im Blick zu haben, wie viel sie selbst getrunken hatte. Nils machte ein paar Schritte. Gull-Britt stand so eilig auf, dass der Stuhl hinter ihr umkippte und die Lehne laut auf den Boden knallte. Im selben Augenblick fiel auch Nils Hansson hin.

»Nils!«, schrie Gull-Britt.

»Jetzt hat mein Brüderchen zu tief ins Glas geschaut«, sagte Åke und schüttelte den Kopf.

Tryggve, der ganz in der Nähe saß, war sofort auf den Beinen. »Rufen Sie einen Krankenwagen!«, sagte er bestimmt und kniete sich neben Nils.

»Das mach ich sofort«, antwortete Anki und holte ihr Handy aus der Handtasche.

Tryggve kniete nicht mehr allein bei Nils, Lena war zu ihm geeilt. Sie hob ihr Kleid leicht an, ging in die Hocke und tastete an Nils' Hals nach seinem Puls. Anki stand ein paar Meter entfernt, das Handy ans Ohr gepresst. Auf sie machte Nils Hansson einen völlig leblosen Eindruck. Seine Lippen waren blau angelaufen, und das war nie ein gutes Zeichen, das wusste sie. Noch dazu war sein Mund sonderbar verzerrt. So als würde er sie verkrampft anlächeln. Gull-Britt stand wie festgewurzelt da und betrachtete ihren Mann, Tryggve und Lena, die neben ihm knieten. Anki stellte sich zu ihr, um einfach da zu sein, sollte sie gebraucht werden.

»Sein Herz schlägt nicht mehr«, sagte Lena. »Wo ist Ihr Defibrillator?«

»Es gibt keinen«, sagte Lotta, die vom Personal am nächsten stand.

Tryggve zog sich mit verkniffener Miene das Jackett aus und warf es beiseite. Dann ballte er die Hand zur Faust und schlug Nils kräftig auf die Brust. Hielt das Ohr an den Brustkorb. Offenbar ohne positives Ergebnis. Er schlug ein weiteres Mal. Lena deutete auf Nils' Gesicht, also blies Tryggve ihm mehrmals in die Nase. Dabei achtete er darauf, ob sich Nils' Brustkorb hob. Lena warf ihm einen Blick zu und schüttelte dann den Kopf.

»Damit können Sie aufhören«, sagte sie. »Sein Herz werden wir nicht noch einmal in Gang kriegen, dafür ist es zu spät. Es tut mir sehr leid.«

Gull-Britt begann am ganzen Körper zu zittern. Anki legte ihr einen Arm um die Schultern und brachte sie dazu, sich zu setzen.

Tryggve griff nach der nächstgelegenen Stuhllehne und hievte sich hoch. Dann klopfte er sich die Hosenbeine ab, während er überlegte, was er nun sagen sollte. Er schaute in die erschrockenen Gesichter der nun verstummten Tischgesellschaft. Niemand regte sich. Sie wirkten wie in einem Film, der angehalten worden war.

»Nils Hansson ist tot«, sagte Tryggve.

Er benutzte ungern irgendwelche Euphemismen, nannte die Dinge lieber beim Namen. »Von uns gegangen« war seiner Meinung nach ein viel zu doppeldeutiger Ausdruck, der nichts über die Endgültigkeit aussagte, die der Tod nun einmal unweigerlich mit sich brachte.

Ann Fransson brach in Tränen aus. Von den anderen regte sich niemand.

»Seid ihr euch wirklich sicher?«, fragte Anki, die noch immer einen Arm um Gull-Britt gelegt hatte. »Lena, du kennst dich schließlich aus?«

»Ja, da besteht kein Zweifel, es tut mir leid«, sagte Lena.

Gunilla schlug die Hand vor den Mund und drehte sich zu Ingegerd um.

»Wie konnte ich nur so dumm sein und während des Essens Witze über den Tod machen?«, wimmerte sie. »Möge Gott mir vergeben, dass meine Fantasie mit mir durchgegangen ist.«

Oskar Bergsten stand auf, ging zu dem leblos daliegenden Nils Hansson und hielt die flache Hand über ihn.

»*Der Herr segne und behüte dich*«, sagte er, »*der Herr lasse sein Angesicht leuchten über dir und sei dir gnädig. Der Herr hebe sein Angesicht über dich und gebe dir Frieden. Im Namen des Vaters, des Sohnes und des Heiligen Geistes. Amen.*«

Alle hatten wie versteinert dagesessen oder -gestanden, während Oskar den Toten gesegnet hatte. Selbst Anns Schluchzen war zeitweilig verstummt, die Tränen jedoch liefen noch immer.

Anki und Tryggve, der eine tiefe Sorgenfalte zwischen den Augenbrauen hatte, wechselten einen Blick. Also übergab Anki die Aufsicht über Gull-Britt an Lotta, die ihre Mutter in den Arm nahm, und folgte Tryggve dann ins Foyer. Dort holte er sein Handy hervor und tippte eine Nummer ein.

»Mats«, hörte sie ihn sagen. »Es geht um Hansson, wegen dem du mich vor ein paar Tagen angerufen hast. Du weißt schon, bei dem es gebrannt hat. Ja, genau der. Er ist gerade gestorben.«

Anki bekam mit, dass Myrstedt irgendetwas darauf erwiderte.

»Ein Krankenwagen ist schon unterwegs«, fuhr Tryggve fort, »aber wenn du mich fragst, ich glaube nicht, dass dies ein natürlicher Tod war. Ich glaube, du solltest sofort die Pathologie verständigen und außerdem noch ein paar Kollegen herschicken. Ins Plogbillen.«

Er beendete das Gespräch und schaute in Ankis erschrockenes Gesicht.

»Mord?«

»Das kann ich noch nicht sagen«, antwortete er, »aber vergiftet wurde er in jedem Fall. Dieses verkrampfte Grinsen ist ein unmissverständlicher Hinweis.«

24

Sonntag, 15. November

Tryggve zog sich eine wärmere Jacke und seine dunkelblaue Mütze an, mit deren Entstehung die Damen vom Handarbeitskreis rein gar nichts zu tun hatten. Die Mütze hatte er sich auf einer Kurzreise nach London gekauft. Putte lief ihm aufgeregt um die Beine, weil er wusste, was das hieß: ein ausgedehnter Spaziergang!

»Ja, Putte, beruhig dich«, sagte er. »Wir drehen einfach nur eine ganz normale Runde.«

Der Rottweiler setzte sich brav und wartete artig, bis Halsband und Leine angelegt waren. Dabei sah er Tryggve an, als wolle er sagen: *Ist ja schön, dass du das meinst, aber ich habe im Gefühl, dass es heute ein längerer und abenteuerlicherer Spaziergang wird als sonst.* Tryggve hielt viel von seinem Hund. Putte war einfach unglaublich clever und verfügte zudem über einen Geruchssinn, der weit über das gewöhnliche Maß hinausging. Einmal war er Ankis Fährte gefolgt, und Tryggve wagte nicht einmal, darüber nachzudenken, wie die Geschichte ohne Puttes Spürsinn ausgegangen wäre. Für Tryggve bestand gar kein Zweifel daran, dass sein Hund auch Trüffel finden könnte.

Der Wind hatte nachgelassen, eine blasse Herbstsonne stand tief am Himmel. Daran hätte er mal besser vorher gedacht und die Schirmmütze genommen. Jetzt musste er also in dem starken Gegenlicht blinzeln, das entstand, weil die Sonnenstrahlen auf die Meeresoberfläche fielen und das Wasser so schön zum Glitzern brachten. Über den leeren, herbstlichen Strand zu wandern, gehörte mit zu seinen liebsten Beschäftigungen. Die Wellen rollten heran und zogen sich wieder zurück, schafften so ein Gefühl von Ruhe, das sich über den gesamten Körper senkte. Und meist war er ganz allein. Manchmal traf er Anki, die gern am Ufer entlangritt, aber das kam nicht jeden Tag vor.

Seine Gedanken kreisten um die Geschehnisse des gestrigen Tages. Tryggve war ein bisschen wütend darüber, dass er sich nicht mal ein luxuriöses Menü gönnen konnte, ohne in eine Situation verwickelt zu werden, die seinem früheren Berufsleben nur zu sehr ähnelte. Und außerdem war er jetzt pensioniert und konnte quasi nur zugucken. Denn natürlich hatte dieser Zwischenfall seinen alten Jagdinstinkt geweckt, ob er nun in Rente war oder nicht. Er wollte herausfinden, was Nils passiert war, und wenn er wirklich von jemandem vergiftet worden war, dann würde ihm der Verantwortliche schon früher oder später in die Finger geraten. Er ging davon aus, dass es sich um einen Mord handelte, obwohl er derzeit noch nicht über genügend Beweise verfügte, um diese These zu untermauern. Aber sein Näschen hatte ihn noch nie getrogen. Ihm waren viel zu viele offensichtliche Spannungen zwischen den verschiedenen Teilnehmern aufgefallen, und Motive für Mord musste man ebenfalls nicht lange suchen. Åke hatte mindestens eins, aber damit war er nicht allein. Das Einzige, was Tryggve jetzt schon hundertprozentig wusste, war die Todesursache. Die Symptome einer Vergiftung kannte er einfach zu gut. Der Juckreiz im Hals, der Durst, die merkwürdigen Stimmungsschwankungen, die blauen Lippen und der plötzlich auftretende Bauchschmerz. Sicher war es auch möglich, dass Nils Hansson selbst für seinen Tod verantwortlich war, aber seine Erfahrung mit ähnlichen Fällen ließen Tryggve vermuten, dass Nils eine andere Methode gewählt hätte. Er war kein Typ für Gift, eher fürs Erhängen oder Erschießen. Schnell und schnörkellos. Ganz sicher kein Tod vor Publikum. Dass er im Zuge eines luxuriösen Mehrgängemenüs einer Vergiftung erlag, sprach eher dafür, dass er Opfer eines Verbrechens geworden war.

Mit der Lösung dieses Falls beschäftigten sich nun jüngere Kollegen bei der Polizei, und sie würden sicher auch eine professionelle Ermittlung durchführen, daran zweifelte er keine Sekunde. Er kannte die beiden Kommissare, die als Erste am Tatort ankamen: Camilla Persson und Anders Klintvall. Camilla, die nur einen Steinwurf vom Plogbillen entfernt wohnte, war sehr schnell vor Ort gewesen. Zuständige Pathologin war vermutlich diese Stockholmerin, die vor ungefähr einem Jahr die Arbeit in Visby aufgenommen hatte. Natalie Edvardsson hieß sie doch. Tryggve war sehr skeptisch gewesen, als Mats Myrstedt das erste Mal von ihr gesprochen hatte, aber er hatte zugeben müssen, dass die Frau etwas von ihrem Fach verstand, selbst wenn sie erst auf wenige Dienstjahre zurückblickte. Eine solide Ausbildung hatte sie definitiv genossen, und selbstverständlich würde sie die Ursache des plötzlichen Ablebens von Nils Hansson herausfinden.

Die ausgelassene Fröhlichkeit im Plogbillen war einer morbiden Stimmung gewichen, nachdem Nils Hansson umgefallen war. Natürlich konnte auch ein Herzinfarkt dahinterstecken, aber Tryggve würde seinen Hund darauf verwetten, dass dies nicht zutraf. Gull-Britt hatte seine Augen angesprochen, und Tryggve hatte gesehen, wie Nils sich kräftig an Hals und Armen gekratzt und sich dann über die Wärme beklagt hatte, bevor er schwankend auf die Beine kam. Eine herkömmliche Lebensmittelvergiftung nahm nie einen so dramatischen Verlauf. Das hatte Lena ihm erklärt, und sie wirkte auf ihn wie eine Krankenschwester, die etwas von ihrem Beruf verstand. Nils Hanssons Herz hatte zu schlagen aufgehört und trotz ihrer Reanimationsversuche nicht wieder eingesetzt. Er war nicht mehr zu retten gewesen.

»Nein, nein, so etwas kommt nicht von einer einfachen Lebensmittelvergiftung«, murmelte er und marschierte weiter über den Sand, immer Putte hinterher, der frei lief und eifrig schnüffelte.

Dadurch, dass der Mann vergiftet worden war, gerieten alle Teilnehmer des Abends in Verdacht. Inklusive Küchenpersonal, die ihm ja am einfachsten etwas ins Essen hätten mischen können. Aber das hätte auch jeder der Teilnehmer in einem unbemerkten Augenblick gekonnt. Oder in eins der vielen Gläser Wein, die es zum Essen gegeben hatte. Tryggve seufzte. Leider würde es mindestens eine Woche dauern, bis die Todesursache hundertprozentig bestätigt werden konnte. Eine schrecklich lange Zeit, die Tryggve damit verbringen würde, sich seine eigenen Gedanken zu machen. Er würde alles daransetzen, lückenlos zu dokumentieren, wer sich in den letzten Stunden von Nils' Leben wo aufgehalten hatte, was genau gegessen, getrunken und gesprochen worden war. Aber davon würden seine lieben Exkollegen erst mal nichts erfahren, nicht einmal Mats. Denen würde es nicht gefallen, wenn er auf eigene Faust herumschnüffelte.

Er verließ den Strand und nahm einen kleinen Pfad durch einen lichten Strandwald. Kaum war er an der Kirchenmauer angelangt, musste er sich bücken, um Puttes Hinterlassenschaft einzusammeln. Putte schaute ihn auffordernd an. Er gehörte nicht zu den unerzogenen Hunden, die an der Leine zerrten und zogen, trotzdem verstand sein Herrchen ihn. Der Hund wollte weiter, am liebsten zu der Frau im ehemaligen Pfarrhaus, wo ihn möglicherweise ein Leckerbissen erwartete.

Tryggve schaute zu Ankis Haus, wo gerade eine ihrer Freundinnen auf die Veranda trat, um ein Tuch auszuschütteln. Was für angenehme Menschen. Auch im Stall schien es geschäftig zuzugehen, denn die Stalltür stand sperrangelweit offen. Ob er sich vielleicht doch die Zeit für ein kurzes Gespräch mit Anki nehmen sollte? Sie war sehr klug und hatte oft äußerst pfiffige Ideen, die ihm definitiv nutzen konnten. Sie war eine analytische Frau, selbst wenn es manchmal mit ihr durchging.

Tryggve trat durch die offene Stalltür. Sofort schlug ihm der leicht säuerliche Geruch von Pferdeäpfeln und warmen Pferdekörpern entgegen. Ankis schönes, schwarzes Pferd mit der weißen Mähne stand in der Stallgasse, während die Besitzerin selbst im Stall stand und Mist schaufelte.

»Hallihallo«, rief er.

Anki richtete sich auf und strich sich mit dem Handrücken über die Stirn. Auch sie trug eine Strickmütze, dazu einen dicken Pullover und eine Steppweste. Die brauchte sie auch, im Stall wurde schließlich nicht geheizt.

»Hallo«, sagte sie. »Macht ihr beide einen Spaziergang?«

Aus Gewohnheit nahm er seine Mütze ab.

»Ja. Putte braucht seine täglichen Runden, ganz egal, was in der Welt so passiert und sein Herrchen beschäftigt.«

Anki schaufelte weiter Mist in die Schubkarre.

»Du denkst über die Sache mit Nils Hansson nach?«, fragte sie und stützte sich mit den Händen auf den Stiel der Schaufel.

Tryggve nickte. »Ach, wieso soll ich es leugnen? Fällt mir nicht leicht, den Fall nicht zu beachten, obwohl die jungen Kollegen ihn übernommen haben.«

»Auch ich kann nicht abstreiten, dass es in meinem Kopf nur so arbeitet«, gab Anki zu. »Viele von den Gästen, aber eben nicht alle, sind ja auf sonderbarste Weise miteinander verknüpft. Ist dir das auch aufgefallen?«

»Nicht nur die Gäste«, erwiderte Tryggve, »auch das Küchenpersonal.«

»Erhelle mich noch mal, was das angeht.«

Anki lud erneut die Schaufel voll und leerte sie über der Schubkarre aus.

»Micke ist Åkes Sohn und somit Neffe von Nils Hansson«,

fasste Tryggve zusammen. »Außerdem ist Lotta Gull-Britts Tochter, und es war ja nicht zu übersehen, dass sie Nils nicht gerade wohlgesinnt war. Und zwischen Sara und den Hanssons gibt es eine Verbindung, weil sie Mickes Frau ist. Dasselbe gilt für David, Lottas Lebensgefährten.«

»Und dann diese schüchterne Person, Ann«, sagte Anki. »Beim Gottesdienst hat sie sich kurz mit Åke unterhalten. Wusstest du, dass sie Saras Schwester ist?«

Tryggve hob die Augenbrauen.

»Nein, das ist mir neu«, sagte er. »Aber sie kennt hier sicher jemanden, sie und ihre Zumutung von Ehemann sind schließlich Sommergotländer.«

»Dann gibt es mit anderen Worten also eine gewisse Auswahl an Verdächtigen«, sagte Anki. »Geh mal bitte ein Stückchen zur Seite, damit ich mit der Schubkarre durchkomme.«

Folgsam machte Tryggve Platz, und Anki verließ den Stall durch eine Hintertür, um den Inhalt der Karre auf den Misthaufen zu kippen.

»Niemand hat leichteres Spiel, Essen zu vergiften, als das Küchenpersonal, das es zubereitet«, sagte Tryggve, als Anki in den Stall zurückkehrte. »Oder wie siehst du das?«

»Ja, vergiften schon, aber wie stellt man sicher, dass der richtige Teller dann auch beim Opfer landet?«, fragte Anki zurück.

»Wie scharfsinnig von dir!«, lobte Tryggve. »Aber wenn man bedenkt, wie wenige in der Küche arbeiten, kann es ja nicht allzu schwer gewesen sein, auch das hinzubekommen. Außerdem war jeder von ihnen im Verlauf des Abends auch im Restaurant und hat serviert. Selbst der Koch.«

»Stimmt«, sagte Anki nachdenklich, »er erschien pünktlich zum Nachtisch. *Das versteckte Eis*. Da fragt man sich doch gleich, ob da nicht noch etwas anderes als Eis versteckt war.«

Anki schaufelte den verbliebenen Mist aus der Box in die Schubkarre und brachte sie erneut hinaus, um sie zu leeren.

Mit einem dieser Messer, die Tryggve aus seinem Werkzeugkasten kannte, durchtrennte sie die Schnüre eines schwarzen Müllsacks und verteilte dann die darin befindlichen Sägespäne in der Box. Putte hatte sich derweil einen Heuballen gesucht und es sich darauf bequem gemacht. Er hatte den Kopf auf die Pfoten gelegt und fühlte sich sichtlich wohl. Tryggve ging zu Austri und streichelte ihm über die Nüstern. Das Pferd wieherte leise, als würde ihm diese Zuwendung gefallen.

»Ja, du«, sagte Tryggve in dem trockenen, aber leicht kindisch anmutenden Ton, mit dem er sonst nur mit Putte sprach. »Du bist ein feiner Isländer, du. Ja, ein feiner.«

Anki lächelte, während sie die beiden Herren beim innigen Zwiegespräch beobachtete.

»Du kannst ihn in die Box bringen, wenn du möchtest«, forderte sie ihn auf. »Wenn du das Halfter löst, kannst du ihn auch einfach am Schopf führen. Das klappt bestens. Du kannst ihm auch gern eine Möhre aus der Kiste dort geben.«

Sie deutete zu einer witzigen Holzkiste, die sehr alt aussah. Auf der Vorderseite prangte das Logo einer Zuckerfabrik. Tryggve steckte sich eine Möhre in die Tasche, nahm Austri das Halfter ab und griff nach seinem weißen Schopf. Als er mit dem Pferd in der Box stand und ihm die Möhre fütterte, wanderten seine Gedanken unausweichlich in die Vergangenheit. In genau dieser Box hatte er Barbro an einem der Ostertage gefunden. Tot getrampelt von ihrem eigenen Pferd. Viele Jahre lang hatte er es vermieden, herzukommen. Bis Anki hergezogen war, hatte er sich bewusst ferngehalten. *Die Zeit heilt alle Wunden*, so sagte man. Er hatte seinen Widerstand überwunden und den Stall wieder betreten.

Anki schloss die Box hinter Tryggve, dann setzten sie sich auf den Strohballen neben dem, auf dem Putte sich häuslich eingerichtet hatte.

»Hier können wir uns in Ruhe unterhalten«, sagte sie.

Sie hatte eine Thermoskanne mit Kaffee dabei und bot ihm

etwas davon an. Dankend nahm er an, es war leichter, über etwas zu sprechen, wenn man dabei Kaffee trank.

»Was meinst denn du?«, fragte Anki. »Du hast vermutlich doch schon eine Theorie, oder?«

Tryggve machte die Beine lang und bürstete sich ein paar trockene Strohhalme von seiner dunkelgrünen Cordhose. Nicht gerade die beste Hose, um sie in einem solchen Umfeld zu tragen, weil sich das Stroh nur zu gern in dem feinen Samt verfing.

»Ich nehme an, dass es sich um Mord handelt«, sagte er. »Da kann mich nur die Pathologin vom Gegenteil überzeugen. Und bis das passiert, gehe ich davon aus, dass jemand Nils Hansson umbringen wollte.«

»Die Schmiererei an der Hauswand«, sagte Anki. »Das war ja praktisch eine Morddrohung, die könnte sich durchaus gegen ihn gerichtet haben.«

Tryggve bereute keine Sekunde, einen kurzen Zwischenstopp bei Anki eingelegt zu haben. Sie war keine, die versuchte, irgendetwas schönzureden oder ihn für seine Ideen auslachte. Sie respektierte seine Erfahrung.

»Aber was war das Motiv?«, fragte er.

»Aktuell haben wir noch keine Antwort auf die klassischen Fragen.«

Er blickte sie über den Rand der Thermostasse an.

»Du meinst *wie, wann, wer* und *warum*?«

Anki nickte eifrig. »Genau. Also müssen wir uns erst einmal in die Situation hineinversetzen. Aber dabei dürfen wir es nicht zu weit treiben.«

Er lächelte sie amüsiert an. Wenn es jemanden gab, der es leicht zu weit treiben konnte, dann ja wohl Anki.

Einen Augenblick dachte er über das nach, was sie gesagt hatte. Die Frage nach dem *Wann* konnten sie schon beantworten. Sie wussten schließlich, wann der Tod eintrat. Allerdings hatten sie keinen blassen Schimmer, wann genau im Laufe des Abends Nils Hansson vergiftet worden war.

»Ich frage mich die ganze Zeit, wer ein Motiv haben könnte«, sagte Tryggve. »Und der Erste, der mir einfällt, ist Åke.«

»Dein Gast? Derjenige, der bei der Verteilung des Erbes den Allerkürzesten gezogen hat?«

Genau das war auch sein Gedanke gewesen. Dass ausgerechnet auch noch teure Trüffel auf Nils' Grundstück zu finden waren, hatte vielleicht das Fass beim kleinen Bruder zum Überlaufen gebracht.

»Er ist ein fröhlicher Lebemann, dieser Åke«, sagte Tryggve, »aber das täuscht nicht über die große Bitterkeit hinweg, die er in sich trägt.«

»Åke, ja«, stimmte Anki zu. »Und dann ist da noch sein Sohn.«

»Um den Gerhard Klein sich ziemliche Sorgen macht«, sagte Tryggve. »Der glaubt keine Sekunde an das Luxuskonzept. Er fürchtet, dass das ganz schön in die Hose gehen wird.«

»Fehlt es am Geld?«, wollte Anki wissen.

»Das kann ich nicht sagen«, antwortete Tryggve, »aber wenn es so ist, dann hätte Micke einen guten Grund dafür, seinem Onkel den Tod zu wünschen. Nils hat schließlich keine Kinder, insofern geht das Erbe an Åke und somit indirekt auch an Micke. Zumindest könnte Micke davon ausgehen, dass sein Vater in das Restaurant investiert, wenn er Geld hat.«

»Und die Trüffelwitwe?«, fragte Anki.

»Das ist eine gute Frage«, gab Tryggve zu, »ich bezweifle, dass sie das ganze Erbe bekommen wird. Hansson schien nicht gerade viel für Gull-Britts Tochter übrigzuhaben, insofern hat er es sicher nicht riskiert, seiner Frau alles zu hinterlassen, damit es bloß nicht am Ende bei Lotta landet. Ich würde vermuten, dass es einen soliden Ehevertrag gibt.«

»Du glaubst also, Lotta und ihr Mann David hätten auch ein Motiv?«

»Lotta schon«, sagte Tryggve, »aber nur weil man den

neuen Mann seiner Mutter nicht mag, muss das ja noch lange nicht heißen, dass man ihn umbringt. Ich bin mir nicht sicher, ob ihr Motiv stark genug ist. Außerdem haben sie ja die Erlaubnis, auf Nils' Grundstück nach Trüffeln zu suchen. Damit würde sie ja die Hand beißen, die sie füttert.«

»Aber sie wirkte nicht sehr mitgenommen von seinem Tod. Wobei mich das auch nicht so sonderlich überrascht, wenn man bedenkt, wie schlecht er über sie geredet und sie behandelt hat.«

Anki schraubte die Thermoskanne zu und legte sie mit ihrer Tasse wieder in den Korb.

»Wenn wir meine Freundinnen, deine Schwester und deinen Schwager erst einmal ausschließen, bleiben ja noch ein paar weitere Verdächtige. Dieser schreckliche Robin und seine weinende, sehr viel jüngere Ehefrau. Warum hat Nils' Tod sie so sehr getroffen?«

Tryggve stützte beide Hände auf den Heuballen, nahm Anlauf und kam doch recht elegant auf die Beine, wie er fand. Putte hob den Kopf, sah aber offensichtlich keinen Anlass, seinen auserkorenen Liegeplatz zu verlassen.

»Ich werde mir diesen Robin Fransson einmal vorknöpfen«, sagte Tryggve. »Er ist ja eine ziemliche Plaudertasche, aber es wäre doch mal interessant, herauszufinden, als was genau er arbeitet. Ich würde wahnsinnig werden, wenn ich so einen Angestellten hätte.«

»Ganz zu schweigen davon, ihn als Ehegatten zu haben«, stimmte Anki zu.

»Verwunderlich, dass seine Frau so in Tränen ausgebrochen ist. Aber die Frauen sind nun mal nah am Wasser gebaut. Und es war keine schöne Situation.«

Anki warf ihm einen scharfen Blick zu, woraus Tryggve schloss, dass ihr seine Pauschalisierung nicht gefiel.

»Gewisse Frauen, meine ich«, fügte er schnell hinzu.

»Wie dem auch sei, sie ist jedenfalls Gotländerin. Was hältst du von ihrer Schwester Sara und von Micke?«

»Auch wenn Micke womöglich auf das Erbe spekuliert, wie wir gerade überlegt haben – ich glaube letztlich, die beiden würden es nicht wagen, etwas zu unternehmen«, sagte Tryggve. »Für die steht viel zu viel auf dem Spiel. Freiwillig den Ruf seines Restaurants durch einen Giftmord beschmutzen? Das halte ich für sehr unwahrscheinlich.«

Tryggve schüttelte den Kopf.

»Leicht wird das nicht.«

»Nun ja«, sagte Anki. »Eigentlich ist es ja auch nicht unsere Aufgabe, diesen Fall zu lösen. Deine früheren Kollegen in der Stadt wollen schließlich auch etwas zu tun haben.«

Tryggve lächelte, setzte sich die Strickmütze auf und schaute Anki in die Augen.

»Es wäre ja schon eine Erleichterung, wenn ich wüsste, woran Hansson gestorben ist«, sagte Tryggve. »Danke für Kaffee und Gespräch.«

Putte streckte sich, sprang vom Strohballen und trottete träge zu seinem Herrchen. Er lag gern hier im Stall, und das war nicht verwunderlich. Schön und sauber hielt Anki ihn. Noch dazu hatte das gleichmäßige Kauen von Ankis Pferden eine beruhigende Wirkung. Wenn man richtig abschalten wollte, eignete sich Ankis Stall vermutlich ebenso gut wie Tryggves Gewächshaus.

»Jetzt aber mal los, Putte!«, rief Tryggve, den eine fast kindliche Ausgelassenheit überkam, als er den Stall verließ. »Am besten laufen wir ein Stück. Dein Herrchen hat heute einen Schrittzähler dabei, wir müssen später was vorweisen können!«

Schnellen Schrittes ging es um die Wette nach Hause, und schlussendlich musste sich Tryggve geschlagen geben. Aber Putte hatte ja auch vier Beine und Tryggve nur zwei. Es machte ihn aber froh, zu erkennen, dass er noch einigermaßen mithalten konnte. Seit er pensioniert war, hatte er es mit der Fitness ein bisschen schleifen lassen.

Kaum auf der Veranda angelangt, klingelte sein Handy. Es war Myrstedt.

»Du hast vermutlich recht«, sagte er ohne Umschweife. »Ich habe die Rechtsmedizinerin noch in der Nacht hergebeten.«

Tryggve wartete gespannt auf das, was Natalie Edvardsson herausgefunden hatte.

»Äußerliche Verletzungen gibt es keine«, sagte Myrstedt. »Abgesehen von ein paar Kratzspuren an Armen und Hals, aber die hat er sich selbst zugefügt.«

Tryggve war nicht entgangen, dass Nils die Manschettenknöpfe gelockert und sich an den Armen gekratzt hatte, bevor er zu Boden ging.

»Natalie Edvardsson teilt deine Vermutung, auch aufgrund dessen, wie die Leiche aussieht. Sie hat Proben eingeschickt. Urin und Blut.«

Tryggve seufzte. »Dann müssen wir ja mindestens eine Woche warten, vielleicht sogar zehn Tage.«

»Nicht unbedingt. Ich habe ein bisschen Alarm geschlagen und unseren guten Freund dort kontaktiert. Erinnerst du dich an Bengt Fagerlund?«

Stimmt, ihr früherer Kommilitone hatte dort eine leitende Funktion übernommen. Myrstedt war wahrlich nicht dumm, das hatte er schon häufig bewiesen.

Als das Gespräch beendet war, öffnete er die Haustür und ging in die Küche. Am Tisch fand er Åke vor, der sehr tief in Gedanken versunken schien.

»Sie sind ja zu Hause?«, staunte Tryggve. »Ich dachte, der Plan war, heute den ganzen Tag mit meiner Schwester unterwegs zu sein?«

Åke zuckte mit den Schultern und stand auf. Er war blass um die Nase.

»Ich gehe jetzt«, sagte er, schob sich an Tryggve vorbei und zur Haustür hinaus.

25

Montag, 16. November

Oskar Bergsten hatte sich auf der Facebookseite von Mullvald eingeloggt, um die Gemeindemitglieder darüber zu informieren, dass die Kirche allen offen stand, die das Bedürfnis hatten, sich nach den Geschehnissen an einen ruhigen Ort zurückzuziehen. Ankis Freundin Ingegerd hatte ihr davon erzählt, weshalb sie der Aufforderung nachgekommen war und sich eine Weile in die Kirche zurückgezogen hatte. Es schadete nie, eine Kerze anzuzünden, und in der Stille zu sitzen, war noch dazu eine gute und unauffällige Möglichkeit, mitzubekommen, wer ebenfalls vorbeischaute. Vielleicht lieferte das ja den einen oder anderen Anhaltspunkt, wer mit welchem Motiv gemordet hatte.

Der Kantor spielte eine leise Melodie, und mehrere Kerzen flackerten bereits im Kerzenhalter, als sie hereinkam. Der Pfarrer hieß sie – wie alle anderen – an der Tür willkommen und sagte, er stehe jederzeit zum Gespräch zur Verfügung.

In einer der vorderen Reihen saßen die Restaurantinhaber Micke und Sara Hansson. Dass ausgerechnet in ihrem Lokal ein Mord geschehen war, musste sich katastrophal anfühlen. Man hatte dem Vorfall nicht nur eine kleine Spalte in einem der Wochenblätter gewidmet, nein, jeder hatte in den Lokalzeitungen davon lesen können. Die beiden großen Tageszeitungen Gotlands hatten es als Aufmacher gebracht, sie titelten mit »Trüffelmord«. Woher die Presse diese Informationen hatte, konnte man sich wirklich fragen.

Micke hielt den Kopf gesenkt, die Schultern hingen. Eng bei ihm saß Sara, die einfach nur vor sich hin starrte. Vielleicht war ihr Blick auf den Altaraufsatz und das goldene Kreuz mit Jesus im Lendenschurz gerichtet.

Bald darauf erschien auch Ann in der Kirche, allerdings ohne ihren Mann. Sie ging in die Bank hinter Sara und legte ihr sanft die Hand auf die Schulter, bevor sie sich setzte und den Tränen freien Lauf ließ. Diese Frau hatte eine sonderbare Art, Druck abzulassen.

Auch Lotta war Anki schon aufgefallen. Sie war mit ihrer Mutter zum Kerzenständer gegangen und hatte ein Licht entzündet, dann hatte sie Gull-Britt in eine der Bänke gesetzt und war wieder verschwunden. Von Lotta erwartete man auch nicht unbedingt, dass sie sich hinsetzte und Nils Hansson großartig hinterherweinte, aber ihre Mutter in dieser schweren Zeit zu unterstützen, spielte natürlich eine große Rolle.

Später, als Anki die Kirche verlassen wollte, bekam sie Gesellschaft von Gull-Britt. Zusammen gingen sie hinaus und blieben an einem Grabstein kurz vor der Mauer stehen.

»Wie geht es Ihnen?«, fragte Anki freundlich.

»Den Umständen entsprechend«, antwortete Gull-Britt. »Aber ich werde von Lotta und David liebevoll unterstützt.«

»Wie schön. Melden Sie sich einfach, wenn wir etwas tun können«, bot Anki an.

Gull-Britt nickte und tupfte mit einem Taschentuch ihre Augenwinkel trocken.

»Wenn man sich vorstellt, dass ein Herz einfach so aufhört zu schlagen«, sagte sie. »Das, was die Zeitungen schreiben, kann doch nicht stimmen, oder?«

»Hatte Ihr Mann denn Herzprobleme?«

Gull-Britt schüttelte den Kopf. »Nein, das kann ich mir

nicht vorstellen, aber ... Ach, ich sollte Sie nicht mit meinen Sorgen belasten.«

Anki legte ihr eine Hand auf den Arm. Spürte, wie sie innerlich ganz kribbelig wurde. Vielleicht konnte sie doch etwas herausfinden.

»Ach, Sie belasten mich doch nicht«, sagte sie und hoffte, dabei nicht zu neugierig zu klingen. »Ich leihe Ihnen gern ein Ohr.«

Gull-Britt holte tief Luft. »Er hat sich in den letzten Tagen komisch verhalten«, sagte sie. »Hat sich zurückgezogen. War irgendwie niedergeschlagen.«

»Depressiv?«

»Das kann ich nicht so genau sagen, aber er hat sich in seinem Arbeitszimmer eingeschlossen und wollte nicht mehr mit anderen zu tun haben als absolut notwendig. Depressiv? Nun ja, vielleicht haben Sie recht damit, aber wir haben nicht darüber gesprochen. Aber von ein bisschen Niedergeschlagenheit stirbt man ja nicht gleich.«

Anki brachte es nicht übers Herz, ihr zu erzählen, dass Depressionen eine lebensgefährliche Krankheit darstellten, die durchaus zum Tod führen konnte, wenn man nichts unternahm.

»Weshalb hat er sich denn eingeschlossen?«, fragte sie stattdessen.

In diesem Augenblick traten Sara und Micke aus der Kirche. Mit ernsten Mienen grüßten sie Gull-Britt und Anki. Gull-Britt verstaute ihr Taschentuch in der Handtasche und starrte ihnen nach. Das war für alle Beteiligten keine leichte Situation. Schließlich verdächtigte man das Paar, einen seiner Gäste vergiftet zu haben. Aber nach kurzem Nachdenken kam Anki zu dem Schluss, dass Gull-Britt ihn genauso gut hätte vergiften können.

»Danke für Ihr offenes Ohr«, sagte Gull-Britt Hansson. »Ich werde Lotta mal suchen und sie bitten, mich nach Hause zu begleiten. Es ist nicht gerade schön, ganz allein in Hansarve zu sein.«

Bevor Anki wusste, wie ihr geschah, stand sie allein auf dem Friedhof.

David hatte einen letzten Spaziergang mit den Hunden gemacht und war nun wieder zum Hansarve Hof zurückgekehrt. Über die Aussicht, hier übernachten zu müssen, war er nicht gerade entzückt, aber Lotta hatte eben entschieden, dass sie Gull-Britt ein paar Tage Gesellschaft leisten würden. Selbstverständlich hatte er Verständnis dafür, dass sie ihre Mutter nach diesem schrecklichen Ereignis unterstützen wollte, aber er würde halt lieber zu Hause in seinem Bett schlafen als auf diesem alten Hof, mit dem weder Lotta noch ihn etwas verband. Mit einem Blick auf die Ahnentafel musste man außerdem feststellen, dass auch Gull-Britt herzlich wenig mit diesem Hof zu tun hatte.

Er nahm den Kellereingang, blieb direkt an der Tür stehen und zog sich die lehmigen Stiefel aus. Alva und Buttle wollten ebenfalls dringend ins Warme, schließlich waren sie vom kühlen Herbstregen durchnässt, aber sie mussten sich noch etwas gedulden und sich von ihrem Herrchen abtrocknen lassen. Ein eiskalter Schauer hatte eingesetzt, als David gerade das Haus verlassen hatte, weshalb er sofort umgekehrt war, um seine Regenjacke zu holen. Jetzt schüttelte er sie aus und sah sich nach einem Haken um, an den er sie zum Trocknen hängen konnte. An der Kellerdecke wurde er fündig.

Was hatten sie am Samstag zum Trüffelfestival doch für ein Glück mit dem Wetter gehabt. An einem Tag wie heute wäre es nur halb so schön gewesen, mit einer Busladung voller Touristen ins Grüne zu fahren, um im Sturzregen nach Trüffeln zu suchen.

Alles war genau nach Plan verlaufen, sowohl die Safari, als

auch das luxuriöse Sechs-Gänge-Menü mit all den guten Weinen. Die Stimmung war gut gewesen, bis… David wagte es fast nicht, den Gedanken zu Ende zu denken, aber er zwang sich. Die Wahrheit, die völlig unfassbare Wahrheit war, dass alles zu jedermanns voller Zufriedenheit verlaufen war, bis Nils Hansson zu Boden fiel und vor ihrer aller Augen starb. Die Zeitungen spekulierten wie wild, dass es sich um einen Giftmord handelte und nicht um einen natürlichen Tod. Als Werbung konnte man das Geschehene also eher nicht verstehen, weder für die Exkursionen noch für Mickes Luxusrestaurant. Die beiden hatten nichts zu ihm direkt gesagt, aber David war nicht entgangen, dass es mit den Finanzen wohl nicht ganz so gut stand. Wenn nicht bald irgendwoher Kapital kam, wusste niemand, welche Zukunft ihnen drohte. Am Freitag hatte David selbst losfahren und mit Bargeld Käse einkaufen müssen, denn die Meierei hatte sich geweigert, das Restaurant gegen Rechnung zu beliefern, was extrem besorgniserregend war. Er selbst sorgte stets dafür, dass die Rechnungen so zeitnah wie möglich bezahlt wurden und blieb niemandem etwas schuldig. Dass manche die Bezahlungen schleifen ließen, konnte er überhaupt nicht nachvollziehen.

In der letzten Zeit hatte er Mickes Gemütszustand besorgniserregend gefunden. Im einen Moment lächelte er fröhlich im Restaurant, im nächsten brüllte er in der Küche herum. So hatte David ihn noch nie erlebt. Sara leistete ganze Arbeit, es mit ihm auszuhalten. Sie bekam die meisten seiner launigen Ausfälle ab, die von ihr abzuperlen schienen wie Wasser an Entengefieder.

»Unbehaglich« war eigentlich ein zu schwaches Wort, um zu beschreiben, wie sich die ganze Geschichte anfühlte. Allen, die den Samstagabend miterlebt hatten, ging es vermutlich ähnlich schlecht, am schlechtesten denen, die in der Küche geholfen hatten. Heute war David ganz normal zur Arbeit gegangen, aber der Zutritt zur Küche war ihm verwehrt worden. Die Spurensicherung war vor Ort, also in Küche und Restaurant zugange. Micke und Sara waren nicht auffin dbar, schätzungsweise waren sie einfach zu Hause geblieben, als sie erfuhren, dass sie bis auf Weiteres sowieso nicht arbeiten konnten. Die Polizei hatte ihm Fragen gestellt, die bewirkt hatten, dass er sich schuldig fühlte, obwohl er unschuldig war. Was, wenn er unwissend Nils Hansson das vergiftete Essen serviert hatte? Die Polizistin, die David im Plogbillen ausgefragt hatte, kündigte an, dass sie alle damit rechnen müssten, ab dem morgigen Tag vernommen zu werden.

Am unteren Absatz der Kellertreppe blieb David stehen und lauschte. Gull-Britts schrille Stimme gellte durchs Haus, Lottas tiefere reagierte. Das klang nach einem Streit. Wie dumm und überflüssig, so kurz nach Nils Tod gab es wirklich anderes zu tun. Die Beerdigung zu planen zum Beispiel. Sich einig zu werden, egal, wie die Ausgangssituation auch war.

David richtete seine Stricksocken, die beim Schuhausziehen herabgerutscht waren. Die Hunde warteten an der Treppe, wedelten mit den Schwänzen und schauten ihr Herrchen erwartungsvoll an. Sie wollten wirklich endlich hinauf ins Warme.

Aber er zögerte noch, lauschte, es war nicht zu überhören, dass sie stritten. Und er verstand jedes Wort.

»Ehrlich gesagt, bin ich sogar ziemlich froh, dass er tot ist!«, schrie Lotta.

Gull-Britt gab eine Mischung aus Schluchzen und Brüllen von sich, wie David es noch nie zuvor gehört hatte. Konnte Lotta sich denn nicht beherrschen?

»Wie kannst du so etwas sagen?«, brachte Gull-Britt heraus. »Ich weiß, dass ihr euch nicht verstanden habt, aber trotzdem.«

»Das kann für uns nur gut sein. Du erbst schließlich alles

von ihm, und das Erbe bist du doch bereit zu teilen, oder etwa nicht?«

David hörte nicht, was Gull-Britt antwortete. Das Geschrei wich einer leiseren Unterhaltung. Langsam stieg er die Kellertreppe hinauf und schämte sich dafür, dass er gelauscht hatte.

Als er gerade die letzte Stufe nehmen wollte, hörte er wieder Lottas Stimme.

»Vergiftet? Wer behauptet denn so etwas?«

David blieb wie angewurzelt stehen und ließ die Hunde verharren.

»Die Polizei, ich habe es vorhin erst erfahren«, entgegnete Gull-Britt. »Die haben sich gemeldet, als ich gerade aus der Kirche kam. Aber sie konnten noch nicht sicher sagen, ob es Absicht oder ein Unglück war.«

»Ach, sieh an, dann musste er also leiden. Geschieht ihm ganz recht.«

»Wie grässlich du sprichst! Ich bin jetzt Witwe, daran können wir nichts ändern, einsam wird es werden, aber du hast recht, bettelarm werden wir nicht sein. Dafür hat Nils gesorgt. Aber man sollte meinen, dass du deine garstige Zunge in Schach halten könntest.«

David überlief ein kalter Schauer. Was war in die beiden gefahren? Lotta benahm sich wirklich schrecklich.

»Wenn er vergiftet wurde, könnte man dich verdächtigen, Mama«, sagte Lotta. »Wegen des Geldes.«

»Oder dich«, konterte Gull-Britt schnell. »Nils und du, ihr habt euch von Anfang an gehasst. Wenn das mal kein Grund ist.«

Jetzt gingen sie wirklich zu weit, das war ja nicht mehr auszuhalten! David griff nach der Klinke und drückte die Tür auf. Die Hunde pressten sich an ihm vorbei und stürzten zur Küche auf der Suche nach ihren Fressnäpfen. Gull-Britt und Lotta saßen am Küchentisch und tranken Kaffee. Nichts deutete auf den Streit hin, den David belauscht hatte. Er starrte sie an.

»Wurde Nils vergiftet?«, fragte er. »Ermordet?«

26

Dienstag, 17. November

Tryggve hatte in der Nacht von Montag auf Dienstag kein Auge zugetan. Er hatte sich hin- und hergeworfen, während die Gedanken nur so durch seinen Kopf jagten. Sein altes Polizistenhirn wollte so gern loslegen und das Rätsel um diesen Mord lösen. Einmal mehr musste er feststellen, dass es gar nicht so leicht war, nach einem langen Berufsleben in den Ruhestand zu gehen. Unzählige Male hatte er auf die Uhr geschaut und um Viertel nach drei seufzend entschieden, sich eine warme Milch zu machen, um vielleicht doch noch ein paar Stunden Schlaf zu bekommen. Sein Plan ging aber nur halb auf, denn obwohl er danach tatsächlich einschlief, träumte er erschöpfend wildes Zeug, an das er sich aber nach dem Aufwachen nicht erinnern konnte.

Margaretha und Per erzählten beim Frühstück, dass sie die Gelegenheit nutzen und einen Ganztagesausflug nach Levide machen wollten. Åke hatte nur kurz gesagt, er habe eigene Pläne. Dass er sich mit Lena irgendwohin auf der Insel zurückziehen wollte, war nicht schwer zu erraten.

So schnell er konnte, leinte Tryggve seinen Hund an und verließ das Haus. Er trug seine besten Wanderschuhe und eine sehr gute Windjacke. Es war zwar noch sonnig, aber kälter als die letzten Tage. Die Temperatur war unter null gefallen. Aber das war kein Grund zum Klagen, es war schließlich Mitte

November. In anderen Jahren wirbelten um diese Zeit bereits Schneestürme ums Haus. Der gestrige Schauer hatte große Pfützen hinterlassen, die nun von einer dünnen Eisschicht bedeckt waren. Er konnte nicht anders, er musste ein paar von ihnen zertreten, nur um das einzigartige Knacken zu hören. Ein kindisches Glück überkam ihn, wie früher, als er noch ein kleiner Junge gewesen war und in Visby gewohnt hatte.

An einem Tag wie diesem war es überhaupt kein Problem, einen belebenden Spaziergang zum Plogbillen zu unternehmen. Besonders dann nicht, wenn er den fast schnurgerade verlaufenden, alten Eisenbahndamm nahm. Putte schien zufrieden mit der Wegwahl und trabte von der einen Seite zur anderen. Manchmal machte er einen Abstecher und lief ein paar Meter in den Wald hinein, aber er kam immer schnell wieder zurück auf den Damm.

Als Tryggve das Restaurant erreichte, band er Putte draußen an und ging durch die Eingangstür.

Die Spurensicherung war mittlerweile in den Hotelteil vorgedrungen, vor allem interessant war das Zimmer, das Gull-Britt und Nils bewohnt hatten. Einer der Kriminaltechniker kam gerade in seinem blauen Overall und den türkisen Gummihandschuhen die Treppe herunter.

»Hallo, Fridman«, grüßte er. »Fällt's dir schwer, dich fernzuhalten?«

Tryggve lächelte. Pelle Svensson war einer der Kriminaltechniker, mit denen er zu seiner aktiven Zeit noch zusammengearbeitet hatte. Ein klasse Typ.

»Ja, das muss ich zugeben«, sagte er. »Keiner kann aus seiner Haut. Warte nur ab, bis du selbst in Rente gehst.«

»Niemals!«, sagte Svensson. »Wenn ich pensioniert werde, ziehen meine Frau und ich nach Spanien an die Costa del Sol. Die Suche nach Haaren und die Analyse von Blutflecken kann mir dann – mit Verlaub – gestohlen bleiben.«

»Ach, und ich dachte, du liebst deinen Job«, sagte Tryggve.

»Sicher, es ist ein spannender Job«, stimmte Svensson zu, »aber irgendwann ist man in genug Blutlachen und Ähnlichem herumgekrabbelt, um Fotos von dem Elend zu machen.«

Die Arbeit der Spurensicherung konnte eintönig und ermüdend sein, nicht so spannend, wie die Allgemeinheit aufgrund von Fernsehsendungen vielleicht dachte. Trotzdem glaubte Tryggve ihm nicht ganz, schließlich fiel es einem Polizisten nicht leicht, seinen Job einfach an den Nagel zu hängen, und das galt garantiert auch für andere Berufe. Wenn Anki Bücher las, dann hielt sie sicher auch einen Rotstift in der Hand, ganz wie die Lehrerin, die sie gewesen war. Das würde er sie beizeiten einmal fragen, aber da würde er es natürlich etwas netter formulieren.

»Seid ihr fertig?«, fragte Tryggve und nickte zum Obergeschoss.

»Ja, wir packen gerade zusammen, und dann geht es wieder in die Stadt.«

»Wieso bleibt ihr nicht zum Essen?«, schlug Tryggve vor. »Man kann von diesem Ort halten, was man will, aber Micke versteht was von seinem Fach, und seine Gerichte sind absolut zu empfehlen.«

»Da scheinen viele aber anderer Meinung zu sein«, sagte der Kriminaltechniker und deutete ins Restaurant. »Hier ist völlig tote Hose. Rate mal, warum. Nee, wir fahren nach Visby und essen da.«

Tryggve summte statt einer Antwort und ließ seinen Blick durchs Restaurant wandern. Versuchte, sich in Erinnerung zu rufen, wie genau es sich zugetragen hatte, als Nils zusammenbrach. Anfangs war es eine verhältnismäßig lustige Gesellschaft gewesen. Natürlich hatten alle die Spannungen zwischen den Hansson-Brüdern gespürt, aber die hatten sich während des Essens zurückgehalten. Zumindest Åke. Nils war gemein gewesen, über alle Maßen. Eigentlich nicht weiter verwunderlich, dass er sich über die Jahre eine

Menge Feinde gemacht hatte, so wie er sich selbst ausgedrückt hatte.

Von Gull-Britt Hansson war Tryggve definitiv am meisten überrascht. Ohne zu protestieren, hatte sie einfach dagesessen, während ihr Mann ihre Tochter vor der ganzen Gesellschaft schlechtmachte. Bei jeder anderen Frau hätten seine Worte die Löwenmutter geweckt, aber nicht bei Gull-Britt. Sie beschönigte das Gesagte und versuchte einen gewagten Balanceakt, wo Nils Hansson nichts anderes als eine gewaltige Ohrfeige verdient hatte. Natürlich war es möglich, dass sich bei ihr über die Jahre ein ordentlicher Hass auf den Mann angestaut hatte, aber reichte das, um ihn ins Jenseits zu befördern? Gull-Britt hatte in dem Sinne sogar ein doppeltes Motiv. Einerseits den Schutz ihrer Tochter, andererseits so etwas Simples wie Nils' Erbe. Nach seinem Tod würde sie alles bekommen und eine vermögende Frau sein. Sie wirkte sowieso sehr selbstständig, brauchte sie überhaupt einen Mann?

Er trat in den kleinen Flur, hängte seine Jacke an die Garderobe und verstaute die Mütze auf der Ablage. Jetzt, wo die Küche und das Restaurant wieder betreten werden durften, bot ein Mittagessen die beste Möglichkeit, sich noch etwas im Lokal aufzuhalten. Irgendetwas würde er dadurch schon erfahren, da war er sich sicher.

Wenn er doch nur schon wüsste, was Nils Hansson letzten Endes die Lichter ausgepustet hatte. Also, welches Gift. Denn er war nach wie vor davon überzeugt, dass es sich um einen Giftmord handelte. Jemand hatte eine Lebensmittelvergiftung ins Spiel gebracht, aber die Theorie hielt er für Quatsch, dann wären alle anderen auch krank geworden. Er holte sein Handy hervor und wählte die Nummer seines früheren Kollegen.

»Hallo!«, begrüßte ihn Mats Myrstedt aus dem Hörer. »Wenn du mich während der Arbeit störst, muss der Grund für deinen Anruf etwas mit den aktuellen Ermittlungen zu tun haben.«

»Ach, meinst du?«, scherzte Tryggve. »Da kennst du deinen alten Waffenbruder aber schlecht.«

Sie hatten in all den Jahren, in denen sie zusammengearbeitet hatten, ihren eigenen Jargon entwickelt. Den legte man nicht so schnell ab. Darüber hinaus kannten sie einander in- und auswendig, auch die kleinen Eigenheiten des anderen waren ihnen kein Geheimnis.

»Bist du zu Hause?«, fragte Myrstedt.

Tryggve schüttelte den Kopf, obwohl Mats ihn ja gar nicht sehen konnte. »Nee, nicht direkt.«

Mats Myrstedt lachte so laut, dass Tryggve das Handy vom Ohr weghalten musste.

»Ha! Erwischt!«, fuhr sein Freund fort. »Du bist am Tatort, du alter Fuchs. Sag, dass ich recht habe.«

»Du hast recht«, gestand Tryggve. »Aber das hast du oft.«

»Danke fürs Kompliment, was willst du dafür haben?«

»Nichts als einen Schnack unter alten Kameraden«, sagte Tryggve.

»Ach, versuch es gar nicht erst so«, lachte Myrstedt. »Du willst wissen, ob wir mit den Ermittlungen vorangekommen sind.«

Und so schnell war er nach ein bisschen Feixerei am Ziel angelangt. Genug Rumgeplänkel, jetzt war wieder Ernst angesagt.

»Ganz richtig«, sagte Tryggve. »Was kannst du mir erzählen?«

»Das Ergebnis der Blut- und Urinuntersuchung ist heute gekommen.«

Tryggve wartete gebannt darauf, dass Mats fortfuhr.

»Ich habe unseren ehemaligen Kommilitonen beschwatzen können, er hat unsere Proben wirklich vorgezogen, und jetzt rate mal, woran das Opfer gestorben ist?«

»Vergiftung«, meinte Tryggve, »aber das sage ich ja schon von Anfang an.«

»Ja, ja«, sagte Myrstedt, »das weiß ich doch. Aber das Gift errätst du nie.«

»Vermutlich nicht«, stimmte Tryggve zu, der nicht mal im Entferntesten Lust auf ein Ratespiel hatte. »Aber ich lausche gebannt.«

»Paclitaxel«, sagte sein Kollege, »den Stoff verwendet man auch als Zellgift.«

»Zellgift?«, fragte Tryggve. »Bei der Behandlung von Krebs, meinst du?«

»Von Brustkrebs, um genau zu sein.«

»Kann er sich das selbst verabreicht haben? Als Suizid?«

»Das hält Natalie Edvardsson für unwahrscheinlich. Wenn er sich selbst ins Jenseits hätte befördern wollen, hätte er eine andere Methode gewählt.«

»Das hab ich auch schon gedacht«, sagte Tryggve.

»Der Mann war darüber hinaus viel schlechter dran, als er alle hat glauben lassen«, fuhr Myrstedt fort. »Er hatte einen schweren Herzfehler, wodurch die Vergiftung noch beschleunigt wurde. Natalie hat mit Nils Hanssons Hausärztin gesprochen. Der Herzfehler wurde erst vor Kurzem festgestellt.«

»Aha. Das heißt, er wäre über kurz oder lang sowieso gestorben?«

»Ganz genau. Und es heißt außerdem: Ein Mensch ohne diesen Herzfehler hätte die Giftmenge wahrscheinlich sogar überlebt.«

27

Kaum hatte Tryggve das Gespräch beendet, ging er ins Restaurant und setzte sich an einen Tisch am Fenster. Von dort aus konnte er die gemütliche Ecke mit den Sofas sehen und auch das große Fenster zu den Weiden. Lustlos blätterte er in den ausliegenden überregionalen Zeitungen.

Wie merkwürdig, dass das Restaurant nicht bis unters Dach voll war. Ein Mord lockte neugierige Menschen an, das stand außer Frage, aber vielleicht war die Speisekarte zu ausgefallen, und deshalb blieben die Gäste aus. Oder wegen der Vermutung, dass es sich um einen Giftmord handelte. Das Risiko wollte sicher niemand eingehen. Die Onlineredaktionen berichteten bereits über die neusten Entwicklungen, und morgen früh würden die Printmedien bekräftigen, was ihm Mats Myrstedt gerade erzählt hatte. Und dann würden sie alle zur Vernehmung ins Polizeirevier geladen.

David kam zu ihm an den Tisch und nahm seine Bestellung auf. Tryggve wählte ein Gericht, das ihm am wenigsten überkandidelt vorkam. Wiener Schnitzel mit roh gebratenen Kartoffeln und grünen Erbsen. Dazu Zitronenscheiben und Petersilie, ganz wie es sein sollte. Was trotzdem nicht viele Restaurants wussten oder beherzigten. Wenn es ganz schlimm kam, wurde das Schnitzel mit gekochten Kartoffeln und Rotweinsoße serviert. Der Koch des Plogbillen wusste jedenfalls, was er tat, so viel stand für Tryggve fest, als er eine halbe Stunde später sein Kalbfleisch genoss.

Eine ganze Weile lang verschwendete er keinen Gedanken an den Mord, sondern war zu hundert Prozent bei seiner Mahlzeit. Micke und Sara glänzten durch Abwesenheit, aber sie hielten sich vermutlich einfach nur in der Küche auf. David schaute ab und zu nach ihm.

»Alles zu Ihrer Zufriedenheit?«, fragte er.

»Vollkommen«, antwortete Tryggve. »Richten Sie bitte dem Koch aus, dass es mir ganz wunderbar geschmeckt hat.«

»Danke, das werde ich tun. Er kann jede Aufmunterung brauchen.«

Kein anderer Gast betrat das Restaurant. Sara kam einmal kurz zu ihm und fragte, ob sie Putte nicht hereinholen könne, zumindest in den Flur, damit er nicht länger draußen warten müsse.

»Darf ich ihm Wasser und etwas zu fressen geben?«, fragte sie.

»Nur Wasser, das wäre toll«, sagte Tryggve und bedankte sich.

David kehrte zurück und sortierte Besteck und Servietten auf einer der Anrichten. Tryggve blickte ihn mit hochgezogenen Augenbrauen an.

»Liegt Ihnen etwas auf dem Herzen?«, fragte er freundlich. »Möchten Sie vielleicht reden?«

»Ja, tatsächlich«, antwortete David unmittelbar. »Darf ich mich zu Ihnen setzen?«

Tryggve machte eine einladende Geste, sodass David sich den Stuhl herauszog, ihn umdrehte und sich rittlings darauf platzierte. Er stützte sich auf die Lehne und behielt die Tür zur Küche die ganze Zeit im Blick.

»Es geht um Lotta«, setzte er an, und Tryggve konnte hören, wie schwer es ihm fiel, die Worte über die Lippen zu bringen.

»Lotta? Ihre Frau?«

David nickte.

»Ja, und um Gull-Britt.«

»Ich höre«, sagte Tryggve.

»David!«, schallte eine scharfe Stimme durch das Restaurant, und der Koch höchstselbst erschien am Tisch. »Wir setzen uns hier nicht zu den Gästen und belästigen sie.«

Tryggve hob bedauernd die Schultern, während David sich sofort erhob und in der Küche verschwand. Tryggve selbst siedelte vor den Kamin um. Das Feuer prasselte, draußen wurde es dunkel, und Tryggve bestellte sich einen doppelten Espresso. Schade, dass David nicht hatte zu Ende erzählen können. Es wäre wirklich interessant gewesen, zu hören, was er zu sagen hatte. Und Tryggve hatte eine Menge Fragen, auf die er sich Antworten erhoffte. Dass Nils noch einen letzten Whisky hatte trinken können, hatte er mit eigenen Augen gesehen, aber war dieser vergiftet gewesen? Oder lauerte das Gift im Dessert? In dem Eis, das Nils in sich hineingelöffelt hatte, als handele es sich um simplen Milchreis?

Tryggve wurde jäh aus seinen Gedanken gerissen, als die Tür aufflog und Anki mit rosigen Wangen und in Begleitung einer lädiert aussehenden Ingegerd hereinkam. Es war nicht zu übersehen, dass die Frau einen ordentlichen Schlag ins Gesicht bekommen hatte. Ihre Nase blutete stark, und sie versuchte mithilfe eines Reithandschuhs die Blutung zumindest etwas aufzuhalten.

»Himmel, was ist denn nur passiert?«, rief Tryggve und stand auf. »Kommt, setzt euch vor den Kamin, ich hole Tücher.«

Ingegerd folgte seiner Aufforderung sofort und warf ihm einen dankbaren Blick zu. Tryggve rannte zur Toilette, befeuchtete ein paar Papierhandtücher und brachte einen ganzen Stapel davon mit. Anki schritt sofort zur Tat und half ihrer Freundin, indem sie ihr das Gesicht säuberte. Irgendwann hört die Nase endlich zu bluten auf, und Ingegerd sah fast wieder normal aus, wenn man von dem Veilchen absah, das sich bereits bildete. Sie legte den Kopf auf die Rückenlehne des Sofas und schloss die Augen. Tryggve winkte nach David, der sie vom Tresen aus wachsam im Blick hatte.

»Seien Sie doch so gut, und bringen Sie einen Kognak für jede der Damen. Auf meine Rechnung. Kognak wirkt in solchen Situationen wahre Wunder. Und etwas Eis für das blaue Auge.«

Anki, die den Eindruck machte, als hätte auch sie einen kleinen Schock bekommen, lehnte sich ebenfalls zurück.

»Jetzt erzählt mal bitte, was passiert ist«, bat Tryggve. »Ingegerd, Sie sehen aus, als hätten Sie sich richtig ernsthaft geprügelt.«

Ingegerd versuchte, ein Lächeln zustande zu bringen, doch ihr Gesicht verzog sich bloß zu einer Grimasse.

»Also gut, ich bin vorn geritten«, fing Anki an. »Wir sind schön übers Feld galoppiert. Ich kenne mich ja gut aus, und es war ja auch noch hell, na ja, es dämmerte erst ein bisschen. Ich war mir ganz sicher, dass Ingegerd direkt hinter mir ritt. Die Pferde bleiben ja eigentlich immer zusammen.«

»Aber Sie waren nicht hinter Anki?«, wandte sich Tryggve an Ingegerd.

»Nein«, antwortete die lädierte Frau und nippte an dem Kognak, den David schnell herbeigebracht hatte. »Ach, verdammt. Meine Lippe ist geschwollen. Könnte ich einen Strohhalm bekommen?«

David verschwand und kehrte kurz darauf mit einem Glas verschiedenfarbiger Strohhalme zurück. Ingegerd suchte sich einen weiß-grünen aus.

»Ich habe Hunde bellen hören«, erklärte Ingegerd. »Und weil wir ja gerade erst einen aggressiven Hund getroffen hatten, war ich nicht unbedingt scharf darauf, dieses Erlebnis zu wiederholen.«

»Das muss dieser Hund gewesen sein, der immer frei läuft, obwohl sein Herrchen ihn nicht unter Kontrolle hat«, sagte Anki. »Ich habe sie auch bellen hören. Das waren mehrere Hunde, mindestens zwei.«

»Ich bin zur Seite geritten, unter einen Baum«, fuhr Ingegerd fort. »Und plötzlich knallt mir etwas voll auf die zwölf.«

»Oh, oh. Das klingt nicht gut«, sagte Tryggve.

Ingegerd saugte den halben Kognak auf.

»Mich hat es nach hinten gerissen, aber ich ließ die Zügel nicht locker. Und deshalb ist Osk gestiegen, und ich bin hinten runtergerutscht. Wie gut, dass Isländer nicht ganz so groß sind. So bin ich nicht tief gefallen, aber durchgeschüttelt hat es mich trotzdem ordentlich.«

Tryggve schüttelte den Kopf, und Anki wurde ganz blass.

»Sie hätten sich das Genick brechen können«, sagte er. »Fahren Sie auf jeden Fall noch ins Krankenhaus. Nicht, dass Sie ein Schleudertrauma haben.«

Einen Moment schwiegen sie und tranken ihren Kognak. Anki tupfte sich mehrmals den Schweiß von der Stirn, und Ingegerd drückte sich immer mal wieder ein Tuch gegen die Nase.

»Übrigens wurde Nils Hansson wirklich vergiftet«, sagte Tryggve. »Das habe ich gerade erst von meinem alten Kollegen erfahren.«

Anki setzte sich kerzengerade auf.

»Was für ein Gift war es denn?«, fragte sie.

Tryggve kratzte sich am Kopf.

»Das hätte ich mir mal besser aufgeschrieben«, sagte er. »Ich erinnere mich nicht wirklich. Nur noch daran, dass es als Zellgift zur Krebsbehandlung eingesetzt wird.«

»Das klingt nach einem starken Mittel«, sagte Anki. »Ich habe keine Ahnung, worum es sich dabei handeln könnte. Aber Lena vielleicht. Ich werde sie mal fragen.«

Die Frauen sammelten Reithelme und Handschuhe zusammen und machten sich zum Aufbruch bereit.

»Passt auf euch auf«, sagte Tryggve. »Es ist noch ein ganzes Stück bis nach Mullvald.«

Er tastete in seiner Tasche nach seiner Stirnlampe und reichte sie Ingegerd. Dankbar lächelnd nahm sie die Lampe entgegen.

»Wir werden uns Mühe geben«, sagte Anki. »Wir nehmen den Weg entlang des Eisenbahndamms. Da gibt es wenigstens keine Äste, die einem den Kopf einschlagen können.«

28

Tryggve warf einen Blick auf die Uhr. Auch für ihn war es Zeit aufzubrechen. Ganz wie er zu Anki und Ingegerd gesagt hatte, lag da noch ein ganzes Stück Heimweg vor ihm, zumal er zu Fuß unterwegs war.

Gerade als er aufstand, kam der Kriminaltechniker, mit dem er bei seiner Ankunft ein paar Worte gewechselt hatte, in Gesellschaft eines Kollegen zur Sofaecke. Beide waren mit Speisekarten ausgerüstet und setzten sich zu Tryggve.

»Ihr seid ja wieder zurück«, stellte Tryggve fest. »Gibt's Probleme?«

»Sonderauftrag«, lachte Pelle Svensson. »Wir mussten auf halber Strecke umkehren, weil Myrstedt wollte, dass wir noch etwas untersuchen. Aber vorher brauchen wir echt erst mal was zu essen. Dienstbereitschaft hin oder her.«

»Kannst du was empfehlen?«, fragte der andere Kriminaltechniker.

»Ich hatte das Wiener Schnitzel. Wenn ihr das nehmt, werdet ihr es nicht bereuen. Es ist genau so, wie es sein sollte.«

Die beiden Männer falteten die Speisekarten zusammen und signalisierten David, dass sie bereit waren, ihre Bestellung aufzugeben. Tryggve überlegte kurz, bevor er entschied, den Stier bei den Hörnern zu packen und eine Frage zu stellen.

»Habt ihr auch den Brand auf dem Hansarve Hof untersucht?«

Pelle Svensson strich sich ums Kinn und blieb einen Moment still. Dann erst antwortete er.

»Du meinst die abgebrannte Außentoilette? Ja, das waren wir. Zum Glück wurde die schon ewig nicht mehr benutzt, sonst sind Latrinen nicht gerade die schönsten Untersuchungsobjekte.«

Das konnte Tryggve sehr gut nachvollziehen.

»Habt ihr denn etwas Aufschlussreiches gefunden?«, hakte er nach. »Die Brandursache?«

Die beiden Männer wechselten einen Blick. Pelle Svensson, der mit Tryggve bekannt war, ergriff das Wort.

»Tja, das ist ja kein Geheimnis«, sagte er. »Es scheint, als habe sich ein Lappen selbst entzündet.«

»Selbst entzündet? So etwas passiert doch eigentlich nur, wenn jemand dabei ist, zu streichen oder zu renovieren, oder?«

David erschien und unterbrach sie, indem er die beiden Herren aufforderte, sich ins Restaurant zu setzen, wo er bereits für sie gedeckt hatte. Das Essen würde bald fertig sein.

»Wir haben eine Dose gefunden, die nicht ganz verbrannt war. Mit so einem Öl, mit dem man Holz, also zum Beispiel Tische oder Arbeitsflächen imprägniert. Das kann ja jeder überall und zu jeder Zeit machen. Auf dem Hansarve Hof selbst haben wir aber keine frisch gestrichenen Holzflächen oder Ähnliches entdecken können.«

»Wenn man vom Teufel spricht«, sagte Tryggve und nickte diskret zur Tür. »Nils Hanssons Witwe.«

Die Kriminaltechniker nutzten die Gelegenheit und setzten sich um, damit sie bald essen konnten. Tryggve war zufrieden, weil er hilfreiche Informationen bekommen hatte. Jetzt galt es, sich unauffällig auf die Suche nach frisch geölten Holzoberflächen zu machen.

Als er aufschaute, traf sein Blick den der trauernden Witwe

Gull-Britt Hansson. Ihre Gesichtszüge wirkten kraftlos, und ihr blondes Haar war nicht so perfekt gestylt wie üblich. Statt der sonst so tief ausgeschnittenen Oberteile trug sie einen hochgeschlossenen Pullover, um den Hals extra noch einen Schal gewickelt, ganz so, als würde sie frieren.

»Darf ich mich zu Ihnen setzen?«, fragte Gull-Britt, und Tryggve machte eine einladende Geste.

»Wie geht es Ihnen?«, fragte Tryggve.

Gull-Britt zuckte mit den Schultern.

»Ich weiß nicht, was ich sagen soll«, seufzte sie. »Ich stehe verständlicherweise immer noch unter Schock. Die Feier zu Nils' siebzigstem Jahrestag verlief nicht so, wie ich mir das vorgestellt hatte.«

Tryggve summte zustimmend und betrachtete sie aufmerksam. War die frischgebackene Witwe überhaupt traurig darüber, dass ihr Mann gestorben war? Oder eher darüber, dass die Feier auf diese Weise ins Wasser gefallen war? Schwer zu beurteilen, er wurde einfach nicht schlau aus dieser Frau.

»Hat die Polizei schon mit Ihnen über ihre neusten Erkenntnisse gesprochen?«, fragte er.

»Ja, mich hat jemand angerufen und erzählt, dass Nils vergiftet worden ist!«, antwortete sie. »Ich finde das sehr sonderbar. Wann soll das denn passiert sein?«

Tryggve lehnte sich vor, stützte die Ellbogen auf die Knie und legte die Fingerspitzen aneinander.

»Das ist eine berechtigte Frage«, sagte er. »Sie haben wirklich gar keine Idee?«

Gull-Britt dachte anscheinend intensiv nach. Holte ein Papiertaschentuch aus ihrer Handtasche, schnäuzte sich, grübelte weiter nach.

»Nein, wirklich gar keine«, sagte sie schließlich.

Sie fummelte an dem Taschentuch herum, und Schweißperlen bildeten sich auf ihrer Oberlippe.

»Wir haben ein bisschen vorab gefeiert, könnte man vielleicht sagen«, fuhr sie fort. »Nur Nils und ich.«

»Und Sie waren die ganze Zeit zusammen?«

»Ja, waren wir.«

»Wirklich die ganze Zeit? Sind Sie sich ganz sicher?«

Sie schwieg und versank in ihrer Erinnerung.

»Die Kette … Ich habe meine Kette gesucht, aber dazu war ich nur ein paar Minuten lang allein im Bad. Und niemand sonst war im Zimmer. Wir aßen einen kleinen Snack und tranken Schampus. Gelbe Witwe sogar, aber das war ja mehrere Stunden, bevor er starb.«

»Wissen Sie, ob da schon alle in der Küche tätig waren, die später beim Menü halfen?«

»Das kann ich nicht beantworten, aber ich würde davon ausgehen. Als ich den Champagner holte, war es schließlich nicht mehr lange, bis das Menü serviert werden würde. Da haben sie sicher alle vier eifrig in der Küche geackert.«

Inklusive deiner Tochter, die Nils gehasst hat, dachte Tryggve, aber sprach es natürlich nicht laut aus. Er war kurz vor sechs mit seinem Anhang angekommen, und dann hatte es nicht mehr lange gedauert, bis der erste Gang und Wein serviert wurden.

»Haben Sie Ihren Mann vergiftet?«, fragte er rundheraus.

Gull-Britt zuckte zusammen. Im selben Augenblick flog die Schwingtür zur Küche auf, und Lotta kam herausgeschossen. Sie umarmte ihre Mutter und starrte Tryggve wütend an.

»Ich habe gehört, was Sie da gerade gefragt haben«, sagte sie mit scharfer Stimme. »Meine Mutter ist keine Mörderin, das können Sie sich ganz schnell aus dem Kopf schlagen.«

Gull-Britt streichelte ihr die Hand und warf ihr einen dankbaren Blick zu.

»Ich kann nicht sagen, dass ich ihm eine Träne nachweine«, fuhr sie fort, »aber für dich tut es mir sehr leid, Mama.«

Allmählich sehnt Putte sich bestimmt nach ein bisschen

Bewegung, dachte Tryggve. Er lag schon so lange vorn im Flur. Tryggve stand auf und bedachte die Frauen mit einem prüfenden Blick.

»Und Sie, Lotta?«, fragte er. »Haben Sie Nils Hansson umgebracht, wo Sie ihn doch so wenig leiden konnten?«

29

Tryggve und Putte schlugen den gleichen Weg ein, den sie gekommen waren. Er suchte in seiner Tasche nach der kleinen Taschenlampe, die ihm nun ausreichen musste, seine Stirnlampe hatte er schließlich verliehen. Dicke Wolken türmten sich auf, aber er hoffte, noch trockenen Fußes nach Hause zu kommen. Nach diesem ausgedehnten Spaziergang vom frühen Morgen bis späten Nachmittag würde Putte schlafen wie ein Stein, sodass Tryggve sich in aller Ruhe seinen Gedanken widmen konnte. Solange Margaretha und Per noch nicht aus Levide zurückgekehrt waren und seine Aufmerksamkeit verlangten, natürlich. Aber in dem Fall konnte er sich schließlich auch in sein Gewächshaus zurückziehen. Um ausgiebig über Lotta Storm nachzudenken, zum Beispiel. Sie hatte ihm direkt in die Augen gesehen, als er sie gefragt hatte, ob sie die Mörderin war.

»Absolut nicht!«, hatte sie gefaucht. »So viel würde ich für diesen Scheißkerl nicht riskieren.«

Putte rannte unangeleint über den Eisenbahndamm, blieb aber meist auf einer Höhe mit Tryggve. Sie waren wesentlich langsamer unterwegs als auf dem Hinweg. Gut möglich, dass er dem Hund wirklich beibringen konnte, Trüffel zu suchen. Er musste nur die nötige Disziplin aufbringen, ihn dahingehend zu trainieren. Aber vielleicht sollte er sich lieber auf Trompetenpfifferlinge spezialisieren, an denen hatte Tryggve nämlich mehr Gefallen als an den mystischen Knollen aus der Erde, die man gar nicht so häufig beim Kochen verwendete. Gut hatten sie geschmeckt, keine Frage, aber es reichte, wenn man ab und zu ein Gericht damit anreicherte.

Als sie am Ende des Damms beim alten Bahnhofsbereich ankamen, rief Tryggve seinen Hund zu sich und leinte ihn an. Die Anlagen waren sehr schön erhalten, denn das alte Bahnhofsgebäude war zu einem Museum umfunktioniert worden. Der Heimatverein hatte viel Energie in sein Projekt gesteckt und sich sogar eine echte alte Straßenlaterne geleistet. Und obwohl hier seit geraumer Zeit kein Zug mehr gehalten hatte, wie das zwischen Dalhem und Roma noch der Fall war, sah es sehr gepflegt aus. Viele Bewohner der Gegend hatten noch lebhafte Erinnerungen an dieses Gebäude, denn von hier aus war man nach Visby und zurück gefahren, man hatte Verwandte in Empfang genommen und wieder verabschiedet. Treffen voller Freude und Liebe oder Trauer und Sehnsucht. Tryggve, der erst später hergezogen war, teilte diese Erinnerungen nicht, aber er konnte sie gut nachvollziehen, und er wusste noch sehr genau, wo der Zug in Visby einfuhr. Als Kind hatte er häufig oberhalb des Hafens gesessen und zugeschaut, wenn der rote Schienenbus in unmittelbarer Nähe des Fähranlegers haltmachte.

Er verließ den bewaldeten Bereich, durch den noch immer Schienen führten, und marschierte entlang der großen Straße. Nur ein kurzes Stück, dann musste er abbiegen, und sein Heimweg würde ihn am Hansarve Hof vorbeiführen.

»Du, Putte«, sagte er gedehnt, woraufhin der Hund sofort mit dem Schwanz wedelte und sein Herrchen erwartungsvoll ansah. »Wollen wir noch einen kleinen Abstecher zum Hof machen und uns dort einmal umsehen?«

Dafür war Putte unmissverständlich zu haben, obwohl er sich bereits so viel bewegt hatte und sich vermutlich schon nach seinem Körbchen sehnte. Die Gedanken seines Herrchens kreisten jedoch unaufhörlich um die Öldose, die sich selbst entzündet hatte. Woher war sie gekommen? Das würde eine der schwierigeren Nüsse sein, die es zu knacken galt, denn auf dem Land würden viele so etwas herumstehen haben.

Langsam schritt Tryggve die prächtige Allee entlang. Der Hof war von passabler Größe, schätzungsweise einer der stattlichsten von ganz Mullvald. Der Kuhstall war groß genug, um eine ansehnliche Zahl von Tieren zu beherbergen. Sicher hatten sie damals Rindvieh, Schweine und Lämmer gehalten. Außerdem gehörten Wald- und Wiesengrundstücke zum Anwesen. Da war es nur zu verständlich, dass Åke Hansson mehr als wütend auf seinen Bruder war, nachdem dieser ihn um sein Erbe gebracht hatte. Doch wer erbte nun alles, nach Nils' Tod? Seine Witwe Gull-Britt, die Tryggve ziemlich oberflächlich fand und die am meisten unter der Tatsache litt, dass ihre Überraschungsfeier so bedauernswert geendet hatte? Vielleicht sagte ihr die Rolle als verwitwete Frau ja schlichtweg zu. Vermutlich war sie die Haupterbin, sofern es keinen Ehevertrag gab, der eine andere Regelung vorsah. Und das wäre nicht undenkbar, schließlich waren sie, nach Åkes Auskunft, erst seit zehn Jahren verheiratet. Partner, die sich erst in späteren Jahren fanden, brachten häufig Kinder aus früheren Ehen mit, und da waren zusätzliche Vereinbarungen darüber, was im Todesfall geschah, gar nicht ungewöhnlich. Ihm war, als habe Åke sogar gesagt, Gull-Britt sei Nils dritte Ehefrau. Wenn Gull-Britt erbte, ging alles automatisch auch mit an Lotta, und diese Zukunft hatte Nils sich vermutlich nicht für sein Geld und seinen Grund und Boden vorgestellt. Denkbar war, dass es ein Testament gab, das Åke als Erben vorsah. Und wenn Åke Kenntnis von diesem Dokument gehabt hatte, gab ihm das ein Mordmotiv.

Tryggve erreichte das Hauptgebäude, das sich fast feudal vor ihm erstreckte, weiß gekalkt und schön, abgesehen von der Schmiererei an der Hauswand. **TOD DEM TRÜFFELSCHWEIN!** Die gegen Nils gerichtete Drohung. Denn sicher war er damit gemeint. Sich unbemerkt in der Nacht anzuschleichen, war nicht besonders schwer, die Frage war bloß, wer es gewagt hatte. Åke? Seine Wut und Eifersucht auf seinen Bruder machten ihn zu einem denkbaren Kandidaten, aber konnte es so einfach sein? Bevor er zu diesem Schluss kam, wollte Tryggve noch ein paar Antworten haben.

Der Hof lag still da, nichts deutete darauf hin, dass jemand zu Hause war. Gull-Britt und Lotta befanden sich gerade im Plogbillen. Genauso David. Tryggve schaute sich um. Wo lag der alte Lokus, der gebrannt hatte? Er ging einmal um das Wohnhaus, fand aber nichts. Vielleicht hinter dem alten Kochhaus? Vorsichtig lief er weiter, und tatsächlich, dort erwarteten ihn die traurigen Überreste. Ein Haufen verkohlter Bretter und Schutt. Die Flammen hatten auch auf den danebenliegenden Haselstrauch übergegriffen, aber der Brand war offenbar gelöscht worden, bevor er sich weiter ausbreiten konnte. Die Hofbewohner hatten wirklich großes Glück gehabt, das Feuer hätte noch weit mehr Schaden anrichten können als eine abgebrannte Außentoilette.

Tryggve ging näher und leuchtete mit der Taschenlampe über die verkohlten Reste. Das Absperrband war abgenommen worden, es hing nur noch ein kleiner Fetzen im Haselstrauch. Unter einem der verkohlten Bretter klemmte ein großes Stück eines alten Zeitungsaushangs. Das Profil der Kronprinzessin Victoria mit Brautschleier vor einem knallgelben Hintergrund war alles, was von dem Bild übrig war. Zwei Buchstaben waren nicht verkokelt.

»Ku…«, las Tryggve und hatte keine größeren Probleme zu erraten, dass es sich um eine Schlagzeile zum Hochzeitskuss vor ein paar Jahren handelte.

Er holte sein Handy hervor und fing an, zu knipsen, die Bilder konnten ihm später als Gedankenstütze dienen. Bevor er ging, würde er auch noch ein Foto von der Schmiererei machen.

In einem sonderbaren großen Nadelstrauch bewegte sich etwas und weckte sein Interesse. Der Busch stand am anderen Ende des Hauses, direkt gegenüber dem Kochhaus. Er war tiefgrün, extrem kunstvoll und glich einer riesigen Teetasse. Obendrauf war ein witziges rotes Häuschen befestigt, wo kleine Vögel Futter fanden. Soweit er das erkennen konnte, saßen dort oben ein paar Feldsperlinge und Kohlmeisen. Aber der gesamte Strauch schien voller Vögel zu sein, und das war die Bewegung, die er wahrgenommen hatte. Schwarze Amseln, die sich an den roten Beeren bedienten. Tryggve hielt die Kamera hoch, zoomte den Busch so nah heran, wie es ging, und drückte auf den Auslöser. Im gleichen Moment hörte er, dass eine Tür geöffnet wurde. Hastig drehte er sich um. Auch Putte war sofort hellwach.

»Ach, interessieren Sie sich für Vögel?«, fragte David und schlenderte die Stufen zu ihm hinunter.

»Sie sind ja zu Hause«, sagte Tryggve und klang verwundert. »Sie waren doch vorhin noch im Plogbillen?«

David lächelte schief.

»Ich bin kurz nach Ihnen aufgebrochen, und wenn man mit dem Rad die Straßen nimmt, ist man schneller als auf dem ehemaligen Eisenbahndamm. Und ich musste mich beeilen, einer der Hunde war ausgebüxt.«

»Ausgebüxt?«

»Sie sind ganz schön verspielt, unsere Lagottos, und Buttle muss diesen unerzogenen Wolf gesehen haben, der hier ja immer frei herumläuft. Er hat sich einen ordentlichen Biss abgeholt, bevor Åke eingreifen konnte. Die Bestie hat den Nacken zwar verfehlt, aber auch ein Ohr blutet gewaltig.«

»Åke Hansson?«

»Er war glücklicherweise in der Nähe und konnte den großen Hund vertreiben. Es ist wirklich ein Unding, dass dieser

Mann den ohne Auflagen behalten darf, wo er so schlecht erzogen ist.«

»Das heißt, Sie sind unterwegs zum Tierarzt?«

»Nein, das übernimmt Lotta, sie ist gerade los. Ich will aber unbedingt diesen Halter anzeigen. Ist doch lebensgefährlich, wenn ein Hund einfach frei herumläuft und beißt.« Dann fuhr er fort: »Jedenfalls gut, dass Sie hier sind. Wir wurden ja vorhin unterbrochen.«

»Ja, genau, Sie wollten mir etwas erzählen.«

»Kommen Sie mit«, sagte David und deutete zum ehemaligen Kuhstall. »Gehen wir dort hinein, da können wir ungestört reden. Ich möchte ungern noch einmal unterbrochen werden.«

Als Tryggve eine halbe Stunde später Hansarve verließ, dachte er über das nach, was David ihm erzählt hatte. Es kam nicht oft vor, dass jemand seine nächsten Angehörigen anschwärzte. Aber David belastete, was er gehört hatte. Er konnte nicht aufhören, über das Gespräch zwischen seiner Frau und seiner Schwiegermutter nachzudenken. Es machte ihm Angst, weil er den Verdacht hegte, dass Lotta irgendwie an der Sache beteiligt war – und nicht einschätzen konnte, wozu sie sonst noch fähig war.

»Sie wird sich nämlich denken können, dass ich ihr Gespräch mitangehört habe«, waren seine besorgten Worte gewesen.

30

Mittwoch, 18. November

Ingegerd und Gunilla verschwanden durch den Check-in und in die Wartehalle, bevor sie an Bord der Fähre konnten. Anki schaute ihnen nach. Die Zeit war so schnell verflogen, und sie hatten viel Spaß gehabt, zumindest bis Nils Hansson vor ihren Augen zusammengebrochen und gestorben war.

Kurz bevor Gunilla und Ingegerd um die Ecke bogen, drehten sie sich noch einmal um und winkten.

»Eine letzte Quizfrage!«, rief Gunilla. »Dann hast du was zum Nachdenken, bis wir wiederkommen.«

Anki lachte und ging so nah an den Check-in-Schalter, wie sie konnte, ohne die Passagiere zu bedrängen.

»Ich höre«, sagte sie.

»Okay, hier kommt es: *Dum-dum-dum-dum, dum-dum-dum-dum dum ...*«

Gunilla trällerte das Intro eines wohlbekannten und schwungvollen Songs, und Anki wusste, dass sie darüber gerade erst in einer der Jugendzeitschriften gelesen hatte, aber sie kam nicht darauf, wie er hieß.

»Welches Lied ist das?«, fragte Gunilla. »Und wer hat es gesungen? Extrapunkte gibt es für das Jahr, in dem es in der Hitparade war.«

Schon waren ihre beiden fröhlichen Kindheitsfreundinnen in der Wartehalle abgetaucht, aber sie hatten versprochen, bald wiederzukommen. Zum einen hatte die Polizei noch weitere Fragen an sie, und zum anderen wollten sie nicht die eventuelle Aufklärung des Mordes verpassen. Lena war noch geblieben, aber der Hauptgrund war weder Anki noch der Mord. Sie war voll und ganz mit Åke beschäftigt, deshalb sah Anki nicht viel von ihr.

Sie nahm die Rolltreppe, und als sie gerade den Parkplatz überquerte, um zu ihrem Auto zu gelangen, klingelte ihr Handy.

»Hallo, Mama! Weißt du noch, wer ich bin?«

Jennys Stimme versetzte Anki einen Stich ins Herz, so ein schlechtes Gewissen hatte sie. Ein Anruf war längst überfällig gewesen, aber die Zeit hatte einfach nicht gereicht. Bevor ihre Freundinnen angekommen waren, hatte sie Besuch von ihren Enkelkindern Molly und Elvin gehabt. Das war doch gar nicht so lange her, oder doch?

»Meine liebe Jenny, natürlich weiß ich noch, wer du bist. Entschuldige, dass ich mich nicht gemeldet habe, aber hier war ganz schön was los. Die Mädels waren da …«

»Die Mädels!«, schnaubte Jenny. »Du meinst die drei alten Tanten, die bei deinem fünfundsechzigsten Geburtstag waren?«

Was sollte sie dazu sagen? Jenny hatte ja recht. Trotzdem waren sie noch Mädels. Zumindest für Anki.

»Wir waren beim Trüffelfestival und ziemlich viel mit den Pferden unterwegs«, sagte sie. »Übrigens war das richtig schön mit deinen Kindern. Ich hoffe, die beiden sehen das auch so. Und was für ein Glück, dass sie in *der* Woche da waren.«

Jenny blieb ein paar Sekunden lang stumm.

»Glück? Warum?«

»Hm, tja. Eigentlich wollte ich nichts sagen, aber hier ist ein bisschen was passiert«, sagte Anki. »Ein Mann ist während des Trüffel-Dinners gestorben.«

»Währenddessen? Wie schrecklich.«

Jenny klang aufrichtig erschüttert, ganz wie man es von diesem herzensguten Menschen erwarten konnte. Ihre Gereiztheit, die sie so häufig an Anki ausließ, beruhte auf Stress und dem anstrengenden Jonglieren von Kindern und Beruf und allem anderen, was nicht so lief, wie es sollte.

»Er wurde vergiftet«, sagte Anki so ruhig sie konnte. »Haben die überregionalen Zeitungen gar nicht darüber berichtet?«

»Mama! Nicht schon wieder! Halte dich diesmal aber bitte raus, ja?«

»Selbstverständlich«, versicherte sie. »Diesmal hat mein Grundstück ja nichts damit zu tun wie letztes Jahr. Mach dir keine Sorgen, die Polizei kümmert sich darum.«

Und das stimmte. Dass Anki sich ihre eigenen Gedanken machte, um das Rätsel zu lösen, musste ja niemand wissen. Am wenigsten Jenny, die sich sonst nur Sorgen machen würde.

»Wie gut. Unsere liebe Mama respektive Oma soll schließlich noch viele, viele Jahre so fit und munter bleiben. Das wünschen wir uns alle, und ganz besonders dein neues Enkelkind.«

Jetzt blieb Anki die Sprache weg. Ein neues Enkelkind? Damit hatte sie nicht gerechnet.

»Sind Jocke und seine Freundin... Bekommt Maja ein Geschwisterchen?«

»Nein, es geht nicht um Jocke. *Wir* werden noch mal Eltern. Im Mai.«

Anki schloss ihren Wagen auf und sank auf den Fahrersitz. Die Neuigkeit von einem vierten Enkelkind rief, wenn sie ehrlich sein sollte, nicht nur positive Gefühle in ihr hervor. Jenny war gerade dreiundvierzig geworden. Und Anki hatte doch schon mit drei Enkelkindern alle Hände voll zu tun.

»Jenny, das ist ja eine Überraschung. Wie geht es dir?«

»Sehr gut! Aber ich habe eine Bitte.«

»Lass hören.«

»Ich möchte gern, dass wir alle zusammen Weihnachten

feiern. Mit Jocke und Maja und seiner neuen Freundin. Was meinst du? Hier bei mir.«

Anki dachte sofort an ihre Pferde und den Luxus, ihr Haus für sich allein zu haben. Ein Weihnachtsfest bei Jenny bedeutete Lärm, Trubel und Radau, alles andere als Ruhe und Frieden. Darauf hatte sie überhaupt keine Lust, aber wie sollte sie ihrer Tochter das beibringen?

»Klar«, sagte sie stattdessen. »Ich muss nur jemanden finden, der sich um meine Pferde kümmert. Sonst müsst ihr herkommen.«

»Ach, da gibt es doch bestimmt ein paar Mädchen, die dafür sterben würden, sich über die Feiertage um ein paar Zossen kümmern zu dürfen«, entgegnete Jenny.

An und für sich hatte ihre Tochter da vermutlich recht, Anki war sich nur nicht sicher, ob es solche Mädchen in der unmittelbaren Nähe gab. Und auch wenn sie sich schämte, das zuzugeben, konnte sie sich kein besseres Weihnachtsfest vorstellen, als zusammen mit Osk und Austri – und dem obligatorischen Kirchenbesuch hier in Mullvald.

Sie beendeten das Telefonat, und schon steuerte Anki den Hügel hinauf und aus der Stadt hinaus. Zur Abwechslung wählte sie den Weg über Stenkumla und Vall.

Kurz vor der kleinen Kirche in Träkumla wurde sie langsamer und hielt auf dem schmalen Streifen vor der Kirchmauer. Sie stieg aus, ging zu dem kleinen Gotteshaus und drückte prüfend die Türklinke. Es war offen, und ein feuchter Geruch schlug ihr entgegen, als sie die ersten paar Schritte hineinmachte, trotzdem gefiel ihr die kleine, hübsche Kirche sofort. Es gab viele schöne Dinge zu entdecken, unter anderem einen reizenden Altaraufsatz. Zu beiden Seiten des Kreuzes schwebten Bogenschützen, die an die Steinmauer gemalt worden waren. Und ganz am anderen Ende war das, wonach sie gesucht hatte. Ein Kerzenständer.

Anki warf eine Fünf-Kronen-Münze in die Büchse und entzündete eine Kerze. Die einzige, die an diesem Tag bislang in der Kirche von Träkumla brannte.

»Für das neue Kleine«, sagte sie leise.

31

Donnerstag, 19. November

Osk verfiel in den Tölt, und ihre frisch gebürstete Mähne flatterte nur so. Anki genoss den Wind, der ihr auf den Wangen brannte, selbst wenn dadurch wie so oft die Augen tränten. Sie ärgerte sich nicht länger darüber, dann tränten sie eben. Heute lag es jedoch nicht nur am Wind. Sie war wirklich traurig darüber, dass Gunilla und Ingegerd abgereist und ihre kleine Truppe mal wieder getrennt war. Und auch wenn die Zeit von dem tragischen Vorfall getrübt war, so hatten sie doch auch großen Spaß zusammen gehabt. Sie hatten gelacht, gesungen, waren geritten, hatten in Erinnerungen geschwelgt und sehr gut gegessen und getrunken. In dem ehemaligen Pfarrhaus war es ruhig geworden, seit die Mädels abgereist waren. Lena hatte sich entschieden, noch ein bisschen zu bleiben, auf sie wartete ja zu Hause niemand, und es machte den Eindruck, als hätte sie ernstere Absichten, was Åke betraf. Anki hatte keine Ahnung, wo sich das Pärchen gerade aufhielt. Sie hoffte nur, dass Lena in guten Händen und Åke verlässlich war, aber ganz sicher war sie sich nicht.

Gunilla und Ingegerd hatten ihr versichert, dass sie in ein paar Tagen wiederkämen, sie mussten nur nach Hause und einige Dinge erledigen, die schon von längerer Hand geplant gewesen waren.

»Gerade empfinde ich es eher als Belastung, dass ich Vorsitzende unserer Anliegergenossenschaft bin«, klagte Gunilla. »Man ist doch sehr gebunden. Ich werde meinen Posten umgehend zur Verfügung stellen, damit ich in Zukunft keine Abenteuer verpasse!«

»Bei mir sieht es ganz ähnlich aus«, nörgelte Ingegerd. »Die Vorstandssitzung der Genealogen kann ich nicht ausfallen lassen. Aber wir sind spätestens am Wochenende zurück, da kannst du dir sicher sein! Schließlich wollen wir die Auflösung all dieser furchtbaren Vorfälle nicht verpassen.«

Wenn es denn je zur Auflösung kommt, dachte Anki. Aber was sie oder Tryggve betraf, sie würden nicht ruhen, bis sie etwas herausgefunden hatten, so viel war sicher. Tryggve hatte sie natürlich gleich zurückgepfiffen und sie gewarnt, sich bloß nicht einzumischen, aber diesmal war er selbst nach nur einem Tag zu ihr in den Stall gekommen, um etwas über ihre Sicht der Dinge zu erfahren. Das war ein großer Schritt für den alten, grummeligen Kriminalbeamten.

Die Stille im Haus bewirkte, dass sie sich zum ersten Mal seit ihrem Einzug Gedanken darüber machte, ob es wirklich der richtige Entschluss gewesen war, aus Stockholm wegzuziehen. Die Nähe zu Familie und alten Freunden war ja trotz allem von großer Bedeutung, selbst wenn sie auf der Insel bereits einige neue Freunde gefunden hatte.

Osk trabte unbekümmert weiter. Während Anki in Gedanken versunken war, oblag die Wahl des Wegs ihrer taffen kleinen Stute. Als sie sich das nächste Mal bewusst umsah, befanden sie sich auf dem ruhigen und hübschen Pfad, den sie mit der lustigen Gesellschaft am Nachmittag des Samstags zur Trüffeljagd entlanggeschlendert waren. Weil sie diesmal aus der anderen Richtung kamen, war Anki kurz unsicher gewesen, aber dann erkannte sie den grasbewachsenen Weg. Sie betrachtete die felsige Böschung. War es möglich, einfach aufs Geratewohl loszubuddeln und Trüffel zu finden? Vielleicht. Allerdings hatten sie auch darüber gesprochen, ob das erlaubt war, und da gingen die Meinungen auseinander.

Anki zuckte mit den Schultern, das war ihr sowieso alles einerlei. Sie hatte Gull-Britt ein Glas mit italienischen Trüffeln abgekauft, die sich perfekt für das Freitagsrisotto eigneten – oder um sie über Pasta zu hobeln. Was übrig blieb, würde sie zu Trüffelbutter verarbeiten. Wenn man bedachte, dass sie auf Gotland lebte, kam es sicher so etwas wie Blasphemie gleich, dass sie die italienischen Pilze vorzog, aber sie war ja niemandem Rechenschaft schuldig. Der Geschmack war unfassbar intensiv. So intensiv, dass er andere Geschmäcker fast vollständig überlagerte.

Anki griff energisch in die Zügel, woraufhin Osk viel zu abrupt zum Stehen kam. Sofort riss die Stute den Kopf hoch, um ihr die Zügel wieder streitig zu machen.

Dass er andere Geschmäcker fast vollständig überlagerte … Anki trieb Osk bis zu dem alten Erdkeller und stieg ab, hob die Zügel über den Kopf des Pferdes und ging einmal zu Fuß um das kleine Bauwerk herum, während Osk versuchte, immer wieder ein Maul voll von dem mittlerweile ziemlich verwelkten Gras zu nehmen. Der Stiel eines kaputten Spatens lag am Boden, und Anki hob ihn gedankenverloren auf. *Das Gift*, dachte sie, *muss in eins der sechs Gerichte eingearbeitet gewesen sein, die sie gegessen hatten.* Denn keines der Getränke kam dafür infrage, weder vorher noch zum Essen. Laut Gull-Britt hatte Nils Hansson Champagner getrunken, und der war schwerer zu vergiften als sämtliche anderen Getränke. Einen Beigeschmack würde man sofort bemerken. Anki war noch nicht dazu gekommen, die Inhaltsstoffe der Zellgifte zu googeln, von denen Tryggve erzählt hatte. Es war einfach zu viel los gewesen.

Wenn man annahm, dass eins der Gerichte vergiftet gewesen war, welches kam dann dafür infrage? Sie holte ihr Handy aus der Tasche und wählte eine Nummer. Er hob sofort ab.

»Tryggve«, sagte sie, nachdem sie sich gemeldet hatte, »welches der Gerichte hat am meisten nach Trüffel geschmeckt?«

Er murmelte etwas, das unmöglich zu verstehen war. Es klang wie ein Grunzen.

»Hast du mich verstanden?«, fragte Anki nach.

»Ja, na sicher habe ich dich verstanden«, antwortete er, »aber ich muss erst mal nachdenken. Du glaubst also, dass das Gift in einem der sechs Gänge war? Du hast nicht zufällig die Karte noch irgendwo?«

»Oh, da bin ich mir nicht sicher, aber ich glaube eine der Mädels hat eine als Andenken mitgenommen. Ich werde mal nachsehen, und dann melde ich mich wieder.«

Sie drückte das Gespräch weg und saß wieder auf.

»Jetzt geht es schnell nach Hause, Osk!«, rief sie, und schon verfiel die Stute in weichen Galopp. »Und ich darf nicht wieder vergessen, das mit dem Zellgift nachzuschauen.«

32

Mit roten Wangen und einem seligen Lächeln erschien Lena gegen Mittag zu Hause. Ihre Augen leuchteten und erzählten schon viel darüber, wie schön das Leben der reiferen Dame gerade verlief.

»Na, meine Liebe!«, sagte Anki. »Man kann dir ansehen, dass du Spaß hattest. Was habt ihr gemacht?«

»Du machst dir kein Bild! Wir sind ans andere Ende der Insel gefahren und sind dort den ganzen Tag über entlang der Ekstaküste gewandert. Wie wunderschön!«

Anki nickte, die Ekstaküste bot die prächtigsten Wanderwege, wenn man am Meer spazieren wollte. Bei gutem Wetter hatte man die Karlsinseln ständig im Blick. Sowohl die große als auch die kleine.

»Klingt super«, sagte Anki, »darum beneide ich dich aus vollstem Herzen. Du, eine ganz andere Sache: Weißt du, wer von uns die Menükarte von Samstag mitgenommen hat?«

Lena hängt ihre Jacke an einen Haken im Flur und zog die klobigen Wanderstiefel aus. Sie runzelte die Stirn.

»Das war ich«, antwortete sie. »Weil ich dachte, dass es sich lohnen könnte, das eine oder andere nachzukochen. Warum fragst du?«

Anki machte sich gar nicht erst die Mühe, das zu erklären.

»Darf ich da mal einen Blick draufwerfen?«, fragte sie ganz aufregt. »Also, jetzt sofort?«

Sie setzte sich an den Küchentisch und studierte aufmerksam die kulinarische Liste, während ihre Freundin im Bad verschwand, um sich nach der Wanderung aufzufrischen. Schon bald würden sie beide zu Gerhards Fischrestaurant unten am Hafen aufbrechen, und vorher musste Anki sich unbedingt noch den Stallgeruch abduschen. Aber zuerst die Menükarte.

Die Vorspeise war mit Trüffeln garnierter Jakobsmuscheltatar, der fantastisch geschmeckt hatte, wenn sie sich recht erinnerte. Aber der Geschmack war viel zu schwach gewesen, um ein eventuelles Gift zu überdecken. Wie stand es bei der mit Garnelenhack verzierten Rotzunge? Nein, das konnte sie ebenfalls ausschließen. Der dritte Gang war mit Schinken umwickelter Kaninchenrücken gewesen, das kam ihr schon schlüssiger vor. Kaninchen und Schinken hatten beide einen sehr intensiven Eigengeschmack, dagegen waren schon die Trüffel fast nicht angekommen. Auf das Kaninchen folgte die Ochsenwange. Das war der Zeitpunkt gewesen, zu dem Åke gescherzt hatte, dass sie sich einen einzigen Rosenkohl teilten. Nur ein Blatt hatte jeder bekommen. Anki kicherte. Manchmal war die höhere Küche wirklich nicht zu verstehen. Auch die Ochsenwange, die in Rotwein geschmort worden war, hätte etwas beinhalten können. Die würde sie sogar ganz oben auf die Liste der verdächtigen Lebensmittel setzen. Der vorletzte Gang war der Käse der Meierei gewesen und mit Trüffelhonig gereicht worden. Anki hatte den Käse gegessen und auf den Honig dankend verzichtet.

»Lena«, rief sie, als ihre Freundin aus dem Bad kam.

»Himmel, was du rumbrüllst«, sagte Lena, die mit einem Mal direkt neben ihr stand und dank Duschgel nach Wildrose duftete.

Ein Handtuch hatte sie sich wie einen Sarong umgewickelt, ein anderes um den Kopf geschlungen wie einen Turban.

»Wie hat dir der Käse mit dem Honig geschmeckt?«

»Tja, also, der war schon okay«, antwortete Lena. »Der Honig hat auf jeden Fall nach Trüffel geschmeckt und passte außerordentlich gut zu dem Käse, der eher mild war. So eine Art Brie.«

»Und er hatte keinen komischen Beigeschmack?«

Lena löste das Handtuch von ihrem Kopf und schüttelte die langen Locken.

»Nein, ist mir nicht aufgefallen. Aber der Nachtisch hatte einen Beigeschmack, fand ich. Der hat alles auf dem Teller überlagert. Nein, das Dessert hat mir nicht geschmeckt.«

Anki wandte sich wieder der Menükarte zu.

»Verstecktes Trüffeleis mit Schokoladenmousse, Pflaumenkompott und gehackten Haselnüssen«, las sie vor. »Eine ganze Menge Zutaten auf einmal.«

»Ja, und ich fand es nicht sonderlich gelungen«, wiederholte Lena, »aber das war schließlich auch der sechste Gang. Da war ich schon ganz schön satt und zufrieden, vielleicht lag es daran. War ja fast ein bisschen viel Trüffel auf einmal.«

Anki las sich den sechsten Gang noch einmal durch. Dieses »versteckt« regte ja schon ein bisschen die Fantasie an. Was konnte sich noch in dieser Zusammenstellung verstecken? Sie legte die Karte hin und verschwand nun selbst im Bad. Heute Abend würde sie sich noch einmal mit Tryggve unterhalten und nachhören, was seine Gedanken dazu waren. Sie selbst hatte keine brauchbare Idee. Möglicherweise war der Nachtisch doch der einzig denkbare Gang. Und genau danach war Nils Hansson zusammengebrochen.

»Du, Lena«, sagte Anki, »da gibt es noch etwas, was mir durch den Kopf geht.«

Lena massierte sich vorsichtig die Haare mit dem Frotteehandtuch.

»Lass hören«, sagte sie. »Vielleicht kann ich dir ja irgendwie helfen.«

»Weißt du, welches Gift man bei der Krebsbehandlung einsetzt? Also, welches Zellgift?«

Lena stoppte ihren intensiven Trockenrubbelprozess.

»Zellgift?«, fragte sie zurück. »Also, darüber hab ich noch nie nachgedacht, aber ich habe auch nicht mit Krebspatienten gearbeitet. Soll ich mal schauen, ob ich das für dich herausfinden kann?«

»Das wäre super, wenn du das machen würdest«, sagte sie. »Je eher, desto besser.«

Als Anki und Lena das Fischrestaurant erreichten, waren alle anderen bereits vor Ort. Gerhard Klein schenkte Cava ein, reichte jeder von ihnen ein Glas und brachte sie an ihren Tisch.

»Was wir doch für ein Glück haben«, sagte sie leise zu Lena. »Dein neuer Freund sitzt neben Tryggve, und ich schätze mal, dass wir uns zu ihnen setzen werden, oder was meinst du?«

Zu behaupten, dass Lena auf diesen Vorschlag mit Verzückung reagierte, wäre eine Untertreibung gewesen. Mit einem strahlenden Lächeln ging sie zu dem Tisch und setzte sich zu Åke. Anki nahm neben Tryggve Platz. Das war gut, so konnte sie ihn das eine oder andere fragen. Åke und Lena würden nichts davon mitbekommen, sie hatten sowieso nur Augen füreinander.

Anki schaute sich um und konnte freudig feststellen, dass alle gekommen waren. Gerhard wusste, wie man mit Menschen in schwierigen Situationen umging. Man bot ihnen Essen und Trinken an. Ein sehr guter Trost. An einem der anderen Tische saßen Oskar Bergsten und seine Frau Astrid, die sich mit Margaretha und Per unterhielten. Micke und Sara hatten sich offensichtlich freigenommen und teilten sich einen Tisch mit Ann und Robin Fransson. Lotta und David fanden sich treu an Gull-Britt Hanssons Seite. Die Einzigen, die – abgesehen von Nils Hansson – von den Teilnehmern des Gourmet-Dinners fehlten, waren Ingegerd und Gunilla.

Die Stimmung war nicht ganz so ausgelassen wie am Samstag im Plogbillen in Kajpe Kviar, aber auch nicht wie bei einer Beerdigung. Höfliche Gespräche wurden geführt, man lobte Gerhards Fischsuppe, wozu sich niemand verbiegen musste, denn sie war wirklich gut. Es wurde eifrig Alkohol nachgeschenkt, auch der Geräuschpegel stieg.

»Ich möchte Nils so schnell wie möglich beerdigen lassen«, war Gull-Britts gellende Stimme auszumachen. »Aber sein Leichnam wurde noch nicht von der Polizei freigegeben. Was sagen Sie dazu, Tryggve?«

Alle Gespräche verstummten, die Blicke richteten sich auf Tryggve. Er legte den Löffel beiseite, nahm seine Serviette vom Schoß und wischte sich den Mund ab, bevor er antwortete.

»Das kann ich sehr gut verstehen, Gull-Britt, dass Sie die Beerdigung gern veranlassen würden«, sagte er und wandte sich dann an den Pfarrer. »Es ist immer wichtig, Abschied zu nehmen, nicht wahr, Oskar?«

»Sehr wichtig«, pflichtete dieser ihm bei. »Aber länger als einen Monat dürfte es eigentlich nicht bis zur Beerdigung dauern.«

»In diesem Fall wird es vielleicht noch etwas länger dauern«, warf Tryggve ein. »Da es sich um Ermittlungen in einem Mordfall handelt, müssen Sie warten, bis die Polizei Ihren Mann freigibt. Aber wir hoffen, dass der Fall schon bald gelöst sein wird.«

Anki erschauderte bei dem Wort »Mordfall«.

»Die müssen jede Falte und jede Öffnung der Leiche untersuchen, bevor mein Brüderchen verbuddelt werden darf«, sagte Åke respektlos.

Und erntete dafür einen finsteren Blick von Gull-Britt.

»Also, Verzeihung«, sagte Åke und hielt die Hände in die Luft. »Damit bin ich ein bisschen zu weit gegangen. Mein Bruder wurde vergiftet, ermordet. Und mir ist nicht entgangen, dass ich selbst zu den Verdächtigen gehöre.«

Tryggve lehnte sich vor, um ihn direkt ansehen zu können.

»Und, sind Sie denn der Täter?«, fragte er so laut, dass es alle Anwesenden mitbekamen.

Lena schnappte nach Luft. Åke grinste.

»Eins kann ich Ihnen versichern, geschätzter Kriminalkommissar, ein Mörder bin ich nicht. Ob Sie's mir nun glauben oder nicht.«

Er hob sein Glas und trank einen großen Schluck. Anki entging nicht, wie sehr seine Hand dabei zitterte.

»Aber«, fuhr er fort, »solange Ihre geschätzten ehemaligen Kollegen in Visby noch nach dem wahren Schuldigen suchen, der dieses fürchterliche Verbrechen begangen hat, müssen ich und alle anderen Unschuldigen damit zurechtkommen, dass wir für schuldig gehalten werden. Und das ist, gelinde gesagt, gar nicht lustig.«

Schweigen legte sich nach Åkes Rede über den Raum. Gerhard Klein eilte schnell von Tisch zu Tisch, um Cava nachzuschenken. Anki ließ den Blick über all jene schweifen, die zu diesem Gratisessen erschienen waren. Es war sehr wahrscheinlich, dass der Mörder gerade unter ihnen war. Und dieser Jemand hatte außerdem Nils Hanssons Hauswand beschmiert und die Außentoilette in Brand gesetzt. Die Frage war nur, wer.

Als es allmählich Zeit wurde, aufzubrechen, nahm Tryggve Anki beiseite.

»Komm mal eben mit«, sagte er.

»Wohin?«, wollte sie wissen, bekam aber keine Antwort.

Tryggve ging hinaus vor das Restaurant und bog dann um die Ecke. Eine Hintertür war nur angelehnt, und Tryggve zeigte Anki, dass sie vor ihm hineingehen solle. Vorsichtig kam Anki seiner Aufforderung nach und stand, bald nachdem sie einen kurzen Flur durchquert hatte, in der Küche. Ein junger Mann kümmerte sich gerade um das dreckige Geschirr, ein Koch trat aus dem Kühlraum. Gerhard stand an einer der Arbeitsflächen und stellte leere Weinflaschen in einen Karton.

»Entschuldige, dass wir einfach so in die Küche kommen«, sagte Tryggve.

Gerhard schaute auf.

»Eigentlich ist das nicht erlaubt, aber diesmal werde ich ein Auge zudrücken. Was verschafft mir die Ehre eures Besuchs?«

Tryggve fuhr mit der Hand über die hölzerne Arbeitsfläche.

»Sag mal«, setzte er an, »die hast du doch gerade erst frisch geölt, oder?«

Anki verstand rein gar nichts. Worauf wollte Tryggve hinaus?

»Ja, vor ungefähr einer Woche. Warum fragst du?«

Allmählich dämmerte es dann doch bei Anki, worum es ihm ging.

»Die Öldose«, sagte Tryggve nun neugierig. »Hast du die noch?«

Gerhard deutete zur Tür, und sie verließen die Küche. Eine Lampe ging automatisch an, und Gerhard öffnete eine andere Tür, hinter der sich ein unverschlossener Abstellraum verbarg.

»Hier müsste sie stehen«, sagte er und zeigte auf die Mitte des Regals. »*Scheiße!* Sie ist weg!«

Er drehte sich zu Tryggve um.

»Das habe ich mir schon gedacht«, sagte Tryggve. »Erst heute Abend ist mir wieder eingefallen, dass du erwähnt hattest, deine Arbeitsflächen streichen zu wollen. Bei unserem Gespräch im Gemeindehaus.«

Gerhard nickte. »Trotzdem kann ich irgendwie nicht folgen…«, sagte er, und Anki hatte richtig Mitleid mit ihm, weil er so verwirrt schien.

»Der Lokus«, erklärte Tryggve. »Der Lokus vom Hansarve Hof, der abgebrannt ist, du weißt schon. Brandursache war laut derzeitigem Stand der Ermittlungen ein Lappen und eine Dose, die sich selbst entzündet haben. Daran glaube ich nicht, aber ich glaube, dass sich jemand an deinem Öl bedient hat.«

»Und das angezündet hat?«, fragte Gerhard und sah erschrocken aus. »Aber ich habe wirklich nichts …«

Tryggve klopfte ihm auf die Schulter.

»Das glaubt ja auch niemand«, beeilte sich Anki zu sagen. »Nicht wahr, Tryggve?«

Dieser schüttelte den Kopf.

»Aber wenn ich Sie wäre«, riet Anki, »würde ich schnellstens Tryggves Kumpel bei der Polizei anrufen und erzählen, dass Sie eine Öldose und einen Lappen vermissen. Es ist ja nicht gerade eine hohe Kunst, in diesen Abstellraum einzudringen.«

33

Freitag, 20. November

Mit zwei Autos waren die Freunde von Mullvald nach Visby gekommen. Anki fuhr ihren Wagen mit Åke und Lena auf dem Rücksitz. Entsprechend war sie eigentlich allein unterwegs, denn die Frischverliebten waren nicht gerade das, was man Gesellschaft nennen konnte. Aber sie freute sich für Lena, deren größte Sorge es immer gewesen war, im Labyrinth der Liebe nicht den Richtigen zu finden. Sie hatte in ihrem Leben viele Versuche gestartet, die bislang erfolglos verlaufen waren.

»Ich will nicht sterben, ehe ich den Richtigen gefunden habe«, hatte sie Anki einmal anvertraut. »Das ist doch nicht zu viel verlangt.«

Wenn es nach Anki ging, war das alles andere als zu viel verlangt, und ein bisschen dachte sie dabei auch an sich selbst. Sie selbst hatte schließlich viele, viele Jahre ihres Lebens einer miserablen Ehe geopfert. Ihre allerbesten Jahre, dachte sie manchmal. Andererseits sagte sie sich, dass sie ihre besten Jahre vielleicht gerade jetzt lebte, als Singlefrau, die alles tun und lassen konnte, was sie wollte. Sie musste niemanden um Rat fragen, traf alle Entscheidungen selbst. Ein Ehepaar, das schon Ewigkeiten verheiratet war, funktionierte manchmal wie ein alter Familienbetrieb. Viele konnten gar keine eigenen Schritte mehr machen, ohne sich vorher mit dem anderen Geschäftsführer zu beraten.

Anki warf einen Blick in den Rückspiegel. Hinter ihr fuhr Tryggve mit seiner Schwester und seinem Schwager im Gepäck. Er grüßte sie kurz mit der Lichthupe, und Anki hob die Hand, um den Gruß zu erwidern. Von Tryggve würden sie in der Stadt nicht viel sehen, denn er war mit seinem ehemaligen Kollegen zum Mittagessen verabredet, und danach hatte er einen Termin beim Optiker, um sich eine neue Brille auszusuchen. Zum Nachmittagskaffee wollten sie sich alle in der Skafferiet in der Adelsgatan treffen. Åke hatte signalisiert, dass er Verschiedenes zu erledigen hatte. Lena wollte ein wenig durch die Stadt streifen, und da begleitete Anki sie nur zu gern. In Visby konnte man durchaus einen wunderschönen Tag verbringen, indem man einfach nur durch die Straßen spazierte und sich Kirchenruinen und malerische Häuschen anschaute. Zu dieser Jahreszeit hatten sie die Stadt zudem fast für sich, und das langsame Schreiten durch die vielen Gässchen hatte etwas Friedliches, fast schon Meditatives.

Sie trennten sich am Parkplatz vorm Söderport und versprachen, alle pünktlich zum Nachmittagskaffee zu erscheinen.

»Ich werde da sein«, sagte Åke. »Viel Spaß, meine Damen!«

Und schon war er wie vom Erdboden verschluckt.

»Wohin wollte er eigentlich?«, fragte Anki, während sie sich entlang der Adelsgatan in Bewegung setzten.

Lena zuckte mit den Schultern.

»Ich habe keinen blassen Schimmer«, seufzte sie. »So gut kenne ich ihn noch nicht.«

Anki warf einen langen Blick in die Buchhandlung, deren Tür offen stand. Es war einer der besten Buchläden, die es gab. Aber heute wollte sie die Zeit anders nutzen.

»Kennst du Åke denn gut genug, um einschätzen zu können, ob er irgendwann Gelegenheit gehabt hätte, seinen Bruder zu vergiften?«, rutschte es ihr heraus, bevor sie es verhindern konnte. »Oder ob er ein Alibi für die Nacht hat, in der es auf dem Hof brannte?«

Das war dumm formuliert, Lena zuckte zusammen und wirkte bis ins Mark erschüttert.

»Was für ein schrecklicher Gedanke«, sagte sie.

»Tut mir leid«, sagte Anki reumütig, »das hätte ich nicht fragen sollen.«

»Doch, das ist schon in Ordnung«, erwiderte Lena. »Tatsache ist nämlich, dass ich selbst schon ewig darüber nachgedacht habe, und ich ...«

»Zu welchem Schluss bist du gekommen?«

»Wollen wir da entlang?«, fragte Lena und zeigte zu einem der besten Aussichtsplätze Visbys, direkt neben der Methodistenkirche.

Sie gingen vor bis zur Mauer und blickten über die Häuserdächer aufs Meer. Weit drüben, auf der anderen Seite, waren Ingegerd und Gunilla ... Sie hatten gescherzt, sich eine Jahreskarte für die Fähre zu holen, damit sie immer zwischen Insel und Festland pendeln konnten. Ach, stimmte ja, sie hatten ihr noch eine Quizfrage mit auf den Weg gegeben. Darüber musste sie auch noch nachdenken. Was für ein Lied war das gewesen, das Gunilla da geträllert hatte?

»Wir waren ja während des Dinners kurz draußen, Åke und ich«, setzte Lena an und unterbrach damit Ankis Grübelei.

»Und wohin seid ihr gegangen?«, fragte Anki.

Lena schüttelte den Kopf. »Das tut gar nichts zur Sache«, erklärte sie. »Aber als wir zurückkamen, habe ich mich ja sofort wieder zu euch gesetzt, nur Åke ist vorn bei der Küche stehen geblieben und hat mit seinem Sohn gesprochen. Zumindest behauptet er das.«

»Mit Micke Hansson.«

»Genau. Und kurz darauf wurde der Nachtisch serviert«, sagte Lena. »Rein theoretisch hätte er also durchaus irgendwas in das Dessert mischen können. Aber würde man so seinen eigenen Bruder ermorden?«

»Du glaubst gar nicht, was sich gerissene Schurken so alles einfallen lassen!«, sagte Anki. »Wenn ich nur wüsste, wie genau das Gift heißt.«

»Ach, stimmt ja! Ich werde mal sehen, ob ich das herausfinden kann. Die Sache ist halt, dass jedes Gift anders wirkt. Manche haben einen unmittelbar tödlichen Effekt, andere wirken langsam. Wenn man sich zum Beispiel am Knollenblätterpilz vergiftet, dann dauert das ganz schön lange, bis man ... ja, also, bis man stirbt.«

»Es gibt ja unendlich vieles, das giftig sein kann«, sagte Anki. »Ein Pilz ist gar kein schlechter Vorschlag, wenn man an die Veranstaltung an sich denkt.«

Sie verließen den Aussichtspunkt und folgten der gepflasterten Straße. Am Wallers plats machten sie kurz im Käsegeschäft halt und deckten sich mit gutem französischen Käse ein. Bald darauf hatten sie den Marktplatz, Stora torget, erreicht. Anki zeigte auf die Ruine.

»Sankta Katarina«, erklärte sie. »Lass uns hineingehen, dort ist es wunderschön! In ein paar Wochen wird dort wieder eine Schlittschuhbahn angelegt.«

»Eine Schlittschuhbahn? Was für eine tolle Idee. Da frage ich mich natürlich, was die Nonnen dazu sagen würden.«

»Ich glaube kaum, dass sie was dagegen hätten, dass hier Jugendliche herumkurven«, sagte Anki. »Nur schade, dass es noch nicht so weit ist, sonst hätten wir schon ein Ründchen drehen können.«

Lena schaute sie erschrocken an. »Um uns die Handgelenke zu brechen? Nee, danke. Ich bin ganz zufrieden damit, mir einfach ein altes Gemäuer anzuschauen. Schön ist es hier, ich muss ein paar Fotos machen.«

Lena hielt ihr Handy in die Luft und schoss ein paar feine Fotos durch die Fenster und Bögen mit blauem Himmel darüber.

Nach dem Besuch in der Ruine überquerten sie den Platz, und Anki zeigte auf ein Gebäude.

»Unter der Restaurantbar Ryska gården liegen die Reste einer russischen Kirche«, erklärte sie. »Was deren Tote wohl davon halten, dass sich über ihnen nun eine Art Kneipe befindet? Wo wir vorhin doch von den Nonnen sprachen.«

Lena lachte. »Die Russen trinken doch seit jeher gern«, sagte sie. »Die haben damit sicher kein Problem.«

Dann blieb sie wie angewurzelt stehen und fasste Anki am Arm.

»Komm, wir gehen«, sagte sie und schob ihre Freundin in die schmale Gasse, die zur Domkirche führte.

Anki wehrte sich nicht, sondern folgte einfach. Wenn Lena so reagierte, dann hatte das einen guten Grund. Da schloss man sich als Freundin einfach an, ohne mit der Wimper zu zucken. Erst vor dem Eingang zum Restaurant Isola Bella und somit mit geraumem Abstand zum Ryska gården blieb Anki stehen.

»Jetzt hätte ich gern eine Erklärung«, sagte sie.

»Åke«, erwiderte Lena. »Ich hab ihn in diesem Restaurant gesehen. Mit einer anderen Frau. Sie hatten die Köpfe zusammengesteckt und sprachen miteinander.«

»Bitte? Bist du dir ganz sicher?«

»Todsicher! Da ist es ja nicht weiter verwunderlich, dass er so ein großes Geheimnis aus seinen Plänen gemacht hat.«

»Hast du erkennen können, wer sie war?«

Lena schüttelte den Kopf. Ihre Augen funkelten vor Wut. Was ein Glück, dachte Anki. Viel schlimmer wäre es gewesen, wenn sie voller Tränen gestanden hätten.

»Schau! Sie kommen raus!«, sagte sie und zeigte zum Restaurant.

Schnell drückten sie sich in den Eingang des Isola Bella, das in der Nebensaison geschlossen hatte, und lugten vorsichtig um die Hauswand, um nichts zu verpassen.

»Mach dir keine Gedanken, er wird nicht hier entlanggehen, wir sind schließlich in der Skafferiet verabredet, die liegt genau entgegengesetzt.«

Lena antwortete nicht darauf. Ihr Blick war starr auf das Paar gerichtet, das aus dem Ryska gården kam.

»Ann«, stellte Anki fest. »Hol mich der Teufel, das ist Ann Fransson, diese unscheinbare Person.«

»Was hat diese Frau denn mit Åke zu tun?«, platzte es aus Lena heraus.

Sie war laut geworden, und Anki legte warnend einen Finger an die Lippen.

»Psst! Sieh nur!«

Åke lehnte sich vor, gab Ann erst einen Kuss auf die Wange und schloss sie dann innig in die Arme, bevor sie sich trennten und Ann raschen Schritts den Platz kreuzte. Åke blieb noch einen Augenblick dort stehen und schaute Ann nach, die sich noch einmal umdrehte und ihm zuwinkte. Er winkte zurück, bevor er sich abwandte, um – genau wie Anki gesagt hatte – in die entgegengesetzte Richtung zu gehen.

»Diese verdammten Mistkerle!«, fluchte Lena und trampelte wie ein wütendes Kind auf die Pflastersteine. »Warum greife ich denn jedes verdammte Mal ins Klo?«

»Also, ich finde es auch merkwürdig, dass er sich heimlich mit ihr trifft«, sagte Anki gepresst, »aber ich bin mir sicher, dass es dafür eine Erklärung gibt. Und die werde ich herausfinden.«

34

Ann eilte über den Stora torget und in eine der kleinen Gassen, die zum Wasser hinunterführten. Sie hatte das Auto in der Nähe der Hochschule geparkt und war gerade auf dem Weg den Hügel hinauf gewesen, als Åke angerufen hatte. Er wollte mit ihr sprechen, hatte er gesagt, und das konnte sie schließlich einrichten. Vorausgesetzt, sie waren zu zweit und niemand anderes in der Nähe, nicht einmal Robin. Den hatte sie im Einkaufszentrum abgesetzt, wo er sich die Zeit im Baumarkt und der Spirituosenabteilung vertreiben würde, und das konnte man schließlich nie lange genug. Wenn er wider Erwarten doch schnell fertig war, konnte er sich ja jederzeit in eins der Cafés setzen. Ann wollte er jedenfalls unter keinen Umständen begleiten. Und Ann hatte mit keinem Wort Åke erwähnt, nur gesagt, dass sie etwas am Stora torget besorgen müsse und dann ihrer Mutter einen Besuch abstatten. Mit dieser Erklärung hatte er sich zufriedengegeben.

Die Gedanken rasten nur so in alle Richtungen, während Ann sich vorsichtig durch die alten Gassen bewegte. Nils Hanssons Tod hatte alles verkompliziert. Am liebsten wäre sie sofort abgefahren und hätte das alles hinter sich gelassen, aber zu ihrer Verwunderung hatte Robin abgelehnt.

»Es ist doch jedes Mal eine regelrechte Expedition, wenn wir auf die Insel fahren«, hatte er gesagt. »Jetzt haben wir endlich mal frei und sind schon mal da, da können wir genauso gut noch ein paar Wochen bleiben. Schließlich ist es im Haus endlich richtig schön warm.«

Einerseits war sie seiner Meinung, zumal es gewisser Überredungskunst bedurft hatte, ihren Direktor davon zu überzeugen, ihr mitten im Halbjahr freizugeben. Sie hatte darauf verwiesen, dass die Hobbyjäger immer zur Elchjagd freigestellt wurden und es deshalb nur gerecht wäre, auch einmal freizubekommen, um an einer Trüffeljagd teilzunehmen. Robin hatte nicht lange um mehr Urlaub bitten müssen, sein Arbeitgeber hatte ihm sofort grünes Licht gegeben, und Ann vermutete, dass man ihn auf der Arbeit nicht sonderlich vermisste.

Im Ryska gården hatte er sie zum Essen eingeladen und war gleich zur Sache gekommen. Er war sehr freundlich gewesen, genau wie an jenem dunklen Weihnachtsfest vor vielen, vielen Jahren.

»Ich habe dich wiedererkannt«, hatte er gesagt. »Sofort, während des Segnungsgottesdienstes, aber es hat ein bisschen gedauert, bis ich mir sicher war, dass du es wirklich bist.«

Sie erreichte den Parkplatz und setzte sich ins Auto. Zu dieser Jahreszeit gab es nicht viel Verkehr, deshalb wurde es nicht eng, als sie erst über die Skeppsbron und dann den Färjeleden hinauffuhr. Schon nach wenigen Minuten erreichte sie die Jungmansgatan in Gråbo.

Carin Herdin, Anns Mutter, sah so müde und blass aus wie eh und je. Aber sie lächelte, als Ann auftauchte. Immer mit geschlossenem Mund, des Geld reichte nicht für teure Zahnarztbehandlungen.

»Komm rein«, sagte Carin und hielt die Tür auf. »Wir können uns in die Küche setzen.«

Sie hatte es sauber und adrett, das konnte sie noch bewerkstelligen, und dazu reichte die Zeit. Trotzdem roch man in der Wohnung die Folgen des endlosen Rauchens.

»Wie wär's mal mit Lüften?«, fragte Ann und öffnete ein Fenster.

»Na gut, aber nur weil du da bist«, erwiderte Carin.

»Ich habe dir was zu essen mitgebracht«, sagte Ann und holte die Kartons mit chinesischem Essen hervor, das sie extra besorgt hatte. »Wir können es in der Mikrowelle aufwärmen.«

Darum kümmerte Carin sich sofort, während Ann ein paar Kerzen anzündete, der Stimmung wegen. Aus den Augenwinkeln beobachtete sie ihre Mutter beim Essen. Den Reis mit der Soße schien sie zu mögen, die Hühnchenstücke schob sie jedoch beiseite.

»Soll ich's dir klein schneiden?«

Doch die Mutter hielt nur abwehrend die Hand mit der Gabel hoch, also ließ Ann es bleiben. Dann bekam die Katze, die ihrer Mutter Gesellschaft leistete, eben die Reste.

»Dann ist er also tot?«, fragte Carin ohne Umschweife und sah Ann verstohlen an.

»Ja, es war schrecklich.«

»Ich habe es in der Zeitung gelesen. In der Bibliothek«, fügte sie noch zur Erklärung an. »Warst du etwa dabei?«

»Ich saß direkt neben ihm«, sagte Ann.

Die Mutter betrachtete sie eingehend. So eingehend, dass es fast unangenehm wurde. Ann wand sich etwas.

»Er wurde vergiftet«, stellte Carin fest. »So stand es zumindest im *Gotlands Allehanda.*«

»Aha, das habe ich nicht gelesen. Ich beschäftige mich mit dem Pflanzenfärben, wenn wir schon mal auf der Insel sind.«

»Aber die Polizei vernimmt euch doch sicher alle, oder? Besonders dich, wo du doch direkt neben ihm gesessen hast?«

Ann legte die Gabel auf den Tisch und schob den Teller weg.

»Mama, kannst du bitte mit diesem Kreuzverhör aufhören. Ich bin nicht hergekommen, um von dir ausgefragt zu werden. Erst Åke, jetzt du!«

»Åke? Åke Hansson? Ist er wieder da?«

»Ja, ist er. Wir haben uns gerade am Stora torget getroffen. Ich will nicht über Nils Hansson sprechen. Ich bin hier, um mit dir was zu essen und ein Geschenk zu bringen, und um mit dir über irgendetwas Schönes zu reden.«

Die müden Augen leuchteten auf. Carin ging zum Fenster und steckte sich eine Zigarette an.

»Ein Geschenk? Für mich?«

Ann holte eine Plastiktüte aus dem Flur, die sie mitgebracht hatte, und zog einen erdbeerroten Pullover heraus, den sie selbst gestrickt hatte. Vielleicht würde er den abgemagerten alten Körper im bevorstehenden Winter etwas wärmen. Sofern er nicht gegen ein paar Flaschen Wein getauscht wurde.

»Wie schön der ist«, sagte Carin und streichelte mit der Hand über die Wolle. »Du bist so talentiert.«

Sie setzte Kaffee auf, und als er fertig war, nahm sie wieder am Tisch Platz. Die Katze tauchte auf dem Fensterbrett auf, zwängte sich durch den Spalt des Fensters, das dank Ann offen stand, und ging sofort zu ihrem Napf, um die für sie bereitstehenden Reste des Mittagessens hinunterzuschlingen.

»Hast du Sara schon gesehen?«, fragte Carin.

»Aber natürlich. Sie und Micke haben doch dieses vornehme Abendessen ausgerichtet. Und du?«

»Selbst wenn du es mir nicht glaubst, aber ich bin zum Markt nach Mullvald gefahren.«

»Wirklich?«, fragte Ann. »Warum hast du mich nicht besucht?«

Die Mutter zuckte mit den Schultern. »Ich hatte sie einfach länger nicht gesehen.«

Ihre Mutter und Sara wohnten ganze vierzig Kilometer voneinander entfernt und Ann auf dem Festland. Trotzdem sollte immer Ann erzählen, wie es der Schwester ging. Sie war die Verbindung zwischen den beiden, so war es von Anfang an gewesen. Sara war die große Schwester, aber Ann musste sich um alles kümmern. Selbst um die Mutter.

»Ich habe getan, was ich konnte«, sagte Carin, als hätte sie Anns Gedanken gelesen. »Für die Jungs lief es nicht so gut, aber du hast es ja zu etwas gebracht.«

Dass es für die Brüder nicht so gut gelaufen war, ließ sich nur als maßlose Untertreibung werten. Treffender wäre gewesen, dass es für beide zur Hölle gegangen war. Der eine hatte sich mit neunzehn das Leben genommen, und der andere war aufs Festland umgesiedelt und mittlerweile unter den Obdachlosen irgendeiner mittelschwedischen Stadt zu finden. Ann war es gewesen, die getan hatte, was sie konnte. Nicht die Mutter.

Carin stand auf und wühlte auf der Küchenanrichte herum, bis sie die Zigarettenpackung zwischen zwei Zeitschriften fand. Ann folgte ihr nicht hinaus, rauchen durfte sie allein.

»Ich fahre«, sagte sie stattdessen.

Ihr reichte es, und sie wünschte fast, sie könnte diesen Besuch ungeschehen machen. Andererseits hätte sie sich Vorwürfe gemacht, hätte sie nicht vorbeigeschaut. Was man auch machte, man hatte doch ständig ein schlechtes Gewissen.

35

Nachdem Anki ein Stück Sahnetorte statt eines gesunden und nahrhaften Sandwiches gegessen hatte, verabschiedete sie sich von den anderen und verließ die Skafferiet, um noch ein paar Besorgungen zu machen. Sie brauchte dringend noch ein paar pfiffige Aufbewahrungskörbe für den kleinen Badezimmerschrank unter dem Waschbecken, und am ehesten würde sie in einem der Geschäfte des Einkaufszentrums fündig werden. Dort hatte sie zumindest ein bisschen Auswahl. Wenn sie absolut kein Glück hatte, musste sie in den großen Einkaufszentren auf dem Heimweg noch einmal nach geeigneten Kästchen schauen.

Die Stimmung während des Nachmittagskaffees war ein wenig gedrückt gewesen. Åke hatte versucht, sehr nett zu Lena zu sein, doch die hatte ihm bloß die kalte Schulter gezeigt und sich lieber von den drei Gotländern Margaretha, Per und Tryggve mehr über die spannende Geschichte Visbys erzählen lassen. Als Anki aufbrechen konnte, war sie fast erleichtert gewesen, aber natürlich trotzdem immer noch neugierig, was da zwischen Ann Fransson und Åke gelaufen war.

Sie spazierte die Hästgatan hinauf und zur Österport hinaus, dem Stadttor, das die Grenze zwischen dem mittelalterlichen Kern Visbys und dem neuzeitlichen Einkaufszentrum markierte. Anki kaufte ungern dort ein, weil sie das Gebäude so unglaublich hässlich und trostlos fand. Aber davor musste man eben manchmal die Augen verschließen, wenn man in den Läden einkaufen wollte, die es beherbergte.

Als Erstes wollte sie es bei Åhléns versuchen und ging bis ganz nach hinten, wo die Haushaltswaren standen. Dort gab es schöne Plastikbehälter und sogar noch schönere aus Glas. Hübsche Muster, die durchaus zum Kauf reizten, aber Anki hielt sich zurück. Schwach wurde sie nur bei einer allzu niedlichen, kleinen roten Pfanne, nicht größer als ein Spiegelei und somit perfekt geeignet, um darin ein Frühstücksei zu braten.

»Die ist superniedlich, nicht wahr?«, sagte die Kassiererin. »Haben Sie eine Kundenkarte?«

Anki schüttelte den Kopf und lehnte dankend das Angebot ab, auf der Stelle eine zu beantragen. Die kleine Pfanne verschwand in einer Plastiktüte, und Anki machte sich damit auf zum benachbarten Baumarkt.

Sie stand auf der Rolltreppe ins Untergeschoss und war in Gedanken schon wieder beim Trüffelmord. Wenn sie doch nur wüsste, was genau Nils Hansson das Leben gekostet hatte. Noch besser wäre es natürlich, wenn es ihr gelang, das Rätsel zu lösen, wer hinter seinem Mord steckte. Åke hatte sich heute sonderbar verhalten, sich einfach heimlich mit Ann getroffen. Dass die beiden sich kannten, war ihr noch nicht bewusst gewesen. Offenbar wollte er auch nicht, dass Lena oder jemand anders davon erfuhr. Und Ann? Was hatte der schüchternste Mensch der Welt mit Åke zu tuscheln? Vielleicht war Ann gar nicht so schüchtern, wie sie immer tat. Ein Faible für ältere Männer schien sie definitiv zu haben, wenn man daran dachte, mit wem sie verheiratet war.

Anki steuerte direkt die Regale an, in denen genau das auf sie wartete, wonach sie gesucht hatte: kleine, niedliche Kistchen aus türkisfarbenem Plastik. Perfekt dafür geeignet, um darin Haarnadeln, Nagelfeilen, Tuben und alles Mögliche andere zu sammeln, was in den großen Schubladen nur unordentlich herumlag. Wie viele sollte sie nehmen?

»Wo hast du denn gesteckt?«

Die Stimme drang von der anderen Seite des Regals herüber und gehörte zweifellos Robin Fransson. Anki rührte sich nicht vom Fleck. Traute sich kaum zu atmen.

»Bei Mama, das weißt du doch, das habe ich dir vorhin gesagt«, antwortete eine hellere Stimme.

Ann Fransson. Das war eine Überraschung. Das Paar setzte sich in Bewegung, und Anki folgte ihnen auf ihrer Seite des Regals. Sie wollte keine Silbe dieses höchst interessanten Gesprächs verpassen.

»Aber du warst ganz schön lange weg. Sonst bleibst du doch auch keine Sekunde länger bei ihr als nötig.«

»Manchmal dauert es halt«, antwortete Ann. »Mama wollte eine ganze Menge besprechen. Komm, lass uns gehen.«

Das Paar verschwand, und Anki konnte ihm nicht länger folgen. Aber wenigstens eins hatte sie erfahren: Ann dachte nicht daran, ihrem Mann davon zu erzählen, dass sie sich mit Åke getroffen hatte.

36

Samstag, 21. November

Sara lag im Bett und betrachtete Mickes Rücken. Er stand am Fenster und schaute hinaus in den heftigen Platzregen. Auch Sara hatte sich kurz bis ans Fenster gewagt und feststellen können, dass auf dem Hof vor dem Haus nicht länger Streifenwagen und Polizeiautos standen. Die Spurensicherung war abgeschlossen, der Parkplatz lag leer, düster und nass da.

Als sie das Restaurant gepachtet hatten, waren sie in die kleine Wohnung im Haus nebenan gezogen, die praktischerweise leer gestanden hatte. Immer zwischen Visby und Kajpe Kviar zu pendeln, wäre zu zeitaufwendig geworden, also hatten sie sich entschieden, die Wohnung in der Stadt zu vermieten. Zwei Wohnsitze konnten sie sich schließlich unmöglich leisten.

Mickes Schultern hingen. Er hatte sich schon vor dem Trüffel-Dinner finanzielle Sorgen gemacht. Anfangs war er überglücklich gewesen, dass sie die Chance bekommen hatten, das Plogbillen zu betreiben. Endlich konnte er seinen Traum verwirklichen und ein Restaurant ganz nach seinen Vorstellungen gestalten. Die Trüffel waren die allerbesten gewesen, der geschmackliche Rolls-Royce unter den Produkten Gotlands. Auch alle anderen Zutaten stammten von umliegenden Höfen und wurden den höchsten Anforderungen gerecht. Die Stockholmer waren total verrückt nach »regional und saisonal«, wie sie mittlerweile scherzhaft sagten.

Micke wollte nach seiner Ausbildung an der Restaurant- und Hotelfachschule nicht bis an sein Lebensende in einer Großküche schuften. Nein, ein feines Restaurant sollte es sein, und hier bekam er die Chance. Sie hatten sich ein ordentliches Startkapital zusammengespart, nicht viel darüber hinaus. Aber sie waren beide Optimisten und teilten eine tiefe Liebe zu gutem Essen, da musste es doch klappen! Leider hatte Gerhard recht behalten. Die Bewohner der Gemeinde wollten eine entspannte Kneipe, in der sie jederzeit einkehren konnten, kein Gourmetrestaurant, das nach einem Stern im Guide Michelin trachtete.

»Micke«, sagte Sara, »wir schaffen das. Da bin ich mir ganz sicher.«

Er drehte sich nicht um, als er antwortete. »Woher in aller Welt nimmst du diese Sicherheit?«, fragte er in einem Ton, den sie noch nie zuvor gehört hatte.

»Wir haben doch bislang alles geschafft. Du und ich.«

»Aber diesmal nicht«, antwortete er. »Wir haben vergeblich alles auf unser Konzept gesetzt, und Nils' Tod war der letzte Nagel zu unserem Sarg. Wenn er nur nicht mit dieser Trulla verheiratet gewesen wäre, dann hätten wir ...«

»Hätten wir was?«, fragte Sara, setzte sich im Bett auf und zog sich die Decke bis zum Kinn.

»Mein Vater ist Nils' leiblicher Erbe. Wenn Nils nicht mit dieser Gull-Britt verheiratet wäre, dann hätte mein Vater alles geerbt und wäre uns sicher zur Hilfe gekommen, indem er ordentlich was ins Restaurant gesteckt hätte.«

Sara dachte einen Moment lang über das nach, was Micke da gesagt hatte.

»Weißt du denn überhaupt sicher, dass sie seine Haupterbin ist?«, fragte sie. »Vielleicht hat Nils ja auch alles deinem Vater hinterlassen. Es geht schließlich um ihr Elternhaus inklusive Grund und Boden und allem.«

Micke lachte trocken.

»Mein gieriger Onkel hätte meinem Vater unter keinen Umständen eine einzige Krone vermacht, da kannst du dir aber sicher sein«, bemerkte er. »Nein, nein. Und diese Tussi kann noch so sehr Lottas Mutter sein, aber die ist berechnend. Gull-Britt hat sicher längst für diesen Fall vorgesorgt und irgendetwas beiseitegeschafft.«

Er seufzte schwer. Der Regen prasselte noch immer wie verrückt.

Endlich drehte Micke sich um, betrachtete sie auf eine sonderbare, unbekannte Art.

»Sofern da nicht...«, sagte er zögerlich.

Entschlossen zog er sich die Jeans an und zerrte den Gürtel zu, sprang in die Turnschuhe und riss eine Jacke an sich, bevor er die Tür öffnete. Sara stand auf, warf die Decke von sich.

»Micke!«, rief sie ihm nach.

Durchs Fenster sah sie, dass er ins Auto stieg und Richtung Hauptstraße fuhr. Hastig zog auch Sara sich an, fasste die Haare zu einem Pferdeschwanz zusammen, schlüpfte rasch in Regenmantel und Gummistiefel, und dann war auch sie durch die Tür.

37

Sonntag, 22. November

Gull-Britts Hände zitterten leicht, als sie den Schlüssel ins Schloss steckte und umdrehte. Sie wollte unter keinen Umständen hier in Hansarve sein, aber so wie die Situation sich entwickelte, war ein Besuch unerlässlich geworden.

Schnell sah sie sich um. Sie wollte nicht, dass jemand mitbekam, dass sie zurückgekehrt war. Deshalb hatte sie den Wagen sofort in der Garage abgestellt und nur einen kleinen Imbiss im Supermarkt für sich geholt. Dort hatte sie natürlich geradewegs den Einkaufswagen in den von Ann Fransson geschoben. Weil sie einander kaum kannten, hatten sie sich nur kurz zugenickt.

Direkt nach Nils' Tod war Gull-Britt nur ein paar Tage und Nächte auf dem Hof gewesen, und glücklicherweise hatten Lotta und David sich bereit erklärt, ihr Gesellschaft zu leisten und ebenfalls hier zu übernachten. Trotzdem fühlte sie sich nicht wohl und war recht schnell in ein Hotel in Visby umgezogen. Ein paar Tage musste sie noch bleiben, bevor sie endlich nach Tungelsta abreisen konnte. Aber wie sollte es jetzt überhaupt weitergehen? Den Betrieb des Treibhauses konnte sie allein aufrechterhalten, darum kümmerte sie sich bereits seit vielen Jahren ohne Unterstützung. Wenn sie aber weiter einen Marktstand betreiben wollte, würde sie jemanden einstellen müssen. Wenn denn Lotta und David kein Interesse an dieser Aufgabe hätten, aber das war eher unwahrscheinlich. Sie wollten sicher ihr Trüffelprojekt hier auf Gotland weiterverfolgen.

Sie erschauderte, es war kalt im Flur. Nils hatte stets an der Wärme gespart und nie so geheizt, dass man sich je wirklich willkommen gefühlt hätte. Im Haus herrschten beständig nie mehr als achtzehn Grad. Als Gull-Britt gebeten hatte, wenigstens auf einundzwanzig Grad zu erhöhen, hatte er diese Bitte ausgeschlagen und ihr stattdessen eine Lammfellweste gekauft. Eine exklusive zwar, weil er der Meinung war, dass es klüger war, einmal in etwas Wertvolles zu investieren, statt ein Vermögen mit der Verschwendung von Wärme zu verprassen.

Gull-Britt schlang den Mantel enger um sich und warf einen Blick auf das Thermostat. Drehte das Rädchen ein paar Millimeter. Jetzt bestimmte sie, und Nils, Gott hab ihn selig, konnte sich nicht einmischen, selbst wenn ihr seine warnenden Worte noch in den Ohren klangen.

»Nicht so hochdrehen, Gull-Britt! Das wird zu teuer! Zieh deine Weste an, sonst habe ich die ja vergebens gekauft.«

Trotz allem war er ein guter Mann gewesen, ihr Nils, dachte sie, und nahm die Weste von ihrem Haken im Flur. Dort hingen stets ein paar alte Jacken und Hosen zum Überziehen. Auf der Hutablage staubten eine Herrenkappe und eine Fellmütze ein. Beide Kopfbedeckungen gehörten Nils' Vater und waren seit dem mittlerweile Ewigkeiten zurückliegenden Tod des Alten nicht angefasst worden. Gull-Britt hätte zu gern alte Kleidungsstücke entsorgt oder wenigstens ein paar Möbel verrückt, aber Nils hatte das untersagt. Er wollte, dass alles genau so blieb, wie er es gewohnt war, was dazu geführt hatte, dass Gull-Britt hin und wieder das Gefühl beschlich, sie lebten in einem Museum, in dem sie ständig vom Geiste von Nils' Vater verfolgt wurden. Großbauer von Hansarve – reich, gefürchtet und zu beneiden. Ihr hatte es gereicht, immer nur ein paar Wochen im Sommer herzukommen. Sie wäre wahnsinnig geworden, wenn sie in diesem alten Gemäuer mehr Zeit hätte verbringen müssen. Für sie stand fraglos fest, was sie mit dem alten Hof machen würde. Wenn die Kinder ihn nicht wollten, würde sie ihn verkaufen. Für einen Hof auf Gotland konnte man mit einer ordentlichen Summe rechnen. Gull-Britt streckte sich zur Hutablage hinauf, fasste mit Daumen und Zeigefinger nach der schwarzen Lammfellmütze und trug sie am langen Arm vor sich her in die Küche. Dort öffnete sie die Tür zum Mülleimer, schleuderte die Mütze in den Sack und wusch sich dann die Hände unterm Wasserhahn.

Gull-Britt schaute sich um. Wo sollte sie anfangen? Schon bald würde sich Nils' Anwalt melden, und sie wollte ihm ein paar Schritte voraus sein. Sie ging zurück in den Flur und öffnete die hohe Flügeltür, die direkt zum Saal führte. Der Esstisch thronte in der Mitte, die Stühle mit Seidenbezug standen aufgereiht an der Wand. Der Saal wurde selten genutzt, weshalb die empfindlichen Stühle bis auf Weiteres von weißen Laken abgedeckt waren. Darum hatte sie sich selbst kurz vor der Abfahrt im Sommer gekümmert. Die Anrichte aus dem achtzehnten Jahrhundert sollte eigentlich auch verhängt sein. Das Sonnenlicht war nicht gut für die schönen Intarsien. Die zarte kleine Tischuhr, die auf der Anrichte stand, war stumm, die Zeiger bewegten sich nicht. Die Zeit in Hansarve war stehen geblieben.

Gull-Britt ließ die Türen offen stehen und ging quer über den Perserteppich, um eine weniger prachtvolle Tür zu öffnen, die zum Arbeitszimmer führte. Dort würde sie am wahrscheinlichsten finden, was sie suchte. Wenn nicht, musste sie das ganze Haus auf den Kopf stellen. Gull-Britt war wild entschlossen, sich durch alle Winkel vom Keller bis zum Dachboden vorzuarbeiten. Wenn sie auch nur auf den kleinsten Hinweis stieß, würde sie ihn vernichten.

Plötzlich war dieses Kind aufgetaucht. Nils hatte ihr in einem Augenblick der Schwäche gestanden, dass er ein biologisches Kind hatte, von dem eigentlich niemand wusste, dass es von ihm war. Außer der Mutter. Es war die Folge einer Feier gewesen. Die Mutter hatte kein Wort gesagt, nichts verlangt, sondern das Kind einfach in ihre Familie aufgenommen, als gehörte es dorthin. Ein Kuckuckskind. Was ihr Mann davon bemerkt oder davon gehalten hatte, wusste Nils nicht, aber er selbst war unbehelligt davongekommen.

Irgendwo gab es vielleicht doch ein Papier, einen Hinweis, irgendetwas, das sie finden und vernichten musste. Ein plötzlich auftauchender Erbe war nicht erwünscht, niemand außer Gull-Britt sollte etwas von Nils' Vermögen sehen.

Das Scharnier quietschte, als sie die Tür zum Arbeitszimmer öffnete. Dunkel war es darin, weshalb sie zu den Fenstern ging, um die schweren Vorhänge beiseitezuziehen. Nils hatte sich erst vor wenigen Tagen hier eingeschlossen und über irgendetwas gebrütet, ohne sie einzuweihen. Jetzt begriff sie, dass er sich wohl wegen der Diagnose eines Herzfehlers hierher zurückgezogen hatte.

Wenn das Arbeitszimmer nicht ebenfalls ohne jegliche Kompromisse in seinem Urzustand hätte konserviert bleiben müssen, so wie Nils es sich erbeten hatte, wäre es ein sehr gemütlicher Raum gewesen mit seinen zwei großen Fenstern und tiefen Nischen. Er war lang und schmal, an der hinteren kurzen Seite stand ein schönes Sofa. Darüber hingen sämtliche Jagdtrophäen der Hanssons. Das Jagen war eine Leidenschaft von Nils' Vorvätern und auch Nils selbst gewesen. Auf dem Festland hatte er Elche, Hirsche und Rehe gejagt, weshalb an den Wänden eine ansehnliche Zahl Trophäen hing. In der Mitte das größte Juwel: das Schaufelgeweih eines Elchs, ein riesiger Vierzehnender.

Auf Gotland hatte er an Jagden auf Wildkaninchen und Fasane teilgenommen. Gull-Britt war nie Fan von Geweihen gewesen, schon vorher nicht. Als sie gerade erst ein Paar geworden waren, hatte es hier sogar noch viel schlimmer ausgesehen. Da hatten die Gewehre sogar noch an den Wänden gehangen. Aber die hatte Nils abnehmen müssen, so etwas war schließlich gar nicht mehr erlaubt. Nun standen sie eingeschlossen im Waffenschrank, und Gull-Britt war sich nicht ganz sicher, wo der Schlüssel dafür überhaupt war.

Um Rehe zu schießen, musste man jedoch gar nicht mehr aufs Festland fahren. Es reichte, sich hier vorm Fenster des Arbeitszimmers auf die Lauer zu legen und zu warten. Vor zwanzig Jahren hatte ein schlauer Jäger einfach ein paar Rehe mitgebracht und an unterschiedlichen Stellen der Insel ausgesetzt. Der Bestand war auf katastrophale Weise gestiegen. Auf Gotland hatten die Tiere keine natürlichen Feinde. Mittlerweile häuften sich die Unfälle mit Rehen. Einst war das größte Tier auf der Insel der Fuchs gewesen, jetzt musste besonders aufpassen, wer in der Dämmerung mit dem Auto fuhr.

Sie schaute sich im Zimmer um. Familienporträts und ein paar alte, durchgesessene Ledersessel. Entlang der anderen Stirnseite des Zimmers ein in die Wand eingelassenes Regal. Dort lag die Familienbibel in bester Gesellschaft von Büchern über die Aufzucht von Schweinen, Lämmern und dergleichen. Aus der Bibel hing ein hübsches Messingkreuz, vermutlich ein Lesezeichen. Außerdem standen ein paar klassische Romane im Regal, darunter mehrere Bücher von Vilhelm Moberg und ein paar russische Autoren. Gull-Britt betrachtete die Bibel. Es würde sich bestimmt lohnen, einen Blick hineinzuwerfen. Das hatte sie bisher noch nicht getan. Vielleicht waren darin schöne Bilder zwischen Seiten aus Seidenpapier, ein solches Exemplar hatten ihre Großeltern nämlich gehabt. Wie häufig sie mit dem schweren Buch auf dem Schoß im Schaukelstuhl ihres Großvaters gesessen und Ewigkeiten darin geblättert hatte. Doré hatte der Künstler geheißen, der die dramatischen Illustrationen angefertigt hatte.

Gull-Britt ließ das Bücherregal jedoch erst einmal links liegen und beschloss, sich das Innenleben des Schreibtischs vorzuknöpfen. Auf Nils' altem Lehnstuhl wollte sie nicht Platz nehmen, das fühlte sich so kurz nach seinem Tod falsch an. Also zog sie sich einen einfachen Holzstuhl heran und setzte sich. Öffnete Schublade um Schublade und blätterte sich aufmerksam durch Rechnungen, Versteigerungsbelege von Nutzvieh und Schwarz-Weiß-Aufnahmen. Sogar ein alter, noch ganz glatter Tausend-Kronen-Schein lag dort.

Sie erstarrte. Das klang, als wäre irgendwo eine Tür zugeschlagen. War da jemand gekommen? Oder hatte sie einfach nicht richtig zugemacht? Nichts außer dem Wind war zu hören, der ums Haus pfiff und an den Ästen zerrte und zog. Das musste die Erklärung sein, ein Ast, der gegen eins der Fenster geschlagen hatte. Keine Tür. Ach, sie musste sich unbedingt beeilen. Allein in diesem Haus zu sein, war einfach nichts für sie. Sie hätte mal besser Lotta gebeten, mitzukommen, genau wie am Abend von Nils' Tod. Aber sie wollte ihre Tochter nicht mit diesem Geheimnis belasten. Das war absolut unnötig. Später vielleicht, aber jetzt musste sie erst einmal eruieren, ob es irgendwelche Beweise für Nils' Vaterschaft gab.

Sie kramte ein Papiertaschentuch hervor und schnäuzte sich. All der Staub brachte ihre Nase zum Laufen. Ein Dokument, das darauf hinwies, wo Nils sich die Hörner abgestoßen hatte, schien es nicht zu geben, und wenn Gull-Britt Glück hatte, würde sie auch gar keins finden. Er hatte seine Vaterschaft nie anerkennen müssen. So hatte er es formuliert und ihr gesagt, aber Gull-Britt wollte wirklich auf Nummer sicher gehen. Da starb jemand mit einem ziemlich großen Vermögen, die Mutter lebte vielleicht noch, stieß auf die Todesanzeige und verriet dem Kind die Wahrheit über seinen biologischen Vater. Heutzutage brauchte man keine Vaterschaftsanerkennung mehr. Verlangte das Kind einen DNA-Test, war alles klar und Gull-Britt nicht länger Alleinerbin. Und noch war Nils nicht unter der Erde. Noch konnte man jederzeit den Test in Auftrag geben.

Schon wieder dieses unheimliche Geräusch. Herrje, was für ein Wetter! Vielleicht sollte sie so schnell wie möglich von hier verschwinden. Sich ins Auto setzen und zurück nach Visby ins Hotel fahren. Dort ein herrliches, langes Bad nehmen, dann in die Bar gehen und sich ein Gläschen gönnen. Die lustige Witwe geben.

Nein, sie würde weitersuchen. Noch ein bisschen. Sie zog die unterste Schublade heraus und fand dort einen Haufen Fotos vor. Vielleicht war dort ja etwas dabei? War die Frau, mit der Nils sich dieses eine, unglückliche Mal eingelassen hatte, auf einem der Bilder? Es war während einer Feier passiert. Nils und die Betreffende hatten sich zurückgezogen. Nichts als ein Quickie.

Gull-Britt war wie gebannt von den alten Aufnahmen. Eine Diele knarzte, eine Maus raschelte in einer der Wände. Die Fotos waren höchst interessant, aber schätzungsweise zu alt. Aber das war schon Nils, oder? Dieser Typ mit der Dauerwelle und der ausgestellten Hose, der offenbar tanzte? Sie lachte auf. Lieber Himmel, er sah aus wie ein Trottel. Das Foto einer Party, massenweise Gläser und Flaschen auf dem Tisch und mehrere Menschen drum herum. Die Frau, mit der er tanzte, war sie das? Gelbe Cordhose und eine wild gemusterte Tunika, lange Haare, aber kurzer Pony. War das die Mutter des Kindes?

Der Stoß, der sie im Rücken traf, war heftig. Gull-Britt verlor sofort das Gleichgewicht und fiel seitlich vom Stuhl. Starke Hände drehten sie um, sodass sie auf dem Rücken lag und direkt in ein Augenpaar sah, jemand setzte sich rittlings auf sie. Verzweifelt versuchte sie, ihre Hände zu befreien, aber ihre Arme wurden wie mit einem Schraubstock zu beiden Seiten gehalten. Starke Knie pressten dagegen.

»Du?«, flüsterte Gull-Britt. »Was willst du?«

Sie bekam keine Antwort. Stattdessen wurde ihr ein großes, weiches Kissen übers Gesicht gepresst. Der Trüffelgeruch war stark, viel zu stark. Sie wollte schreien, bekam aber keine Luft. Wollte sich losreißen. Noch einmal schreien. Heraus kam nichts als ein Gurgeln. Die Arme fingen an zu brennen. Dieser Geruch. Nur die echten italienischen Trüffel konnten so intensiv wie eine echte Ohrfeige sein. Ihre geliebten Trüffel. So unfassbar teuer. Gull-Britt holte noch einmal aus, nahm ihre letzten Kräfte zusammen und bäumte sich auf. Ihr Rock rutschte hoch, der Druck auf ihr Gesicht verstärkte sich. Arme und Beine gaben auf. Um sie wurde es schwarz.

38

Åke legte eine Hand auf die Klinke der großen Tür. Unverschlossen, sie ging sofort und problemlos auf. Merkwürdig. Gull-Britt war doch in die Stadt umgezogen, das wusste er, seltsam, dass sie nicht darauf geachtet hatte, abzuschließen. Er betrat den Flur und blieb für einen Moment ganz still stehen. Auf dem Stuhl lag eine Handtasche. Er schob die Küchentür auf und sah hinein. Ein halb volles Wasserglas stand auf dem Küchentisch, und dann roch er etwas. Aber er konnte den Geruch nicht gleich zuordnen. Er ging zurück in den Flur und stellte fest, dass die Flügeltür zum Saal offen stand. Das geschah für gewöhnlich nur, wenn große Feierlichkeiten abgehalten wurden, und diese Zeit war seit Langem vorbei.

Åke durchquerte das erlesene Paradezimmer und öffnete die Tür zum Arbeitszimmer. Hier wurde der Geruch schlagartig so intensiv, dass er sich die Hand vor den Mund halten musste, um eine aufkeimende Übelkeit zu unterdrücken. Trüffel, im ganzen Raum stank es nach Trüffel. Ein Stuhl war umgekippt, auf dem Schreibtisch und am Boden lagen Blätter und Fotos verstreut. Mitten in dem Chaos lag ein lebloser Körper. Gull-Britt.

Er ging neben ihr auf die Knie und betrachtete das schlaffe Gesicht. Legte zwei Finger ans Handgelenk und versuchte, einen Pulsschlag zu finden, dabei war ihm schon klar, dass es vergebens war. Ihr Mund stand offen, die aufwendig geschminkten Augen starrten ihn leer an. Er sah die Angst darin. Pure Angst. Ein Mord im Affekt?

Widerwillig ließ er den Blick über ihre großen Brüste, über den Bauch und die Beine gleiten, wo ihr Rock hochgerutscht war. Sie hatte es sich gut gehen lassen, besonders in den Jahren mit Nils. An Geld hatte es nicht gemangelt, und Gull-Britt hatte ein Näschen für Geschäfte gehabt. Klug war sie außerdem gewesen, denn aus irgendeinem Grund war Nils' Witwe hergekommen, um nach etwas zu suchen. Genau wie Åke. Gull-Britt war ihm zuvorgekommen, was sie aber das Leben gekostet hatte.

Was machte man in so einer Situation? Ihr die Augen schließen? Ihr Gesicht mit einem Tuch abdecken? Eine Kerze entzünden? Er hatte keine Ahnung. Lena wüsste sicher, was zu tun war, aber sie war nicht hier. Seit dem Ausflug nach Visby hatte er sie nicht wiedergesehen. Auf seine vielen Kontaktversuche via Telefon und SMS hatte sie nicht reagiert. Irgendetwas war passiert, und er hatte keine Ahnung, was.

Die Polizei musste er auf jeden Fall verständigen. Aber das hatte noch einen Moment Zeit. Es eilte schließlich nicht, Gull-Britt konnte sowieso nicht mehr geholfen werden, und er musste sich erst noch dringend umsehen. Besonders feinfühlig war das nicht, aber das musste ja niemand erfahren.

Gull-Britt kannte vermutlich nicht alle geheimen Verstecke des Hofs, den es seit über zweihundert Jahren gab und der von Generation zu Generation der Hanssons weitervererbt wurde. Nils hatte ihr offenbar nicht alles erzählt. Ganz so klug war sie also doch nicht, wenn sie als Erstes in die Schreibtischschubladen geschaut hatte, die halb offen standen. Ein paar Fotos lagen unter dem Stuhl. Unschuldige Bilder aus besseren Tagen. Hatte sie wirklich geglaubt, Nils hütete seine dunkelsten Geheimnisse in einem unverschlossenen Schreibtisch? Dann fiel sein Blick zufällig auf ein Bild, das neben ihrer rechten Hand auf dem Boden lag. Das war doch … Aber sicher war sie das! Er steckte sich das Foto erst mal in die Innentasche seiner Jacke. Wenn die Zeit gekommen war, würde er es der entsprechenden Person aushändigen.

Åke stand auf und klopfte sich die Knie ab. Himmel, was das hier stank! Beim Luxusmenü, wo jedem Gang eine feine Trüffelnote zugesetzt war, hatte er das ja gemocht, aber so intensiv, wie es hier roch, wurde ihm richtig schlecht davon. Er ließ Gull-Britt zurück, verließ das Zimmer und betrat erneut den Saal. Sie hatte nicht gewusst, dass sie dort gefunden hätte, wonach sie suchte. Wäre sie noch am Leben, hätte sie bekommen, was ihr zustand. Jetzt nicht mehr, denn jemand hatte dazwischengefunkt. Jemand, der mehr wusste.

Åke schob den schweren Tisch beiseite und rollte den Teppich zusammen. Die Luke im Boden kam zum Vorschein, und Åke streichelte über die abgenutzten Dielen. Diese Luke war sicher seit Jahren nicht geöffnet worden. Er schob den Finger durch den kleinen, versenkbaren Ring und zog sie mit einem kräftigen Ruck auf. Dann leuchtete er mit der Taschenlampe hinunter. Dort, auf der obersten Stufe, stand die Kiste. Die Metallbox, die sein Vater immer mal wieder hervorgeholt hatte, weil er darin Bargeld verstaute, das gewissermaßen überschüssig war. Åke beugte sich hinunter und hob sie heraus. Dann öffnete er das Schloss. Zuoberst lag ein brauner Umschlag, der nicht zuklebt war. Vorsichtig zog er den Inhalt heraus. Ein einzelnes, dünnes Blatt, datiert Anfang November dieses Jahres, bezeugt durch die Unterschriften von ihm unbekannten Männern. Trotz der morbiden Situation im Haus entlockte ihm der Inhalt des Schreibens ein kleines Lächeln. Åke war zufrieden.

Er legte alles zurück, schloss die Luke, rollte den Teppich wieder aus und schob den Tisch zurück an seinen Platz. Er musste ein bisschen herumprobieren, bis alles wieder an Ort und Stelle war.

Im Arbeitszimmer warf er noch einen Blick auf die bedauernswerte Erscheinung von Gull-Britt Hansson. Dann zog er sein Handy aus der Tasche und warf einen Blick aufs Display. Lena hatte sich gemeldet! Endlich! Wie lange er schon versuchte, sie zu erreichen. Er unterdrückte den Impuls, erst sie anzurufen, und wählte den Notruf. Überlegte es sich noch einmal anders und rief stattdessen Per an. Sein guter Freund antwortete nach nur zwei Freitönen.

»Ja, hallo, Per«, sagte er und versuchte dabei in dieser so ungewöhnlichen Situation so normal wie möglich zu klingen. »Du bist nicht zufällig in der Nähe deines Kripobeamten, oder?«

»Was, von Tryggve? Meinem Schwager?«

»Genau selbigem.«

»Ich schau mal, ob er gerade da ist. Wo steckst du denn? Du klingst ja schrecklich formal.«

»Unterwegs«, sagte Åke und war sich vollends darüber im Klaren, wie zwielichtig das klang. »Mir ist bloß etwas eingefallen, das ich Tryggve unbedingt fragen wollte. Hast du ihn gefunden?«

»Meine Güte«, lachte Per, »was du um den heißen Brei redest. Ich bin gerade einmal durchs Haus gelaufen, jetzt schaue ich mal im Hof. Ach, warte, jetzt hab ich ihn entdeckt. Er ist im Gewächshaus.«

Åke trommelte mit den Fingern auf den Schreibtisch, während er wartete und Pers Geplapper ertrug. Er mochte ja seinen Freund, aber in diesem Moment fand er seine Geschwätzigkeit extrem nervtötend. Er konnte den Blick einfach nicht von Gull-Britt lösen. Sie war als Leiche nicht direkt ansehnlich, aber das war sie zu Lebzeiten auch nicht unbedingt gewesen.

»Hallo, Tryggve hier«, hörte er endlich eine atemlose Stimme am anderen Ende.

»Ich habe hier im Hansarve Hof eine Leiche gefunden«, sagte er ohne Umschweife. »Sie lag im Arbeitszimmer, als ich hereinschaute. Ich würde mich sehr freuen, wenn Sie herkämen, um mir Gesellschaft zu leisten.«

Tryggve stand neben der Leiche und betrachtete Gull-Britts Gesicht. Tote Menschen waren nicht sonderlich schön, das hatte er schon immer gedacht. Nicht, bevor sie im Leichenhaus oder Bestattungsinstitut entsprechend hergerichtet worden waren. Dann konnten sie richtig friedlich aussehen. Aber diese Meinung fußte vermutlich zu großen Teilen auf seinen Erfahrungen im Berufsalltag, wo er hauptsächlich Opfer gesehen hatte, die sich selbst getötet hatten oder verunglückt oder ermordet worden waren. Ein friedlich entschlafener älterer Mensch war noch einmal etwas anderes.

Er achtete darauf, nichts zu berühren. Aus Erfahrung wusste er, dass man schon eine Menge herausfinden konnte, indem man einzig seine Augen benutzte. Der starke Trüffelgeruch ließ ihn würgen. Die Delikatesse, die sie in all den ausgezeichneten Gerichten genossen hatten, sollte man nicht so erleben müssen. Und er fragte sich ernsthaft, ob er je wieder Appetit darauf haben würde.

Gull-Britt hatte keine erkennbaren äußerlichen Verletzungen im Gesicht, da waren keine Schnittwunde, keine Würgemale. Ebenfalls keine Verletzungen an den Armen, die auf eine Abwehrreaktion schließen ließen. Er schätzte, dass sie erstickt worden war, und das konnte man mit einer großen Anzahl von Hilfsmitteln erreichen. Ein Kissen, das man jemandem aufs Gesicht presste, war eine Mordwaffe, die ein jeder beschaffen konnte. Er ging zum Sofa, wo sich selbstverständlich ein Kissen in jeder Ecke befand. Aber die sahen aus, als wären sie seit Hunderten von Jahren nicht bewegt worden. Tryggve kehrte zu Gull-Britt zurück und schaute noch einmal genau in ihr Gesicht. Ihr Make-up war verwischt, ein Teil ihrer Wimperntusche war nun auf den Wangenknochen. Außerdem war der Lippenstift verschmiert, und Gull-Britt hatte Speichel am Kinn. Er ließ erneut den Blick durch das Zimmer wandern. Åke saß auf einer alten Liege, die vor dem Bücherregal stand, und war sichtlich blass und mitgenommen. Dort hatten sich in den vergangenen Jahren sicher viele Hanssons mal ein Mittagsschläfchen gegönnt, vermutete Tryggve. Neben Åke lag ein gewöhnliches Kopfkissen mit weißem Bezug. Er spielte gedankenverloren mit dessen altmodischer Borte. Tryggve zeigte fragend auf das Kissen.

»Das lag neben ihr, als ich gekommen bin«, sagte er und riss im gleichen Augenblick die Hand weg, als wäre ihm plötzlich bewusst geworden, dass er Spuren hinterließ, die schwer zu erklären wären. Dann rümpfte er angeekelt die Nase. »Ich glaube, es ist mit Trüffeln gefüllt.«

Tryggve pfiff durch die Zähne. Das erklärte den Gestank. Welch ein infernalischer Mord: sie zu ersticken, und dann auch noch mit einem Kissen voller Trüffel! Er prägte sich ein, dass er, sobald er zu Hause war, eine Liste von den Personen anlegen wollte, die leichten Zugang zu den Pilzen hatten. Das konnten nicht besonders viele sein.

»Die Flecken auf dem Bezug sind von ihrer Schminke, würde ich schätzen«, sagte Tryggve. »Make-up und Wimperntusche. Vielleicht auch Lippenstift. Und Speichel.«

»Foundation«, sagte Åke. »Und Mascara.«

»Bitte?«

»Heute sagt man Foundation. Nicht mehr Make-up. Und Mascara statt Wimperntusche.«

»Na, Sie kennen sich ja aus«, staunte Tryggve. »Die Spurensicherung darf sich um die Details kümmern. Ich werde die Polizei rufen. Für mich besteht eigentlich kein Zweifel daran, dass Gull-Britt erstickt wurde. Genauso wenig bezweifle ich, dass Sie gerade erst das, was ich für die Mordwaffe halte, angefasst haben. Und ich bin mir sicher, dass Gull-Britts Leiche nach dem Tod nicht bewegt wurde, will sagen: Sie wurde genau hier ermordet.«

Um auf Myrstedt und seine Kollegen zu warten, verließen Åke und Tryggve den Tatort und zogen sich in die Küche zurück. Tryggve füllte Wasser in die Kaffeemaschine und machte sich dann auf die Suche nach Kaffeepulver und Filtern. Åke saß schweigend da und starrte einfach nur vor sich hin, während die Maschine im Hintergrund blubberte und fauchte. Sie hätte längst mal entkalkt werden müssen, dachte Tryggve, damit sie nicht so einen Lärm machte. Dann holte er zwei passable Tassen aus dem Schrank, stellte sie auf den Tisch und schenkte sich und Åke ein, als der Kaffee endlich durchgelaufen war.

»Zucker möchten Sie nicht, oder?«, fragte er, woraufhin Åke nur den Kopf schüttelte.

Tryggve setzte sich ihm gegenüber hin und trank ein paar Schlucke Kaffee.

»Erzählen Sie mir mal, was Sie überhaupt hier wollten und wie Sie Gull-Britt gefunden haben.«

Åke zuckte mit den Schultern.

»Eigentlich aus keinem triftigen Grund. Mich führt dasselbe her wie beim letzten Mal, als Sie mich hier quasi in flagranti erwischt haben. Ich wollte nur meinem Elternhaus einen Besuch abstatten. Ist das so wenig nachvollziehbar?«

Er klopfte mit den Fingerknöcheln auf den Tisch und schaute Tryggve hilflos an.

»Das ist vielleicht nicht ganz so klug, während die Ermittlungen zum Mord an Ihrem Bruder noch in vollem Gange sind«, konterte Tryggve.

»Ja, dessen bin ich mir schmerzlich bewusst. Und jetzt auch noch seine Frau«, sagte er und deutete mit dem Daumen hinter sich zum Arbeitszimmer. »Ich konnte ja nicht ahnen, dass Gull-Britt hier sein würde. Sie ist doch nach Nils' Tod mehr oder weniger in ein Hotelzimmer in Visby gezogen.«

Tryggve nippte an dem Kaffee und verzog das Gesicht. Er schmeckte alt, so als hätte die Dose schon eine ganze Weile unbenutzt im Schrank gestanden. Was vermutlich sogar der Fall war. Schnell versenkte er einen Zuckerwürfel in der Tasse, glaubte aber nicht daran, dass der helfen würde.

»Wie ist sie wohl hergekommen?«, fragte Tryggve. »Draußen stand kein Auto.«

»Garage«, sagte Åke. »Sie hat den Wagen sicher dort abgestellt, um keine Aufmerksamkeit zu erregen. Wenn er vorm Haus gestanden hätte, wäre ich niemals hereingekommen.«

»Warum sollte Gull-Britt denn keine Aufmerksamkeit erregen wollen? Sie ist Nils' Witwe und kann doch kommen und gehen, wann sie will. Im Gegensatz zu Ihnen zum Beispiel.«

Åke trank etwas von seinem Kaffee, ihn schien es nicht zu kümmern, dass er komisch schmeckte.

»Vielleicht hat sie etwas gesucht?«, sagte er. »Vielleicht ist die Erklärung so einfach. Ihnen sind doch bestimmt die ganzen offen stehenden Schubladen aufgefallen, nehme ich an?«

Das waren sie allerdings, er hatte ja ein geschultes Auge und hoffentlich nichts Wichtiges übersehen. Und wenn, dann sicher höchstens etwas, das nur die Spurensicherung finden konnte. Haare des Täters oder andere Dinge, die man mit bloßem Auge nicht sehen konnte.

»Aber was könnte sie gesucht haben?«

Åke seufzte. »Wäre doch vermutlich nicht das erste Mal in der Menschheitsgeschichte, dass jemand versucht, etwas verschwinden zu lassen, bevor der Nachlassverwalter kommt«, erwiderte er. »Bargeld vielleicht. Oder Aktien. Was weiß ich? Irgendwas wollte sie definitiv, wurde aber gestoppt, bevor sie es hatte.«

»Und dann kommen Sie ins Bild«, sagte Tryggve. »Ist Ihnen irgendetwas aufgefallen, das darauf hindeuten könnte, wer hier gewesen ist?«

Åke schüttelte niedergeschlagen den Kopf. Der Polizist Tryggve sah Åke definitiv zum engsten Kreis der Verdächtigen gehörig. Dem Freund Tryggve, der ihm gerade sein Gästezimmer zur Verfügung stellte, tat er einfach nur schrecklich leid. Aber von diesen Gefühlen würde er Åke zunächst einmal nichts erzählen.

Tryggve warf einen Blick auf die Uhr. Eigentlich müssten die Kollegen jetzt bald eintreffen. Er ging in den Flur, öffnete die Tür zum Hof und schaute die Allee entlang, in die gerade ein paar Wagen einbogen. Vorn ein Streifenwagen, dahinter ein Zivilfahrzeug. Myrstedt würde übernehmen, und Tryggve konnte nach Hause gehen. Beim Gedanken daran spürte er einen Stich der Eifersucht. Er kehrte in die Küche zurück, wo Åke saß, den Kopf auf die Hände gestützt.

»Meine Kollegen sind da«, sagte er. »Stellen Sie sich darauf ein, dass sie eine lückenlose Aussage von Ihnen wollen. Mein alter Kollege und Freund Myrstedt überlässt nichts dem Zufall, und ich gebe ehrlich zu, dass es auch mich brennend interessiert, was Sie hier in Wahrheit zu suchen hatten.«

39

Tryggve wechselte ein paar Worte mit Mats Myrstedt, bevor er auf sein Rad stieg und den Hansarve Hof hinter sich ließ. Ihm war nicht danach, unmittelbar nach Hause zu fahren, deshalb schlug er stattdessen den Weg zur Kirche ein. Vielleicht war es eine gute Idee, den Pfarrer darüber in Kenntnis zu setzen, dass in seiner Gemeinde ein weiterer Mord geschehen war. Sicher würde der eine oder die andere das Bedürfnis verspüren, sich in die Kirche zurückzuziehen, um eine Kerze zu entzünden. Wenn etwas so Schreckliches in einem so kleinen Ort geschah, betraf es gleich alle Bewohner.

Er fand Oskar Bergsten im Gemeindehaus oben auf dem Hügel. Als der Pfarrer hörte, was Tryggve zu sagen hatte, kümmerte er sich sogleich darum, dass die Kirche für alle geöffnet wurde, die ein Gespräch wünschten oder eine Kerze entzünden wollten.

»Ich werde das sofort auf unsere Internetseite schreiben«, sagte er. »Oder spricht etwas dagegen?«

»Vielleicht sollten Sie erst einmal Lotta informieren?«, merkte Tryggve an, ein bisschen verwundert darüber, wie unbedacht der Pfarrer agierte. »Wenden Sie sich doch an die Polizei und fragen Sie, ob Sie die Kollegen begleiten dürfen.«

»Genau so werde ich es machen«, sagte Oskar, zog sich die Jacke an und war schon durch die Tür.

Tryggve blieb einen Moment auf dem Hügel stehen und ließ den Blick über die Kirche, den Pfarrhof und Ankis Haus, das ehemalige Pfarrhaus, gleiten. Er sollte zu ihr gehen und mit ihr und vielleicht auch Lena sprechen, die noch bei Anki gastierte. Er nahm sein Fahrrad und schob es den Hügel hinunter.

Dann lehnte er es gegen Ankis Zaun, ging die paar Schritte bis zu ihrer Veranda und klopfte an. Es dauerte ein Weilchen, bis sie öffnete.

»Hallo, Tryggve!«, sagte sie und schien sich aufrichtig zu freuen, ihn zu sehen. »Komm rein, ich schaue sowieso nur fern.«

Er zögerte.

»Das heißt, ich störe.«

»I wo, der Apparat läuft nur im Hintergrund. Du siehst aus, als hätte irgendwo der Blitz eingeschlagen. Ist was passiert? Wo ist Putte?«

Das irritierte ihn als alten Fuchs gehörig. Sah man ihm wirklich an, dass etwas passiert war? Ihm, der der Meinung war, über das beste Pokerface der Welt zu verfügen?

»Ja, ich müsste mal mit dir reden«, sagte er. »Wo ist denn Lena?«

Anki zuckte mit den Schultern und steckte die Hände in die Hosentaschen. So wie sie dastand, sah sie aus wie ein junges Mädchen.

»Lena ist in ihrem Zimmer und starrt die Decke an. Möglich, dass sie zwischendurch irgendeinen Roman liest oder ein Taschentuch vollschnäuzt.«

Tryggve zog seine schweren Schuhe aus und folgte Anki ins Wohnzimmer.

»Ist sie krank?«

Anki lachte trocken. »Unglücklich verliebt«, erklärte sie. »Das Objekt ihrer Begierde wurde letztens in Visby mit einer anderen Frau erblickt. Einer noch dazu ziemlich jungen Frau. Ein Herz kann wegen weniger brechen.«

Tryggve setzte sich aufs Sofa.

»Eine andere Frau? Wen denn, wenn ich fragen darf? Er war doch mit uns in der Skafferiet zum Kaffeetrinken.«

»Aber ist dir nicht die eiskalte Stimmung zwischen den beiden aufgefallen? Sie hat sich doch von dir und deiner Schwester alles über Visbys Geschichte erzählen lassen.«

Er musste ihr recht geben, trotzdem wäre er nicht im Traum darauf gekommen, dass es zwischen Åke und Lena gerasselt hatte. Åke wurde von Tag zu Tag mysteriöser und war definitiv nicht der fröhlich-freche Typ, als der er sich immer ausgab. Allmählich wurde es zu einer Belastung, ihn unter seinem Dach zu beherbergen.

»Die Dame war Ann Fransson«, sagte Anki. »Möchtest du einen Kaffee?«

Nur zu dankbar nahm er das Angebot an. Einen frischen Kaffee konnte er wirklich vertragen nach dem Rattengift, das er in Hansarve zusammengebrüht hatte.

»Das schüchterne Pflänzchen«, sagte Tryggve, »ist es denn zu fassen? Was haben die beiden denn miteinander zu tun?«

»Tja, mit der Frage beschäftige ich mich nun auch schon eine ganze Weile.« Anki verschwand in der Küche.

»Was hast du denn auf dem Herzen?«, rief sie ihm zu, während sie Wasser in den Wasserkocher füllte.

Da er seine Antwort nicht quer durchs Haus schreien wollte, folgte er ihr und stellte sich in den Türrahmen zur Küche.

»Es geht um Åke«, sagte er. »Zumindest in gewissem Maß. Aber in welchem genau, das kann ich noch nicht sagen.«

»Was ist mit Åke?«

Plötzlich war Lena hinter ihm aufgetaucht und schaute verängstigt. Sie war blass, hatte geschwollene Augen. Das rot gefärbte Haar war offen und durcheinander.

»Also, es geht nicht direkt um Åke«, sagte Tryggve und kratzte sich im Nacken.

Am besten kam er einfach ohne Umschweife zum Punkt.

»Gull-Britt Hansson ist tot«, berichtete er. »Ermordet.«

Anki fiel der Messlöffel aus der Hand, Kaffeepulver verteilte sich auf der ganzen Arbeitsfläche. Lena atmete heftig ein.

»Aber nicht von Åke«, sagte sie und wurde laut. »Nein, nicht von Åke. Er kann es einfach nicht gewesen sein!«

Anki fluchte, weil sie nun nicht nur Kaffeepulver aufwischen musste, sondern auch noch vergessen hatte, wie viele Löffel schon in der Kanne waren. Egal, dann musste es jetzt eben nach Augenmaß gehen.

»Beruhig dich, Lena«, sagte sie und schaute ihre Freundin fest an. »Welche Rolle spielt Åke denn bei der ganzen Geschichte, Tryggve? Wir möchten alles wissen. Oder, Lena?«

Der Wasserkocher rauschte, und als das Wasser kochte, schütte sie es in die Presskanne und rührte um.

»Gull-Britt wurde erstickt«, sagte Tryggve. »Mit einem Kissen, in das der böse Mensch, der sie auf dem Gewissen hat, sogar noch unnötigerweise wertvolle Trüffel gesteckt hatte. Åke hat sie gefunden und mich verständigt.«

Anki drückte den Siebstempel der Kanne hinunter.

»Åke«, flüsterte Lena kaum hörbar. »Ich muss ihn unbedingt noch einmal anrufen. Wir haben uns seit zwei Tagen nicht gesprochen.«

Sie kramte mit zittrigen Händen ihr Telefon hervor und ließ es erst einmal fallen. Tryggve griff nach ihrem Arm.

»Warten Sie noch«, sagte er. »Wenn ich Myrstedt richtig einschätze, sind sie bereits auf dem Weg ins Polizeipräsidium zur Vernehmung. Sie werden sich darauf einstellen müssen, dass er vorläufig festgenommen wird.«

40

Montag, 23. November

Tryggve sollte recht behalten, Åke wurde festgenommen und galt als mutmaßlicher Mörder von Gull-Britt Hansson. Es sah schlecht aus für ihn, weshalb die Stimmung im Hause Karlsson im Keller war. Lena saß die meiste Zeit reglos auf dem Sofa im Wohnzimmer und starrte vor sich hin, unfähig, irgendetwas anderes zu tun. Ab und zu wurde sie wütend, was auch nicht viel besser war.

»Verdammte Mistkerle!«, rief sie. »Dass der sich nicht schämt! Festgenommen! Das ist wohl meine mit Abstand schlimmste Erfahrung mit Männern, und ich verfüge wirklich über einen reichhaltigen Erfahrungsschatz, wie du weißt.«

Anki war ganz ihrer Meinung, aber begnügte sich damit, ihrer Freundin zuzuhören. Sie musste ja nicht unnötig Salz in die Wunde streuen, und Åke war schließlich unschuldig, solange man ihm nichts nachweisen konnte.

»Noch besteht Hoffnung«, sagte sie munter.

Ihr Kommentar sorgte jedoch nur dafür, dass die Gesichtszüge ihres Gegenübers sich noch weiter verdüsterten.

Anki klatschte in die Hände und stand auf. Jetzt musste es auch mal gut sein mit dem Selbstmitleid.

»Wir gehen nachher auf jeden Fall in die Kirche«, verkündete sie. »Du wirst sehen, das beruhigt.«

Und es gelang ihr wirklich, Lena zum Mitkommen zu bewegen. Obwohl keine Andacht stattfand, sondern die Kirche nur zur Begegnung und Einkehr geöffnet war, stand Tryggve an der Tür und hieß alle willkommen. Viele Bewohner der Gemeinde waren erschienen, auch aus Kajpe Kviar waren einige angereist. Nicht, weil Gull-Britt sonderlich bekannt gewesen wäre, sondern weil sie zum Hansarve Hof gehörte, der einst eine der mächtigsten Familien der Gegend beherbergt hatte. Da zeigte man seine Unterstützung. Davon abgesehen hatten in diese Gegend innerhalb kürzester Zeit zwei Morde stattgefunden. Da gab es großen Bedarf an Besinnlichkeit mit beruhigender Musik.

Anki saß ganz still in ihrer Bank. Es tat so gut, einfach nur den Klängen der Orgel zu lauschen und zu beobachten, wer ebenfalls erschien, mit starr geradeaus gerichtetem Blick dasaß oder sich ab und zu die Tränen aus den Augenwinkeln wischte. Dabei war das alles wirklich unfassbar, gleich zwei Tote, und dann schienen beide Morde im Zusammenhang mit Trüffeln zu stehen. Wie hoffnungsfroh alle dem kleinen Ableger des Trüffelfestivals entgegengefiebert hatten, und dann hatte es so katastrophal geendet. Die Lokalzeitungen verfielen geradezu in einen Wettbewerb, wer die reißerischste Titelseite herausbringen konnte. Nach dem zweiten Mord waren selbst Journalisten der landesweiten Zeitungen und von Funk und Fernsehen gekommen. Erst wenn man den Verantwortlichen gefunden hätte, würde wieder Ruhe in Mullvald einkehren.

Als der Kantor eine neue Melodie anspielte, öffnete Anki die Augen. Jenseits des Mittelgangs saßen Lotta und David. Wie tapfer von Lotta, herzukommen, aber was sollte man auch sonst tun? Sie hatte ihren Stiefvater und ihre Mutter innerhalb kürzester Zeit verloren. Ersterem weinte sie keine Träne nach, doch der Tod der Mutter schien sie schwer zu treffen. Soweit Anki das beurteilen konnte, hatten die beiden sich recht gut verstanden. Die eigene Mutter zu verlieren, war immer schwer, ganz egal, wie alt man war oder was dazu führte.

Sie hörte ein leises Kichern und drehte sich um. Wie unpassend, wer lachte denn da? Es musste Sara gewesen sein, die gerade, untergehakt bei Micke, den Mittelgang entlangschritt. Wusste der Himmel, was der Grund für ihren pietätlosen Freudenausbruch war. Micke machte hektisch »Pssst!« und schob sie in eine der Bänke. Und so konnte Anki wieder in ihren schönen meditativen Zustand verfallen. Die Menschen reagierten so unterschiedlich auf dramatische Umstände, Saras Lachanfall musste auf nichts hindeuten, besonders nicht darauf, dass sie nicht trauerte.

Lena wollte noch bleiben, aber Anki hatte andere Pläne. Sie ließ ihre Freundin zurück und ging zu Tryggve ans hinterste Ende der Kirche.

»Ich möchte reden«, sagte sie freiheraus.

»Mit mir?«

»Ja, mit dir. Können wir mal rausgehen?«

Tryggve folgte ihr, und sie setzten sich auf die Bank, die neben dem Kirchenportal aufgestellt worden war.

»Wie geht es Lena?«, fragte Tryggve und nickte zur Kirche.

Anki zuckte mit den Schultern. »Nicht besonders, fürchte ich. Da verknallt sich die Arme Hals über Kopf in Åke, und dann wird der Typ verhaftet. Sie hatte schon oft Pech mit ihren Männern, aber so ein Unglück wie diesmal, das gab es noch nie.«

Tryggve verschränkte die Arme vor der Brust und schien sich in der Weite der Felder zu verlieren, die an die gegenüberliegende Seite des Wegs grenzten.

»Sie werden ihn bald wieder freilassen«, sagte er.

»Glaubst du?«

»Spätestens am Mittwoch, also übermorgen. Da bin ich mir ganz sicher. Åke hat Gull-Britt nicht ermordet.«

»Aber warum in Gottes Namen wurde er dann überhaupt verhaftet?«, fragte Anki.

Tryggve lachte. »Weil der Trottel gedankenverloren an der Borte der Mordwaffe herumfingern musste. Und es gab noch andere Spuren von ihm im Haus. Wer auch immer Gull-Britt ermordet hat, war sehr vorsichtig und hat keinerlei Spuren hinterlassen.«

»Okay«, sagte Anki und richtete sich auf. »Dein Riecher ist wieder aktiv, wie ich merke. Du hältst Åke für unschuldig. Wie waren noch mal die Fragen: Wo, wann, wie und wer, nicht wahr?«

Tryggve nickte.

»Wir wissen, dass Gull-Britt ermordet wurde«, fuhr sie fort, »aber wissen wir auch, wann ungefähr?«

»Sie war noch warm, als Åke sie fand«, sagte Tryggve. »Der Mord muss also kurz vorher geschehen sein. Laut Rechtsmedizinerin maximal eine Stunde.«

»Außerdem wissen wir, wie Gull-Britt umgebracht wurde«, fasste Anki weiter zusammen. »Das Einzige, was wir noch nicht beantworten können, ist: wer.«

»Genau«, stimmte Tryggve zu, »und das ist immer die schwierigste Frage.«

Anki versank in ihren Gedanken. Vielleicht sollte sie mit Tryggve eine Liste von denjenigen zusammenstellen, die ein Motiv hatten. Und Åke stand ziemlich weit oben auf dieser Liste, egal, was Tryggve sagte.

»Was ist mit seinem Sohn?«, schlug sie vor und deutete zur Kirche. »Könnte Micke ein Motiv haben?«

Tryggve strich sich übers Kinn.

»Das wäre eine Möglichkeit«, gab er zu. »Das Restaurant läuft sicher nicht gut, insofern könnte das Vermögen zu einem ziemlich glaubwürdigen Motiv werden. Jetzt, wo Gull-Britt keine Rolle mehr spielt, müsste Åke der nächste Haupterbe sein.«

»Vielleicht wittert er Morgenluft?«

Sie dachte daran, wie Mickes Frau gerade in der Kirche gekichert hatte.

»Gibt es da eine Verbindung? Was meinst du?«, fragte sie.

»Ich gehe davon aus, dass die beiden Morde in einem Zusammenhang stehen«, antwortete Tryggve. »Alles andere wäre unwahrscheinlich. Jemand wollte sich Nils Hanssons und seiner Frau entledigen. Die Frage bleibt bloß: warum?«

»Lotta wird wohl kaum ihre eigene Mutter ermordet haben«, sagte Anki.

»Das wäre ein schrecklicher Gedanke, das gebe ich zu«, führte Tryggve aus, »aber das wäre nicht der erste Fall dieser Art. Und ich habe dir doch von dem Streit erzählt, den David mitbekommen hat.«

»Vielleicht hat David die Geschichte aber auch erfunden und damit eine Art falsche Fährte gelegt. Er und Lotta hätten ebenfalls im ausstehenden Vermögen ein Motiv. Genau wie die Betreiber des Plogbillen.«

Zwischen Tryggves Augenbrauen bildete sich eine tiefe Falte.

»Die Schwestern Ann und Sara«, dachte Anki laut, »woher kommen die eigentlich genau?«

»Ann Fransson stammt ursprünglich aus Mullvald, dann wird das wohl auch für Sara gelten. Aber ich kann nicht sagen, von welchem Hof oder woher genau. Und zum jetzigen Zeitpunkt finde ich auch keine Hinweise darauf, wie sie vom Tod des Ehepaars Hansson profitieren sollten.«

»Scheint so, als hätten wir uns festgefahren«, sagte Anki. »Der einzige Trost ist, dass deine früheren Kollegen auch noch nicht herausgefunden haben, wer es war. Aber wenn man bedenkt, dass wir sie schon einmal geschlagen haben …«

Tryggve schaute sie amüsiert an. Natürlich war ihr Kommentar ein wenig respektlos, wenn man sich bewusst machte, wie ernst die Situation eigentlich war, aber man musste schließlich zwischendurch auch einmal lachen dürfen, sonst drehte man ja völlig durch.

Die Kirchentür ging knirschend auf, und Lena erschien davor.

»Komm her, meine Liebe«, sagte Anki. »Tryggve hat gute Neuigkeiten. Er ist davon überzeugt, dass Åke spätestens am Mittwoch wieder auf freiem Fuß ist.«

Lena schenkte ihnen ein mattes Lächeln. »Im Ernst? Na, dann muss er sich aber gleich auf das nächste Verhör gefasst machen. Zumindest soll er mir erklären, warum er sich heimlich mit Ann Fransson trifft.«

Anki lächelte ihre Freundin an. Den Kopf steckte sie jedenfalls nicht in den Sand, auch wenn sie gerade Liebeskummer hatte. Lena hatte Mumm, so viel war klar. Und Anki war auch sehr neugierig darauf, zu erfahren, was genau da zwischen Åke und Ann lief.

»Wo ich euch beide so einträchtig dort sitzen sehe«, sagte Lena, »fällt mir ein, dass ich immer noch nicht auf deine Frage geantwortet habe.«

»Welche Frage meinst du?«, wunderte sich Anki und dachte unweigerlich an all die lustigen Quizfragen, mit denen sie sich die gemeinsame Zeit versüßt hatten.

»Anki, du hast mir doch erzählt, dass Nils Hansson ein Gift verabreicht wurde, das man in Zellgiften findet, oder nicht?«

Sofort setzte Tryggve sich auf. »Haben Sie etwas herausgefunden?«, fragte er.

»Ja«, sagte Lena. »Ich habe einen Kollegen angerufen, der viele Jahre mit Krebspatienten gearbeitet hat, und der konnte selbstverständlich sofort helfen.«

Anki wurde ungeduldig. In wenigen Sekunden würde sie erfahren, womit Nils Hansson vergiftet worden war, dann konnte es endlich weitergehen, und sie würden nicht länger auf der Stelle treten.

»Nun sag schon!«, drängte sie.

Lena schaute erst Anki, dann Tryggve an.

»Eibe«, sagte sie. »Man nutzt Eibe als Zellgift. Ist das irgendwie hilfreich?«

41

Kaum waren sie von der Kirche zurückgekehrt, schlug Lena vor, die Stallarbeit zu übernehmen.

»Ich muss etwas Praktisches machen, wenn meine Seele durch die Hölle geht«, erklärte sie. »Mist schaufeln, Osk und Austri striegeln klingt nach der perfekten Beschäftigung für mich.«

Anki war sehr dankbar, denn so blieb ihr mehr Zeit für anderes. Sofort setzte sie sich mit dem Laptop in ihren Lieblingssessel. Auf dem kleinen Beistelltisch lagen ein Notizbuch und ein Stift bereit. Wenn sie etwas herausfand, tat sie sicher gut daran, das aufzuschreiben. In ihrem Alter zu behaupten, man könne sich noch alles merken, war reine Angeberei.

Es war eine Weile her, seit Gunilla und Anki an jenem Morgen in Hansarve vorbeigegangen waren, den extrem gestutzten Busch begutachtet und sich mit Gull-Britt unterhalten hatten. Lenas Information über das Zellgift war höchst interessant gewesen, Anki hatte sofort an den Busch auf dem Hof Hansarve denken müssen. War das vielleicht sogar eine Eibe?

Anki suchte im Internet nach Bildern dieser Baumart. Ein schöner Nadelbaum mit roten Beeren. Manchmal wurde er zum Bau von Möbeln verwendet und mitunter »deutsches Ebenholz« genannt. Wo hatte sie das bloß schon mal gehört? War das kleine Bücherregal, das Tryggve von Margaretha und Per geschenkt bekommen hatte, nicht aus Ebenholz? Sie machte sich schnell eine Notiz dazu und suchte dann weiter.

Eiben hatte sie schon viele auf englischen Friedhöfen gesehen, als sie auf Reisen war, aber sie hatte nie genauer darüber nachgedacht. Warum standen sie just dort? Es musste irgendeinen Symbolcharakter geben.

Sie stieß auf ein paar biblische Hinweise, sowohl im Evangelium als auch in der Offenbarung des Johannes wurde die Eibe erwähnt. Sie symbolisierte die Unsterblichkeit der Seele und damit die Möglichkeit zur Auferstehung der Toten zum ewigen Leben auf der Erde. Das ewige Leben sollte Gottes Geschenk an die Menschheit sein zu einer Zeit, in der es den Tod nicht länger gab.

»Unglaublich«, sagte sie laut zu sich selbst. »Das klingt ja wie ein waschechtes Märchen.«

Nicht weiter verwunderlich also, dass sie in England auf den Friedhöfen wuchsen. Anki erinnerte sich noch daran, dass ihr Fremdenführer erklärt hatte, dass sie giftig und furcht einflößend seien, wobei Letzteres ja eigentlich übertrieben war. Sofern man nicht glaubte, dass ewiges Leben gleichbedeutend war mit einer schrecklichen Zukunft.

»*Und er wird alle Tränen von ihren Augen abwischen: Der Tod wird nicht mehr sein, keine Trauer, keine Klage, keine Mühsal. Denn was früher war, ist vergangen*«, las Anki ein Bibelzitat von einer Internetseite. Mächtige Worte.

Sie setzte ihre Suche fort und stieß auf die Beschreibung und mehrere Fotos des Gewächses. Samen, Nadeln und Rinde waren extrem giftig. Wieso konnten die Amseln dann davon fressen? Laut Gunilla und Gull-Britt pickten die Vögel nur zu gern die Beeren. Also las sie weiter. *Die farbenfrohen Samenmäntel sind nicht giftig*. Aha, das erklärte einiges.

»Hier haben wir doch etwas«, murmelte sie vor sich hin und meinte die Überschrift *Symptome*.

Wenn man Samen oder Nadeln der Eibe zu sich nahm,

dauerte es mindestens drei Stunden, bis sich erste Symptome zeigten. Drei Stunden? Sie las den Abschnitt noch einmal. Diese Zeitangabe änderte die Ausgangslage enorm.

»*Lippen werden blaurot*«, murmelte sie.

Hatten Nils' Lippen nicht so ausgesehen? Ein trockener Mund war ein anderes Symptom. Nils Hansson hatte über Durst geklagt und einen kompletten Whisky hinuntergestürzt. Und um einen weiteren gebeten. Åke hatte angemerkt, dass er wahrscheinlich einen über den Durst getrunken habe. Schläfrigkeit war ein weiterer Hinweis auf eine solche Vergiftung, und Nils hatte oft gegähnt, bevor er aufgestanden und dann in sich zusammengesackt war.

Anki blieb kerzengerade sitzen und starrte vor sich. Gull-Britt war mit einem Kissen erstickt worden, in das der Täter vorher Trüffel gesteckt hatte. Das warf die Frage auf, wer Zugang zu sowohl Eiben als auch Trüffeln hatte. Und wer hatte Gelegenheit, Nils drei Stunden vor seinem Tod etwas unters Essen oder die Getränke zu mischen?

42

Mittwoch, 25. November

Der Himmel war grau wie Blei, aber es dämmerte noch nicht, als Astrid Bergsten sich in ihr Auto setzte und nach der Arbeit von Visby nach Hause fuhr. Mittwochs arbeitete sie nur bis mittags, und sie freute sich immer auf ihren freien Nachmittag. Heute hatte sie sich um einen bevorstehenden Leichenschmaus gekümmert und die Reste des gestrigen Suppenessens eingefroren. Viel war nicht übrig geblieben, denn für gewöhnlich erschienen viele Rentner, um für wenig Geld zu essen. Es machte ihr viel Freude, sich mit ihnen zu unterhalten. Sie waren treue Seelen, die Dienstag für Dienstag kamen. Manchmal ließ sich auch ein neues Gesicht blicken oder aber ein Platz blieb leer, weil jemand das Zeitliche gesegnet hatte.

Astrid bog in den Kreisverkehr am großen Supermarkt ein und nahm dann die 143 an der Trabrennbahn vorbei Richtung Follingbo. Bald kannte sie den Weg im Schlaf. Sie dachte an die Tragödie in Mullvald. Gestern hatte sie sich mit einem früheren Gemeindemitglied aus Mullvald über die Geschehnisse unterhalten. Carin Herdin, die bereits seit ungefähr fünfundzwanzig Jahren nicht mehr dort wohnte, verfolgte trotzdem aufmerksam in der Zeitung, was über die Morde geschrieben wurde. Carin hatte ihre Sorge über ihre beiden Töchter geäußert, Ann und Sara. Gefragt, ob Astrid sie kenne.

Hoffentlich wurden die Morde bald aufgeklärt, niemand kam wirklich zur Ruhe, solange das nicht der Fall war. Wer wollte Nils Hansson und seine Frau tot sehen?

Das Trüffelfestival hatte auf die schlimmstmögliche Art geendet. Der hochgewachsene und eher drahtige Mann, das Geburtstagskind noch dazu, war einfach zusammengebrochen und gestorben. Sie alle hatten nur stumm dagestanden, als Tryggve Fridman dies verkündigte. Alle außer Ann, die hemmungslos zu weinen anfing. Aus irgendeinem Grund musste sie einen ordentlichen Schock erlitten haben. Vermutlich, weil sie dem Opfer am nächsten gesessen hatte. Trotzdem schienen sie kein längeres Gespräch geführt zu haben. Tryggve hatte sich an jenem Abend darum bemüht, Ann zu unterhalten, wie Astrid aufgefallen war. Ann Fransson, eine ziemlich graue Maus, die mit dem unerträglichen Robin verheiratet und darüber hinaus die Frau gewesen war, mit der Åke sich nach dem Segnungsgottesdienst unterhalten hatte. Daran erinnerte Astrid sich sehr genau, weil Åke ihr ausdrücklich versprochen hatte, nach dem Gottesdienst noch mit ihr zu sprechen, und dann einfach verschwunden war. Er hatte sich zu Ann herübergebeugt, als wollte er ihr etwas ins Ohr flüstern oder ihr einen Kuss auf die Wange geben. Seither war kein Gespräch zwischen Astrid und Åke zustande gekommen, aber vielleicht war das auch gut. Unfreiwillig erschauderte sie. Was, wenn er wirklich etwas mit dem Tod seines Bruders zu tun hatte?

Sie ließ Roma hinter sich, dann fuhr sie durch Högbro, Sjonhem und dann durch ein langes Waldstück. Aufmerksam hielt sie die Straßengräben zu beiden Seiten im Blick, hier konnten plötzlich Rehe auftauchen, und sie wollte keinen Unfall riskieren. Noch ein paar Kilometer, dann war sie wieder bei ihrem geliebten Oskar. Ganz konnte sie die Gedanken an das gestrige Suppenessen nicht abschütteln. Carin Herdin hatte noch etwas gesagt, aber was?

Astrid wurde langsamer, als sie Mullvald erreichte, und bog

dann nach links ab Richtung Pfarrhof. Direkt vor der Mauer hielt sie an und blieb noch einen Moment im Wagen sitzen, um durch die Windschutzscheibe zu starren, bis sie sich plötzlich mit den Fingerspitzen gegen die Stirn klopfte. Genau, das war es! Carin Herdin hatte erwähnt, dass sie Nils Hansson kannte. Sogar mehr als das. Astrid zählte Carins Kinder durch. Sara war die Älteste, dann kam Ann, und schließlich waren da noch ein paar Söhne, aber wie sie hießen, wusste Astrid nicht mehr. Das machte jedoch nichts. Sie startete den Wagen und fuhr weiter in Richtung des alten Pfarrhauses.

43

Tryggve drückte das Gespräch weg und schaute gedankenverloren aus dem Küchenfenster. Fast drei Wochen waren vergangen, seit Margaretha und Per dort draußen gestanden und gekämpft hatten, um das hübsche Bücherregal aus dem Kombi zu bugsieren. Es war schön gewesen, sie zu Besuch zu haben, sie hatten für eine gute, heitere Stimmung gesorgt, was dringend nötig war in Zeiten, in denen man sich plötzlich mit dem Tod konfrontiert sah. Manchmal brauchte man eine Pause von der Wirklichkeit und musste sich ein bisschen Abwechslung gönnen, man konnte schließlich nicht den lieben langen Tag über Morde nachdenken.

Ihr Freund Åke hatte sich von Anfang an sonderbar aufgeführt. Ein fideler Knabe, der um sein ehemaliges Zuhause schlich, weil sein Bruder ihn ausgesperrt hatte. Åke hatte nicht sonderlich schockiert oder traurig gewirkt, als Nils nach dem Trüffelmenü hinausgetragen wurde. Das Verhältnis zu seinem Sohn schien ebenfalls nicht das beste zu sein, selbst wenn es keinen ganz so giftigen Eindruck machte wie das zum Bruder. War die Unfähigkeit, mit seinen Mitmenschen klarzukommen, genetisch bei den Hanssons?

Und dann der grobe Fehler, der dazu führte, dass man ihn wegen Verdacht des Mordes an Gull-Britt Hansson festhielt. Was für ein unglaublicher Stümper! Wieso lief er auch im ganzen Haus herum und tatschte alles an, statt sofort die Polizei zu verständigen? Spätestens um Punkt zwölf sollte Åke seine Freiheit wiederhaben, hatte Mats Myrstedt gesagt, weshalb Per sofort nach Visby gefahren war, um ihn abzuholen. Sie ließen ihn aus Mangel an Beweisen gehen, aber trotzdem war er nicht uninteressant für die weiteren Ermittlungen.

Tryggve hatte so unauffällig wie möglich nachgehakt, was sie denn über Åke ausgegraben hätten, aber sein Kollege hatte nichts Aufregendes berichten können. Vor fünfunddreißig Jahren war er wegen Trunkenheit festgenommen geworden und hatte seinen Rausch in einer Ausnüchterungszelle ausschlafen müssen, nachdem er sich mit jemandem in einem Restaurant geprügelt hatte. Davon abgesehen, war seine Weste rein wie frischer Schnee. Und das war auch schwer nötig, bei seinem politischen Mandat. Dass ein Lokalpolitiker des Mordes verdächtigt wurde, sorgte für Aufsehen, und die Frage war, ob seine politische Laufbahn das überstehen würde.

Tryggve senkte den Blick und fing an, die Spülmaschine einzuräumen. Praktische Arbeit förderte das Denken, schon kehrten seine Gedanken zu dem Telefonat zurück, das er gerade mit seinem Kollegen geführt hatte.

»Unser alter Freund in Linköping hat sich eiligst gekümmert«, hatte Myrstedt gesagt. »Der Bericht über Gull-Britt Hansson kam heute.«

Ziemlich schnell, dachte Tryggve, ihr Mord lag gerade mal drei Tage zurück. Aber die Todesursache war natürlich nicht so schwer festzustellen.

»Du, mein lieber Watson, hattest recht«, sagte Myrstedt.

»Das habe ich ja für gewöhnlich«, entgegnete Tryggve, »womit denn diesmal?«

Tryggve seufzte innerlich vor Erleichterung. Es wäre schon ärgerlich gewesen, hätte er falschgelegen. Dann hätte sein Vertrauen in die eigene Intuition einen ordentlichen Knacks bekommen.

»Tod durch Ersticken«, antwortete Myrstedt. »Aber das hätte sich selbst ein Kind ausrechnen können. Keinerlei Abwehrverletzungen, dafür aber Hämatome an den Armen auf Höhe der Ellbogen.«

»Dann hat der Täter vermutlich rittlings auf ihr gesessen und die Arme mit den Knien fixiert«, sagte Tryggve. »So hatte sie trotz ihrer Körperfülle keine Chance. Kommt für die Tat jeder infrage?«

»Das möchte ich annehmen«, erwiderte Myrstedt, »besonders, wenn sie überrascht wurde. Und dass Frau Hansson kräftig war, sagt ja noch lange nichts über ihre Muskelkraft aus.«

»Das heißt, sowohl ein Mann als auch eine Frau hätte sie ersticken können?«, versicherte Tryggve sich.

»Ich wage es, das zu behaupten.«

Es kam also wirklich jeder infrage, auch eine Frau.

»Sag mal«, hakte Tryggve nach, »das Gift, durch das Hansson gestorben ist. Du hast mir schon gesagt, wie es heißt, aber ich habe dazu noch eine weitere Frage. Vielmehr müsstest du mir nur etwas bestätigen.«

»Schieß los.«

»Woher kommt das Gift? Also dieses Zeug, was man als Zellgift nimmt. Wird es natürlich oder chemisch gewonnen?«

Er wollte das nur gegenprüfen. Lena war sich absolut sicher gewesen, aber es konnte ja nicht schaden, Mats Myrstedts Sicht der Dinge abzufragen.

»Das rätst du nie«, sagte Myrstedt. »Warte, ich muss das eben nachschlagen. Ja, hier steht's! Die Experten sagen, es war Eibe. Kannst du dir das vorstellen?«

»Mats, ich melde mich später noch mal«, hatte Tryggve gesagt. »Ich muss etwas nachprüfen.«

Tryggve stellte den letzten Teller in die Spülmaschine, steckte eine Tablette in den Behälter und schaltete das Schonprogramm ein. Dann nahm er erneut das Mobiltelefon zur Hand und wählte Ankis Nummer. Sie ging fast sofort dran.

»Ich würde gern etwas mit dir durchspielen«, sagte Tryggve ohne Umschweife. »Hast du gerade Zeit?«

»Wir müssen uns dringend unterhalten, aber im Moment ist es schlecht. Ich komme gerade aus Visby, wo ich meine Freundinnen eingesammelt habe, und muss jetzt unbedingt in den Stall.«

»Dann komme ich zu dir. Können wir im Stall ungestört sprechen?«

Anki hatte bereits mit der Stallarbeit begonnen und fütterte ihren Lieblingen gerade Hafer, als Tryggve in Gesellschaft von Putte in der Tür erschien.

»Du«, sagte Tryggve, »hast du das mit dem Zellgift und der Eibe, was Lena meinte, nachgeschlagen? Darum wolltest du dich doch kümmern.«

»Ja, habe ich«, antwortete sie. »Ich habe danach gegoogelt und wirklich interessante Dinge gefunden. Nicht gerade der netteste Nadelbaum der Welt.«

»So viel habe ich auch schon verstanden«, erwiderte Tryggve. »Los, erzähl mal.«

»Eibe«, fing Anki an und unterbrach dafür die Fütterung. »In England heißt sie übrigens *yew* und ist auf jedem Friedhof zu finden.«

»Auf Friedhöfen? Wieso denn das?«, wollte Tryggve wissen und hielt ihr höflich die Tür von Osks Box auf.

»Weil die Eibe mit dem ewigen Leben in Verbindung gebracht wird«, erklärte sie. »Durch sie soll es keinen Tod mehr geben, keine Trauer und keine Schmerzen. Die Eibe ist das Symbol dafür. Eigentlich eine sehr schöne Idee.«

»Und so soll sie von allem Schweren erlösen?«, fragte Tryggve. »Und das, obwohl sie so unfassbar giftig ist?«, fügte er noch schnell hinzu.

»Ja, und im Großen und Ganzen ist alles an ihr giftig«, antwortete Anki. »Aber jetzt pass auf, das hier ist interessant: Es dauert mindestens drei Stunden, nachdem man etwas von der Eibe zu sich genommen hat, bis sich die Symptome der Vergiftung zeigen!«

Tryggve reagierte nicht sofort.

»Drei Stunden …«, sagte er nach einer Weile und versuchte zu rekonstruieren, was sich ihnen präsentiert hatte, als sie das Restaurant betraten. »Das verringert die Zahl der Verdächtigen natürlich noch einmal«, fuhr er dann fort.

»Genau«, stimmte Anki zu, »wir alle sind so ziemlich genau drei Stunden vor seinem Tod im Plogbillen angekommen. Somit können wir Åke endgültig von der Liste der Verdächtigen streichen. Zumindest im Fall von Nils.«

»Weißt du noch, wer bereits im Restaurant war, als wir ankamen?«

»Lass mal überlegen. Das Pfarrerpaar«, sagte Anki nachdenklich, »außerdem Ann und Robin Fransson und natürlich alle vier Restaurantmitarbeiter, wenn wir auch am meisten von Lotta und David gesehen haben.«

Sie schob den Riegel der Box zu und streichelte dann Austri über den Nasenrücken.

»Könnte das Gift in einem der ersten, eher zahmeren Gerichte gewesen sein?«, fragte sie. »Aber warum haben sich dann nicht bei uns allen Vergiftungserscheinungen gezeigt?«

»Nils hatte einen schweren Herzfehler, vielleicht war er deshalb besonders anfällig?«, schlug Tryggve vor. »Gull-Britt können wir als Täterin auch ausschließen, nach dem, was ihr nun zugestoßen ist. Und ich möchte wetten, dass wir den Pfarrer und seine Frau ebenfalls gefahrlos von der Liste streichen können.«

»Da bin ich ganz deiner Meinung«, stimmte Anki zu und warf einen Blick auf die Uhr. »Aber Tryggve, jetzt muss ich den Stall zumachen und hineingehen. Wir müssen unser Gespräch morgen fortsetzen.«

Er nickte, richtete seine Mütze, zog sich die Handschuhe an und rief seinen Hund zu sich.

»Ruf mich an, sofern dir noch etwas einfällt«, sagte er, und dann hatte er sich auch schon auf den Weg gemacht.

44

Astrid parkte vor dem ehemaligen Pfarrhaus, stieg aus, ging das Stück bis zur Veranda, klopfte an und trat dann sofort ein. Eine von Ankis Freundinnen kam ihr im Flur entgegen, Lena hieß sie wohl. Astrid erinnerte sich an sie, weil sie an der Trüffelsafari und dem anschließenden Dinner teilgenommen hatte. Eine schöne Frau, was auch Åke nicht entgangen war, schließlich machten die beiden den Eindruck, sich gefunden zu haben.

»Hallo«, sagte Astrid, »ist Anki zu Hause?«

»Ja, sie steht in der Küche und kümmert sich mit meinen anderen Freundinnen ums Kochen. Ich hole sie.«

Lena verschwand im hinteren Teil des Hauses, und kurz darauf erschien Anki. Sie trug eine Kochschürze und hatte sich ein buntes Tuch um die Haare gewickelt.

»Astrid?« Sie wirkte verwundert. »Was haben Sie denn auf dem Herzen?«

»Ich würde gern mit Ihnen über etwas sprechen«, sagte Astrid kaum hörbar.

»Worüber denn?«

»Die Morde. Ja, ich weiß, das klingt merkwürdig, aber mir ist da eine Idee gekommen, und ich muss von jemand Außenstehendem hören, ob das völlig verrückt klingt oder nicht. Da dachte ich an Sie. Hätten Sie einen Moment?«

»Kommen Sie«, sagte Anki, »wir gehen in mein Arbeitszimmer, da können wir ungestört reden.«

»Nein, Sie müssen mit mir nach Visby kommen.«

»In die Stadt?«, fragte Anki und schaute auf ihre Uhr. »Da war ich heute schon einmal, um meine Freundinnen abzuholen.«

Wie konnte Astrid ihr begreiflich machen, dass es notwendig war?

»Dann begleiten Sie mich bitte wenigstens erst mal zu meinem Auto«, flehte sie. »Dort sind wir dann auf jeden Fall unter vier Augen.«

Sie warf einen vielsagenden Blick zur Küche, wo sich alle Stockholmerinnen augenscheinlich irgendwie beschäftigten. Anki legte die Schürze ab und folgte Astrid zum Auto.

»Ich höre«, sagte Anki. Sie schien nicht einmal überrascht darüber, dass Astrid mit der Information an sie herangetreten war, zu ahnen, wer die Morde verschuldet hatte.

»Gestern war eine Frau beim Suppenessen«, fing sie an, »eine Frau, die vor langer Zeit in Mullvald gewohnt hat und die Nils Hansson kannte.«

Erst als sie Anki ihre Gedanken wiedergab, hörte sie selbst, wie sonderbar das alles klang. Anki unterbrach sie kein einziges Mal. Als sie alles erzählt hatte, blieb es erst einmal still im Wagen. Anki Karlsson glaubte ihr offenbar nicht. Und natürlich klangen ihre Überlegungen äußerst fantasievoll. Astrid erschauderte, es war kalt geworden, weshalb sie sich nach ihrer Jacke streckte, die auf dem Rücksitz lag.

»Ich fände es gut, wenn wir zusammen zu ihr fahren könnten, um mit ihr zu sprechen«, sagte Astrid. »Wir sollten sie fragen, ob es wirklich so sein könnte, wie ich vermute.«

»Und Sie kennen diese Frau?«

Astrid schüttelte den Kopf. »Kennen wäre wohl übertrieben, aber wir sind uns noch von früher bekannt, als wir beide hier in Mullvald lebten.«

Anki öffnete die Autotür.

»Ich bin sofort zurück«, sagte sie. »Starten Sie den Wagen schon mal, damit es warm wird. Sie frieren ja fürchterlich.«

Es dauerte nicht lange, bis Anki zurück war. Darüber hinaus schien sie Astrids Gedanken nicht einmal für haltlose Hirngespinste zu halten.

»Dann los!«, sagte sie nur. »Wie heißt sie?«

»Carin Herdin. Versuchen Sie mal über Ihr Handy, ihre Adresse herauszufinden.«

Anki tippte auf ihrem Handy herum, während Astrid den Wagen nun in entgegengesetzter Richtung über die 143 durch das Waldstück steuerte.

»Herdin, ich hab sie gefunden!«, rief Anki. »Jungmansgatan, wissen Sie, wo die ist?«

»Ja, das ist am Stadtrand, in Gråbo. Keine besonders schicke Wohngegend, viel sozialer Wohnungsbau. Aber es gibt dort auch Einfamilienhäuser.«

Astrid fuhr, so schnell sie sich traute, vielleicht war Eile geboten.

»Also«, sagte Anki, als hätte sie ihre Gedanken gelesen, »wenn es so ist, wie Sie glauben, dann könnte Åke der nächste auf der Liste sein.«

»Das ist möglich«, stimmte Astrid zu. »Und er ist noch dazu jetzt wieder auf freiem Fuß.«

Im großen Kreisverkehr beim Supermarkt nahm sie die dritte Ausfahrt und steuerte den Färjeleden an. Dem mussten sie nur ein kleines Stück folgen und dann rechts nach Gråbo abbiegen. Fast unmittelbar danach befanden sie sich auf der Jungmansgatan, die lang war und einmal um das ganze Viertel führte. Astrid verlangsamte das Tempo, und Anki hielt nach der gesuchten Hausnummer Ausschau.

»Da«, sagte sie bald. »Sie können direkt davor parken. Sollen wir zusammen hineingehen, oder wollen Sie ihr lieber allein gegenübertreten?«

»Wir gehen zusammen«, antwortete Astrid, »aber ich spreche mit ihr. Ich hoffe mal, dass sie mich wiedererkennt.«

Eine Reinigungskraft putzte den Flur und hatte etwas in die Tür geklemmt, damit sie nicht zufiel. Anki und Astrid gingen einfach hinein. Bereits im Erdgeschoss stand »Herdin« auf einer Tür zur Rechten.

»Oh«, entfuhr es Anki. »So weit unten würde ich in der Stadt wirklich nicht gern wohnen wollen.«

Es dauerte ein Weilchen, bis sie schlurfende Schritte hörten, dann rasselte die Kette, und die Tür wurde geöffnet. Der Geruch, der ihnen entgegenschlug, verriet ihnen, dass hier eine eingefleischte Raucherin wohnte. Die nun vor ihnen stehende Frau zeigte deutliche Spuren eines harten Lebens, sie war blass, mager, und ihr graues Haar hing ihr schlaff bis auf die Schultern. Die Jeans war längst aus der Mode und ziemlich ausgewaschen, als Kontrast dazu trug sie einen hübschen erdbeerroten Pullover. Er machte einen selbst gestrickten und brandneuen Eindruck.

»Wer sind Sie?«, fragte Carin Herdin und glotzte sie aus großen Augen an. »Mit Zeugen Jehovas spreche ich nicht.«

»Hallo«, sagte Astrid und streckte eine Hand aus. »Wir haben uns gestern in der Kirche beim Suppenessen unterhalten. Astrid. Aus Mullvald.«

Die Frau betrachtete sie prüfend und nickte dann.

»Stimmt, ich erinnere mich«, sagte sie.

Dann wandte sie sich an Anki.

»Und wer sind Sie?«

»Ich heiße Anki Karlsson und wohne ebenfalls in Mullvald. Ich kenne Ihre Töchter.«

Ein Funkeln trat in Carin Herdins Augen.

»Kommen Sie rein, dann können wir uns in die Küche setzen.«

Sie zündete sich eine Zigarette an und fuhr fort: »Meine

Mädchen haben schon immer aufeinander aufgepasst.« Dann schienen ihre Gedanken sie weit in die Vergangenheit zu tragen. »Manchmal hatten wir es sehr schwer.«

Carin Herdin löschte die Zigarette unter laufendem Wasser und setzte sich an den Küchentisch.

»Und jetzt ist er tot«, sagte sie geradeheraus.

»Ja«, sagte Astrid. »Ihr Vater ist tot.«

Die Frau zuckte zusammen.

»Sie wissen Bescheid?«, fragte sie.

Astrid nickte sachte.

»Glauben Sie, dass sie es war?«, fragte Astrid.

»Die ihn umgebracht hat?«

Carin Herdins Augen füllten sich mit Tränen, die schon bald über ihre faltigen Wangen liefen.

»Ich bin doch nur eine Mutter«, sagte sie. »Was soll ich glauben?«

Sie klopfte sich mit zwei Fingern gegen den Kopf. Dann riss sie ein Blatt der Küchenrolle ab, die auf dem Tisch vor ihr stand, und schnäuzte sich.

»Das Mädchen ist nicht ganz, wie es sein sollte. Und sie trägt einen so abgrundtiefen Hass in sich«, flüsterte Carin Herdin. »Der nagt an ihr.«

Es wurde still am Tisch. Nur das hartnäckige Tropfen des Wasserhahns war zu hören.

Als sie wieder im Auto saßen und die Jungmansgatan hinter sich gelassen hatten, klingelte Ankis Handy. Astrid konnte hören, dass es um etwas Ernstes gehen musste, Anki war untypisch wortkarg.

»Wir kommen, so schnell wir können«, sagte Anki. »Ich werde Tryggve verständigen.«

Sofort nach dem Auflegen wählte sie eine neue Nummer an, aber es schien niemand dranzugehen.

»Was ist passiert?«, fragte Astrid und gab Gas.

»Lena ist verschwunden«, sagte sie, »und Tryggve erreiche ich auch nicht.«

»Wer hat Sie angerufen?«, wollte Astrid wissen.

»Meine Freundin Ingegerd. Nicht nur Lena ist spurlos verschwunden. Auch Åke ist nicht aufzufinden.«

45

Tryggve tastete den kleinen Vorsprung ab, der die Kellertreppe vor Regen schützen sollte. Nicht selten deponierten die Menschen auf dem Land ihre Schlüssel dort. Eigentlich kein besonders kluges Versteck, aber Märta Olsson vom Handarbeitskreis hatte einmal beim Kirchenkaffee eine sehr einleuchtende Erklärung dafür geliefert.

»Es ist doch besser, wenn sich die Diebe mit einem Schlüssel Zugang verschaffen, als eine der schönen Haustüren aufzubrechen, die davon nur kaputtgeht«, hatte sie gesagt, und so gesehen, hatte Tryggve ihr sogar recht geben müssen.

Beim Hansarve Hof lag jedenfalls kein Schlüssel auf dem kleinen Vorsprung über der Kellertreppe. Also schaute Tryggve sich nach einem anderen geeigneten Ort um, doch ohne Erfolg. Dann legte er die Hand auf die Klinke und drückte sie hinunter. Die Kellertür glitt auf wie nichts. Jeder, der wollte, konnte ohne Weiteres hier hereinspazieren. Da war es nicht weiter verwunderlich, dass Åke Hansson sich so leicht Zugang verschaffen konnte, obwohl er von seinem Bruder Zutrittsverbot hatte.

Tryggve konnte sich nur zu gut daran erinnern, wie es ausgesehen hatte, als er das letzte Mal im Haus gewesen war. Da hatte Åke ihn zu Hilfe gerufen, nachdem er die tote Gull-Britt gefunden hatte. Die Kellertreppe lag direkt vor ihm, sodass er nicht mal Licht machen musste, um sie zu finden. Er ging hinauf und öffnete dann die Tür zu der kleinen Diele, die zur Küche führte. Dort verweilte er kurz und lauschte, aber im Haus war es still. Åke wagte es sicher nicht, hier weiter herumzuschleichen, nach dem was beim letzten Mal passiert war. Er hatte einen hohen Preis dafür gezahlt. Drei Tage lang seiner Freiheit beraubt und noch immer im Fokus der Ermittlungen stehend.

Tryggve durchquerte die Küche und betrat dann den Raum, in dem Åke die Tote gefunden hatte. Noch immer lag ein schwacher Trüffelgeruch in der Luft. Alle Blätter, die verstreut auf dem Boden gelegen hatten, waren wieder in den Schubladen verstaut worden. Die Tür zum Waffenschrank stand offen, der Schrank selbst war leer, die Waffen aller Wahrscheinlichkeit nach beschlagnahmt. Die Spurensicherung hatte ihre Arbeit gemacht.

Tryggve stellte sich mitten ins Zimmer und betrachtete die Einrichtung. Alte Möbel, Jagdtrophäen an den Wänden, ein Regal mit betagten Büchern. Er hatte den Eindruck, in eine andere Zeit versetzt worden zu sein. Als Kind hatte ihn jedes Mal ein ähnliches Gefühl beschlichen, wenn er bei seinen Großeltern zu Besuch war. Eine spannende Welt für einen kleinen Jungen und ebenso spannend für einen alten, pensionierten Kriminalbeamten. Was hatte Gull-Britt wohl eigentlich gesucht?

Mit dem Zeigefinger fuhr er über die Klassiker, die im Bücherregal standen. Zum Großteil Handbücher zur Aufzucht von Tieren unterschiedlicher Art, altmodische Romane, die heute keine Chance mehr hätten – abgesehen von Mobergs Auswanderer-Epos. Diese Bücher waren wieder aktuell geworden, da der Inhalt zu einem Musical verarbeitet worden war. Aus der dicken, alten Bibel hing ein Messingkreuz. Solche alten Bibeln gab es früher in vielen Haushalten, selbst in Tryggves Elternhaus. Margaretha und er hatten das Buch unter keinen Umständen berühren dürfen, die Seiten waren viel zu fein für ewig schmutzige Kinderhände. Ob er jetzt mal die Gelegenheit nutzen sollte?

Vorsichtig zog er die sicher zehn Zentimeter dicke Bibel aus dem Regal, die in sehr gut erhaltenes Leder eingeschlagen war. Dann öffnete er das kleine Metallschloss und schlug das Vorsatzblatt auf. Die Schrift war altertümlich und nicht leicht zu lesen, aber er verstand zumindest, dass es eine *Bibel Fredriks des I.* war und aus dem Jahr 1728 stammte.

»Was für eine Antiquität«, murmelte er, »da fragt man sich ja gleich, ob die etwas wert ist.«

Schließlich war sie fast dreihundert Jahre alt. Vielleicht hatte der Betreiber seines Lieblingsantiquariats ja das eine oder andere zu diesem Prachtexemplar zu sagen?

Tryggve betrachtete jetzt erst das Vorsatzpapier genau. Dort waren in winziger Schrift Namen verzeichnet. Er musste seine Brille hervorholen, um sie erkennen zu können. Mit dem Buch in den Händen trat er in eine der tiefen Fensternischen, in der Hoffnung, dass ihm das Tageslicht beim Entziffern helfen würde. Was freute er sich schon auf die neue Gleitsichtbrille.

Auf der ersten Seite der Bibel standen sie alle, Hansarves Vorväter und ihre Nachkommen. Hinter den Namen zweier Kinder waren Kreuzchen, was sicher bedeutete, dass sie nicht überlebt hatten. Tryggve studierte die Daten. Eins war zwei Jahre alt geworden, das andere nur ein paar Wochen. Früher war es nicht ungewöhnlich gewesen, dass ein paar einer großen Menge Kinder nicht überlebten. Es grassierten immer wieder Krankheiten, im schlimmsten Fall mit Todesfolge. Fein säuberlich war alles mit Füller eingetragen, vielleicht sollte er sich auch wieder einen besorgen, die Handschrift sah gleich viel schöner aus als mit Kugelschreiber. Am unteren Ende der Seite schien sogar wirklich etwas mit Kuli eingetragen worden zu sein. Erst kürzlich. Tryggve folgte den Buchstaben mit der Spitze des Zeigefingers. Der Name stand neben dem von Nils

Hansson. Inklusive Geburtsjahr. Tryggve nahm seine Brille ab und schaute aus dem Fenster in die Weite der Felder des Hansarve Hofs. Verdammt noch mal, es gab einen Alleinerben des gesamten Vermögens, jemand mit einem zweifellos starken Motiv für die Morde.

Das Handy summte in seiner Tasche und störte seinen Gedankenfluss. Schnell setzte er die Brille wieder auf und schaute auf das Display. Es war Anki. Sie hatte schon einmal versucht, ihn zu erreichen, aber gerade wollte er nicht sprechen, er musste nachdenken. Musste versuchen, sich einen Reim auf das alles zu machen. Die große Frage war, ob die betreffende Person, die in der Bibel verzeichnet war, überhaupt davon wusste. Aber wenn nicht, hätte Gull-Britt wohl kaum …

Tryggve hielt das Handy auf die erste Seite der *Bibel Fredriks des I.* gerichtet und machte ein Beweisfoto. Das musste es gewesen sein, wonach Gull-Britt gesucht hatte. Mit einem Mal verstand er, wie alles zusammenhing. Jetzt musste es schnell gehen, er musste los. Sein Handy summte. Anki ließ nicht locker, hartnäckig war sie ja. Er warf einen Blick auf die Nachricht. Åke und Lena waren verschwunden.

46

Anki verabschiedete sich schnell von Astrid, als sie Mullvald erreichten. Sie hatte sich um Wichtigeres zu kümmern. Lena war weg, Anki musste mehr herausfinden. Sorge drückte ihr auf die Magengegend. Dass Lena verschwunden war, und das auch noch zusammen mit Åke, musste sehr ernst genommen werden. Der Besuch bei Carin Herdin hatte sie in keiner Weise beruhigt.

Sie riss die Tür zu ihrem Haus auf, wo es nach leckerem Essen roch. Ein sehr angenehmer Kontrast zu der verrauchten Wohnung in Gråbo.

»Wir machen uns solche Sorgen!«, sagte Gunilla, die ihr sogleich im Flur entgegenkam. »Jemand kam auf dem Fahrrad vorbei, und Lena ist einfach mitgegangen, ohne ein Wort zu sagen.«

»Habt ihr gesehen, wer das war?«

»Nein, wer immer das war, trug eine Kapuze. Außerdem hatte die Dämmerung bereits eingesetzt. Lena hat sich nicht mal verabschiedet. Ihr Handy hat sie auch nicht mitgenommen, wir konnten sie also nicht mal anrufen.«

»Und Åke?«

»Er ist kurz danach aufgetaucht und wollte Lena sprechen. Als wir ihm gesagt haben, dass sie mit irgendwem losgezogen ist, war auch er sofort weg.«

Anki setzte sich auf den Stuhl im Flur und zog sich die Stiefel aus. Sie musste erst einmal zur Ruhe kommen, damit sie klar denken konnte.

»Es riecht jedenfalls ganz himmlisch«, sagte sie.

»Wir hatten ja schon mit dem Kochen angefangen, da konnten wir nicht einfach aufhören. Ingegerd macht irgendetwas Kniffliges. Sie frittiert und muss ihre Köstlichkeiten die ganze Zeit im Auge behalten.«

»Verstehe«, sagte Anki. »Also, dann macht ihr einfach weiter, und ich versuche noch mal, Tryggve zu erreichen. Ich habe es schon mehrmals probiert, aber er geht einfach nicht dran.«

Sie pflanzte sich in ihren Sessel und dachte nach. Tryggve war zu ihr in den Stall gekommen, sie hatten sich über Eiben unterhalten und darüber, dass es drei Stunden dauerte, bis die Wirkung des Giftes einsetzte. Dann war er aufgebrochen, ohne einen Hinweis darauf, wohin. Und Anki war überraschend von Astrid in die Stadt gebracht worden. Eigentlich war sie todmüde, aber dem Gefühl durfte sie nicht nachgeben. Drei Stunden, so weit hatten sie es eingegrenzt. Drei Stunden, bevor das Gift wirkte. Dann musste es in den Getränken oder in den Jakobsmuscheln gewesen sein. Und dank Carin Herdin hatte Anki nun noch ein weiteres Puzzleteil gefunden.

Sie holte ihren Laptop hervor und nutzte die Suchmaschine, um Tryggves Festnetznummer nachzuschlagen. Nach vier Freitönen nahm endlich jemand ab.

»Fridman«, meldete sich Margaretha.

»Hallo, Margaretha, hier spricht Anki. Ist Tryggve zufällig zu Hause?«

»Nein, ich habe meinen Bruder seit heute Morgen nicht gesehen. Per und ich waren in Levide, und dann haben wir Åke in Visby abgeholt. Wir sind eigentlich gerade erst zurück. Das Haus ist leer, nicht mal der Hund ist da. Gibt es irgendein Problem?«

»Ja. Vielmehr, ich weiß es nicht … Aber wenn er auftaucht

oder sich meldet, richten Sie ihm bitte aus, dass er umgehend bei mir anrufen soll.«

»Das werde ich tun.«

Anki dachte kurz nach, bevor sie weitersprach.

»Und von Åke, wann haben Sie zuletzt von ihm gehört?«

Margaretha lachte auf ihre wunderbare, ansteckende Art.

»Åke? Kaum waren wir wieder zu Hause, war er auch schon wieder weg. Ich vermute mal, es hat ihn gleich zu Ihrer Freundin Lena gelockt. Die beiden können ja offenbar nicht mehr ohneeinander.«

Entmutigt legte Anki auf. Sie musste herausfinden, wo ihre Freundin sein konnte. Verdammter Tryggve, wieso ging er denn nicht ans Handy? Wer immer die Morde begangen hatte, war womöglich ganz in der Nähe, und wenn diese Person unter Druck gesetzt wurde, war die Gefahr groß, dass sie erneut zuschlug. Und diesmal waren vielleicht Åke und Lena an der Reihe. Warum sonst war Lena auf diese sonderbare Weise abgeholt worden?

Ingegerd und Gunilla kamen herein und setzten sich zu ihr. Gunilla hatte drei gefüllte Gläser dabei und Ingegerd eine Schale mit frittierten Bällchen.

»Apfelsaft«, sagte Gunilla und zeigte auf die Gläser. »Wir müssen Lena finden, da können wir keinen Alkohol in uns reinkippen.«

»Aber essen müssen wir etwas«, sagte Ingegerd und reichte die Schale herum. »Greift zu!«

Anki trank einen großen Schluck Apfelsaft. Genau das hatte sie gebraucht, ihr Mund fühlte sich äußerst trocken an. Sie starrte auf den Teller mit den schönen goldbraunen Kugeln.

»Was ist das?«, fragte sie und nahm eine zwischen Daumen und Zeigefinger.

»Frittierte Käsebällchen«, erklärte Ingegerd, »Taleggio, dem ich Fichtensprossenöl zugesetzt habe. Von Trüffeln haben wir alle schließlich erst mal genug, dachte ich.«

Anki versuchte, zu verstehen, was Ingegerd da gerade gesagt hatte.

»Wie bist du denn darauf gekommen?«, fragte sie und biss hinein. »Hm, wie lecker!«

Ingegerd zuckte mit den Schultern.

»Als wir im Plogbillen angekommen sind, wurden doch als Erstes Begrüßungsgetränke und Appetithappen gereicht. Jemand trug einen Teller mit just solchen Käsebällchen an mir vorbei, ich glaube, es war Lotta. Ich musste sofort zugreifen und habe sogar gefragt, wie man die macht, und bekam eine kurze Erklärung.«

Anki aß das Bällchen schweigend auf und spülte den Rest mit Apfelsaft hinunter. So musste es gewesen sein, dachte sie. Genau so. Auch sie hatte zugegriffen. Wollte ebenfalls um das Rezept bitten, aber dann war etwas Wichtigeres dazwischengekommen.

Anki betrachtete ihre Freundinnen.

»Endlich weiß ich, wie er umgebracht wurde«, sagte sie, »und von wem. Wir müssen Lena finden. Und zwar schnell!«

Gunilla und Ingegerd sprangen sofort auf. Wenn Anki recht hatte, dann war der Mörder nicht weit.

»Hansarve Hof«, dachte Gunilla laut. »Auf einem so großen Hof gibt es massenweise Versteckmöglichkeiten. Los, Mädels, ab mit uns.«

47

Der Regen war stärker geworden, prasselte nur so nieder und suchte sich seinen Weg in den Kragen von Ankis Jacke. Sie ärgerte sich, dass sie nicht an den Südwester gedacht oder sich wenigstens eine Regenjacke mit Kapuze übergezogen hatte wie ihre klugen Freundinnen. Immerhin Stiefel trug sie, und es platschte laut bei jedem Schritt, als sie die lange Allee zum Hansarve Hof entlangliefen. Dabei vermieden sie schon den Kiesweg und hielten sich an die aufgeweichten Grasstreifen zu beiden Seiten. Das Auto hatte Anki am Weg oben bei dem Briefkasten geparkt.

Sie näherten sich dem Anwesen. Anki hob eine Hand, sofort blieben Gunilla und Ingegerd stehen. Sie ließ den Blick über Kuhstall, Getreidespeicher, Schmiede und Hühnerstall gleiten. Ein großer Hof wie dieser verfügte über alles, was man zur Selbstversorgung brauchte.

»Da!«, sagte Ingegerd und zeigte zum Hühnerstall, wo man ein schwaches Licht hinter den dreckigen Fensterscheiben erahnen konnte.

»Unglaublich«, flüsterte Anki. »Da hat Gunilla ja ins Schwarze getroffen mit ihrer Vermutung, dass sich das Versteck hier auf dem Hof befindet. Da ist definitiv jemand drin. Jemand mit einer Taschenlampe.«

»Nicht nur dort«, sagte Ingegerd. »Schaut mal zum Silo.«

Sie nickte in die entsprechende Richtung, von wo aus sich ihnen ein wohlbekanntes Duo näherte: ein Mann, der seinen vierbeinigen Freund fest am Halsband hielt.

Anki atmete auf und winkte Tryggve zu. Endlich, da war er also! Was sie ihn gesucht hatte! Er schien die gleiche Idee wie sie gehabt zu haben, nur früher. Das ärgerte sie ein kleines bisschen, das musste sie sich bei aller Angst um Lena eingestehen.

Tryggve legte einen Finger an die Lippen und deutete zum Hühnerstall.

»Psst«, machte Anki.

Still zu sein, war nicht sonderlich schwer, die Situation lud nicht gerade zur Unterhaltung oder zu gesteigerter Heiterkeit ein.

Langsam führte Tryggve sie zum Hühnerstall. Der wohlerzogene Putte blieb still, schnüffelte nur einmal kurz an Anki und wedelte mit dem Schwanz. Natürlich erkannte er sie wieder, alles andere hätte sie auch überrascht.

»Ich habe es herausgefunden«, sagte Tryggve.

»Was?«

»Dass sie es sein muss. Wer hätte das gedacht? Aber ich habe es mit eigenen Augen in der Familienbibel dort im Haus gesehen.«

»Eine Familienbibel?«, wiederholte Ingegerd, die sich vordrängte, damit Tryggve sie verstehen konnte, obwohl sie flüsterten. »Wunderbarer Informationsquell für Ahnenforscher.«

Tryggve kratzte sich am Hinterkopf, sodass seine Strickmütze verrutschte. Anki musste den Impuls unterdrücken, sie gerade zu rücken. Sie kannte ihn zwar mittlerweile recht gut, aber noch waren sie nicht so innig befreundet, dass sie mit ihm umgehen konnte, wie es alte Ehepaare taten.

»Wartet hier!«, forderte Tryggve und richtete seine Mütze selbst. »Putte und ich gehen in den Hühnerstall. Das könnte gefährlich werden für euch.«

»Aber …«, protestierte Anki.

»Du hast gehört, was ich gesagt habe«, erwiderte er bestimmt. »Ich habe Myrstedt per SMS verständigt. Die Polizei sollte schon bald eintreffen, und es wäre eine große Hilfe, wenn ihr den Kollegen den Weg weist.«

Also dachte der alte Kriminalkommissar im Ernst, dass Anki und ihre treuen Freundinnen sich einfach als Zuschauer im Hintergrund halten würden? Und so vielleicht nicht für Lena da sein konnten, die ihre Unterstützung sicher sofort brauchen würde? Das konnte Tryggve sich aber schön abschminken. Da hatten sie sich Sorgen um ihre verschollene Freundin gemacht, sogar das Versteck gefunden, wo sie festgehalten wurde, und dann wollte er sie außen vor lassen? Sie warf ihren Freundinnen einen Blick zu, die nur zustimmend nickten, während sie Tryggve nicht aus den Augen ließen, der die letzten Schritte zum Hühnerstall zurücklegte, noch immer eine Hand an Puttes Halsband.

Gunilla, die selbst auf einem Hof wohnte und wusste, dass dort immer einiges an Gerümpel herumlag, hatte sich umgesehen und neben dem Silo einen Schrotthaufen entdeckt. Schnell war sie dort und zog einen langen, dünnen Gegenstand mit Haken am Ende hervor.

»Eine alte Stabwaage«, flüsterte sie. »Die wird ihm noch nützen, diesem unfassbar sturen Polizisten.«

Tryggve griff nach dem Riegel an der Tür zum Hühnerstall. Zog ein paar Mal mit Wucht daran. Die Tür wackelte zwar, ging aber nicht auf, obwohl Tryggve nicht gerade schwächlich war. Offenbar war von innen ein Riegel vorgelegt worden, er würde sie nicht öffnen können.

»Wer verriegelt denn einen Hühnerstall von innen?«, fragte Anki.

»Der Hahn«, antwortete Ingegerd und grinste selbst in dieser absurden Situation.

Tryggve nahm den großen Eisenhaken, der außen an der Wand hing, in die Hand und donnerte damit gegen die Tür.

»Aufmachen! Polizei!«, rief er.

War das nicht ein wenig übermütig? Wollte er sich dem Täter wirklich ganz allein stellen?

»Verschwinde!«, hörte Anki eine Frauenstimme schreien. »Fahr zur Hölle!«

Eine erschrockene Stimme voller Hass, die nicht wirklich wiederzuerkennen und trotzdem irgendwie bekannt war. Putte knurrte, sein Nackenfell sträubte sich.

»Ich bin mir sicher, dass da nur ein Riegel vor die Tür gelegt ist«, sagte Gunilla. »Wenn ich nur die Waage zwischen Tür und Rahmen durchschieben kann, lässt er sich von außen einfach lösen.«

Sie betrachtete die alte Waage und nickte.

Tryggve hingegen schaute sich verzweifelt um. Wieso hatte er auch geglaubt, dass er einfach vor die Tür marschieren und sie aufreißen könnte?

Anki nickte ihren Freundinnen zu, und zusammen gingen nun auch sie zum Hühnerstall. Tryggve drehte sich um und hob abwehrend die Hand.

»Was zur Hölle habt ihr vor?«, zischte er.

»Aus dem Weg«, sagte Anki ruhig. »Halte dich einfach bereit, damit du eingreifen kannst, sobald die Tür offen ist.«

Innerlich war sich Anki absolut nicht so sicher, wie sie sich gerade gab. Aber sie hatten ja keine Wahl. Gunilla musste es schaffen, den Riegel von außen zu öffnen. Sie mussten Lena befreien, die vermutlich in der Gewalt einer lebensgefährlichen Mörderin im Hühnerstall war.

Gunilla hob die Eisenstange und schob das Ende durch den recht breiten Spalt zwischen Tür und Rahmen.

»Halten Sie sich bereit«, sagte sie und riss die Waage nach oben. »Jetzt!«

Die Tür ging auf, Putte huschte hinein und fing sofort an zu bellen. Tryggve folgte ihm. Anki, Gunilla und Ingegerd drängten sich an der Tür.

Das spärliche Tageslicht, das durch die nun geöffnete Tür einfiel, beleuchtete den alten Hühnerstall nur notdürftig. Anki konnte Sitzstangen und Nester erkennen. Am Boden lagen mehrere Bündel, und jemand stöhnte. Das klang nach Lena. Anki wollte sofort vorausstürmen, um sie zu befreien. Tryggve spürte das und brachte sie blitzschnell mit einer Armbewegung zum Stehen. Die Mörderin hatte sich in eine Ecke zurückgezogen, hockte dort mit gesenktem Kopf. Einen Arm hielt sie in die Höhe, und es sah aus, als wäre da ein kleiner Gegenstand in ihrer Hand. Anki konnte unmöglich erkennen, was das war. Im Hühnerstall roch es komisch, nicht nur nach altem Vogeldreck.

»Ann«, sagte Tryggve und ging weiter hinein. »Es ist vorbei.«

Ann? Anki wollte den Namen der Mörderin hinausschreien, bekam aber keine Silbe über die Lippen.

Putte fing an zu winseln, seine Nase bewegte sich unaufhörlich. Tryggves Lippen formten ein Wort. Aber was sagte er? Er musste es wiederholen, bevor sie es verstand. Benzin. Es roch nach Benzin. Die Irre wollte auch hier einen Brand legen.

»Verständigt die Feuerwehr«, flüsterte Tryggve. »Ich werde versuchen, sie zur Vernunft zu bringen.«

Anki spürte, wie ein heftiger Stoß sie durchfuhr. Das war ein Feuerzeug in ihrer Hand. Wenn die Mörderin jetzt daraufdrückte … Nein, so weit durfte es einfach nicht kommen! Das alte Stroh und das trockene Holz würden rasend schnell Feuer fangen, und dann war Lena … Sie wagte es nicht einmal, den Gedanken zu Ende zu denken. Nur der heftige Regen könnte vielleicht das Schlimmste verhindern.

»Ruf du an«, sagte Ingegerd zu Anki. »Du kannst am besten erklären, wo wir sind.«

Anki ging ein Stück hinaus, tippte mit zitternden Fingern die Nummer des Notrufs und spürte, wie es in ihrem Kopf nur so rauschte. Tryggve hatte »Ann« gesagt. Er wollte Ann zur Vernunft bringen. Das war aber doch völlig falsch. Sah er das denn nicht?

48

Als Anki gerade das Gespräch beendet hatte, hörte sie, wie eine Autotür zugeschlagen wurde. Sie schaute zur Allee, eine Frau kam zu ihnen herübergerannt, sie hielt sich dabei den braunen Mantel mit den Händen zu. Putte spitzte die Ohren, blieb aber, wo er saß. Tryggve wandte sich um.

»Ann?«, fragte er verwundert, als sie bei ihm war.

»Sie hat mir eine SMS geschickt«, erklärte sie atemlos. »Ich bin sofort hergekommen.«

Das hatte Anki ja bereits gewusst. Nicht Ann hatte Geiseln genommen, in den Hühnerstall gesperrt und Benzin verschüttet. Manchmal fiel der Groschen bei Männern wirklich sehr langsam.

»Es besteht Brandgefahr«, sagte Tryggve.

Ann nickte.

»Zum Hühnerstall gibt es auch noch einen Hintereingang«, sagte sie und verschwand hinter dem Haus.

Kurz darauf hörte man sie an der Hinterseite anklopfen.

»Sara«, sagte sie mit fester Stimme, »ich bin es, Ann.«

Sie bekam keine Antwort.

»Lässt du mich rein, meine liebe Schwester?«, fragte sie.

Anki und ihre Freundinnen lauschten gebannt. Wagten es kaum, zu atmen. Der Benzingestank stach in der Nase, ein Druck auf das Feuerzeug, und alles war vorbei.

»Sara«, versuchte Ann es noch einmal. »Sei doch so lieb und öffne mir die Tür.«

»Da steht ein Bulle«, sagte Sara mit schriller Stimme.

Tryggve verließ sofort rückwärts den Hühnerstall und ging mit Putte um die Ecke, damit Ann sehen konnte, dass er herausgekommen war. Dann ging er so nah an die Tür, wie er konnte, ohne dass Sara ihn sehen konnte. Anki, Gunilla und Ingegerd standen hinter der geöffneten Stalltür und verfolgten das Drama durch den schmalen Spalt zwischen Tür und Rahmen.

»Der Polizist ist weg«, sagte Ann. »Jetzt bin nur noch ich da.«

Anki hörte, wie die Holzplanken leicht knarzten. War sie aufgestanden? Irgendetwas regte sich jedenfalls dort drin. Jemand stöhnte. Lena oder Åke?

»Machst du auf?«, fragte Ann, die nicht daran dachte, nachzugeben.

Ein schabendes Geräusch war zu hören, als Sara den Riegel öffnete. Mit einem Quietschen ging die Tür auf.

Tryggve schlich sich vorsichtig näher, und Anki folgte seinem Beispiel. Der Durchzug wirbelte Stroh und Staub auf, sodass Anki ein Husten unterdrücken musste. Sie betrachtete den Rücken der Mörderin.

»Sara«, sagte Ann und streckte die Hände nach ihrer Schwester aus. »Komm, lass mich helfen. Zusammen kriegen wir das hin.«

Sara wandte ihr das Gesicht zu.

»Nils Hansson hat es nicht verdient, zu leben«, sagte sie mit sicherer Stimme. »Dieser Mistkerl hat nie Verantwortung übernommen. Wer lässt sein Kind so im Stich, wie er dich im Stich gelassen hat?«

»Du hast recht, er hat mich vernachlässigt. Aber dafür musste er doch nicht sterben.«

»Aber du hast es doch selbst auf dem Trüffelfest gesagt«,

erwiderte Sara. »Du hast gesagt, er könnte genauso gut tot sein.«

»Ich weiß, und es war dumm von mir. Einfach etwas, das ich dahergesagt habe. Das alles ist vor so langer Zeit passiert, Sara. Das lässt sich heute auch nicht mehr ändern.«

Sie legte die Arme um ihre Schwester und streichelte ihr übers Haar.

»Und Gull-Britt?«, fragte Ann. »Warum musste sie sterben?«

Sara riss sich los. Noch hatte sie das Feuerzeug in der Hand. Ein Daumendruck, und der Hühnerstall würde in Flammen aufgehen. Sie lachte auf, wurde aber sogleich wieder ernst.

»Diese Angeberin!«, zischte sie. »Mir ist ihr Gerede über ihre ach so feinen italienischen Trüffel so wahnsinnig auf den Geist gegangen. Sie war doch ernsthaft der Meinung, dass sie hier die meiste Ahnung von Trüffeln hatte. Was für ein himmelschreiender Unsinn!«

»Dann warst du es, die das Klohaus angezündet hat?«, fragte Ann.

Sara nickte und lächelte matt. »Ja, und ich war es auch, die die Nachricht ans Haus gesprayt hat. Ich wollte der selbstgerechten alten Kuh einfach mal gehörig Angst einjagen. Sie hatten es so gut auf ihrem Superhof. Aber dann fand Micke, dass auch sie sterben sollte.«

»Hat er das so gesagt?«, fragte Ann und versuchte, ihre Schwester ein Stück aus dem Stall herauszuführen. »Bist du dir ganz sicher?«

»Er hat auf jeden Fall gesagt, dass man was unternehmen sollte«, beharrte Sara. »Aber das musste er gar nicht selbst machen. Ich bin ihm zuvorgekommen und habe das für ihn erledigt. Es war ganz leicht.«

Sara rieb sich mit den Fingerknöcheln die Augen. Ihr Gesicht war schmutzig und die Haare durcheinander. Sie schaute sich um und entdeckte Tryggve, der sie vorsichtig beobachtete.

»Und du verdammter Bulle willst mich festnehmen!«, keifte sie. »Ich werde das ganze Ding in Brand setzen! Mitsamt den beiden, die drinliegen.«

Schnell ging sie wieder in die Mitte des Stalls. Sie konnte ihre Drohung jederzeit umsetzen, so unberechenbar, wie sie war. Anki schaute Ingegerd und Gunilla besorgt an.

»Sara«, flehte Ann erneut, »du machst das doch alles für mich, oder?«

»Selbstverständlich«, brummte diese.

»Wir haben immer alles füreinander getan«, sagte Ann. »Und jetzt möchte ich, dass du etwas ganz Bestimmtes für mich tust.«

Sara stand ganz still, dachte nach, dann nickte sie.

»Komm her«, sagte Ann und streckte ihre Hand aus. »Komm mit mir hinaus.«

Anki wartete gespannt. Tryggve stand bereit. Gunilla atmete hörbar ein. Ingegerds Kiefermuskulatur war angespannt und der Mund zu einem Strich gepresst.

Sara nahm Anns Hand und ließ sich wirklich aus dem Hühnerstall führen. Langsam, Schritt für Schritt, brachte Ann sie hinaus auf den Hof.

»Lass mich nicht los«, sagte Ann. »Egal, was passiert, lass mich nicht los.«

Sara schien auf die ruhige Stimme ihrer Schwester zu hören.

»Gib mir das Feuerzeug«, sagte Ann und hielt ihr die Hand hin.

Sara zögerte einen Moment, legte es dann aber wirklich auf Anns Handfläche. Ann warf es Tryggve im hohen Bogen zu, der es sicher auffing. Anki atmete auf. Jetzt waren sie der Rettung Lenas und Åkes ein gutes Stück näher gekommen.

Endlich waren auch Sirenen zu hören, und Anki konnte Wagen mit Blaulicht sehen, die in die Allee einbogen. Ann hatte Sara dazu bewegen können, sich auf die Kante eines alten Schleifbocks zu setzen, der etwas entfernt vom Hühnerstall stand. Die Mörderin starrte mit leerem Blick vor sich, ohne die Hand ihrer Schwester loszulassen.

Tryggve nickte erst zu Anki, dann zum Hühnerstall, und sofort stürzten sie alle, auch Ingegerd und Gunilla, hinein. Der Benzingestank war stark, im Halbdunkel konnten sie die beiden Bündel am Boden erkennen. Beide versuchten, etwas zu sagen.

»Sie hat ihnen die Münder zugeklebt«, sagte Gunilla. »Komm, wir ziehen unsere Freunde erst einmal hinaus. Alle mit anfassen!«

Erst brachten sie Lena an die frische Luft, sofort riss Ingegerd ihr das Klebeband vom Mund. Anki und Gunilla waren sogleich zurückgekehrt, um Åke herauszuschleppen. Die immer praktisch veranlagte Ingegerd zauberte eine Wasserflasche hervor. Lena griff gierig mit ihren schmutzigen Händen danach, kaum hatte Ingegerd die Fesseln von ihren Handgelenken gelöst. Lenas schönes Haar war zottelig, und sie hatte Schmutzränder im Gesicht.

Anki kniete sich zu Åke und nahm ihm das Klebeband vom Gesicht. Er sah nicht besser aus als Lena, sein blondes Haar stand in alle Richtungen ab. Gerade fehlte von seinem sonst so charmanten Lächeln jede Spur. Sobald das Klebeband fort war, atmete er mehrmals tief durch und räusperte sich. Stöhnend setzte er sich auf und schaute dann zu den beiden Frauen am Schleifstein.

»Warum, Sara?«, fragte er.

Sie hob den Kopf und schaute ihm direkt in die Augen.

»Ann ist meine kleine Schwester«, sagte sie, als wäre das Erklärung genug.

»Halbschwester«, berichtigte Åke sie. »Ann ist deine Halbschwester. Ihr habt nicht denselben Vater, das weißt du.«

»Und dafür bin ich ausgesprochen dankbar«, sagte sie mit einem Grinsen, »aber sein Geld sollte mal jemand anderem zugutekommen. Jetzt sind wir an der Reihe, besonders Micke und Ann.«

Anki sah, dass die Polizeiautos in unmittelbarer Nähe zum Stehen kamen. Zwei Uniformierte kamen langsam, mit gezogenen Waffen, auf sie zu. Myrstedt und sein Kollege folgte ihnen dicht auf den Fersen. Auch die Feuerwehr fuhr gerade auf den Hof.

»Deshalb wolltest du also auch mich töten?«, fragte Åke. »Nicht wahr?«

Sie schniefte.

»Ich wurde leider unterbrochen«, murmelte sie.

Saras Mundwinkel verzogen sich erneut zu einem seltsamen Lächeln, was Anki einen kalten Schauer über den Rücken jagte. Sie war nicht ganz richtig im Kopf, so viel war klar. Anki dachte kurz an Carin Herdin, dort in Visby. Eine Mutter, die heillos überfordert war und weder mit ihrem eigenen Leben noch mit ihren Kindern wirklich zurechtkam. Doch sie sollte recht behalten damit, dass mit einem ihrer Mädchen etwas nicht stimmte. Ein Streifenwagen würde sie mitnehmen, in eine Zukunft, ganz anders als die, die sie gewohnt war. Man konnte nur hoffen, dass ihr geholfen werden konnte.

Åke stand auf und half auch Lena auf die Beine, dann legte er ihr einen Arm um die Schultern.

»Wir gehen zu Fuß nach Hause«, verkündete er den Umstehenden. »Man wird ein bisschen steif davon, gefesselt dazuliegen.«

»Und ich muss duschen«, sagte Lena. »Ich stinke wie eine Fackel, und die Hühnerkacke hat ihren Weg bis in meine Hosentaschen gefunden.«

Åkes Lachen war zurück, wenn auch noch ein wenig verhalten. Was für ein großes Glück, dass Sara nicht mehr dazu gekommen war, das Feuerzeug zu betätigen, und die beiden das alles unbeschadet überstanden hatten.

Gunilla und Ingegerd nahmen den Wagen und fuhren voraus, um schon einmal einen heißen Toddy anzusetzen, den sie alle vertragen konnten. Anki leistete Tryggve und Putte Gesellschaft. Sie war müde, fühlte sich schmutzig und sehnte sich nach einem wohlverdienten Toddy und einem entspannenden Besuch in der Sauna. Daran konnte einfach keine Medizin der Welt heranreichen.

»Aber sag mal…« Tryggve blieb wie angewurzelt stehen und schaute Anki fragend an. »Woher konntest du wissen, dass es Sara war und nicht Ann?«

»Wie bist du denn darauf gekommen, dass es Ann war?«, konterte Anki schnell.

Er lachte.

»Sie sind ganz schön schlagfertig, Miss Marple.«

»Ja, wenn ich das möchte. Aber so viel kann ich schon einmal sagen: Ein kleiner Ausflug nach Visby hat ausgereicht, dann war ich mir sicher, wer es war. Nachdem ich ihre Mutter, Carin Herdin, getroffen hatte, bekam ich eine sehr solide Ahnung, welche Tochter zum Morden fähig war. Und als dann auch noch Ingegerd nach meiner Rückkehr mit frittierten Snacks aufwartete, war ich mir ganz sicher. Irgendeine Form von psychischer Störung muss sie haben, auch wenn dies bisher noch nicht klinisch diagnostiziert worden ist.«

Eine Weile spazierten sie schweigend nebeneinanderher, bis Tryggve wieder das Wort ergriff.

»Ich konnte mir ganz leicht Zugang zum Hansarve Hof verschaffen«, erklärte er. »Dachte, dass ich vielleicht finden würde, wonach Gull-Britt suchte, bevor sie getötet wurde. Ein Dokument, das wichtig genug war, dafür zu morden.«

»Und das hast du gefunden?«

»Ja, in der Familienbibel«, sagte Tryggve. »Was für ein Glück die eigene Neugier doch manchmal ist. Ann war dort als Tochter von Nils verzeichnet. Alleinerbin. Aber ich glaube kaum, dass Sara das wusste.«

Als sie Ankis Haus erreichten, trennten sich ihre Wege. Tryggve wanderte weiter zu seinem eigenen Heim, Putte an seiner Seite. Anki schaute dem Paar ein Weilchen hinterher, bevor sie ins Haus ging, wo sie der herrliche Geruch von heißem Toddy erwartete. Gewürze, Zitrone und Kognak. Sie zog ihre Stiefel aus und hängte die Jacke an den Haken. Erschöpft ließ sie sich in ihren Sessel sinken und nahm dankbar das Glas entgegen, das Ingegerd ihr reichte. Åke und Lena saßen bereits auf dem Sofa, und Gunilla stieß aus der Küche zu ihnen.

»Wisst ihr was?«, fragte Anki und betrachtete ihre Freundinnen. »Ich bin draufgekommen.«

»Worauf?«, fragte Gunilla zurück. »Sind noch mehr Fragen offen geblieben?«

Trotz aller Tragik, deren sie Zeuge geworden waren, musste Anki lächeln.

»*Pretty woman*«, sagte sie. »Das war das Lied, dessen Intro du geträllert hast, bevor ihr auf die Fähre gegangen seid.«

»Genau!«, rief Ingegerd. »1964, das weiß doch jeder!«

»Roy Orbison«, sagte Åke.

Alle vier Frauen starrten ihn an.

»Woher kannst du das wissen?«, fragte Lena. »Da hast du doch sicher noch in den Windeln gesteckt.«

Åke lachte und legte den Jubiläumsband, den er auf dem Schoß gehabt hatte, zurück auf den Tisch.

»Das weiß doch jedes Kind«, sagte er und hob sein Glas.

49

Donnerstag, 26. November

Tryggve band Putte an die Treppe zum Plogbillen, als Lotta gerade mit ihren beiden Hunden auftauchte. Sie sah erschöpft aus, was nach den jüngsten Ereignissen nicht weiter erstaunlich war.

»Wie heißen Ihre Hunde noch mal?«, erkundigte sich Tryggve zaghaft.

»Alva und Buttle«, antwortete Lotta, holte ein Taschentuch aus der Tasche und schnäuzte sich. »Soll ich für Ihren Hund auch einen Wassernapf organisieren?«, fragte sie.

»Danke, das wäre toll. Wir werden wahrscheinlich eine ganze Weile dort drin beschäftigt sein. Wie ich sehe, sind die Wunden Ihres Hundes schon sehr gut verheilt.«

Sie nickte.

»Das war furchtbar. Wir haben den Halter angezeigt, aber es passiert einfach nichts. Der Hund rennt immer noch frei herum, und wir sind jedes Mal voller Sorge, wenn wir mit unseren vor die Tür gehen. Das darf doch nicht sein.«

Tryggve hatte darauf keine passende Antwort. Offensichtlich konnte man den Halter leider nicht zwingen, seinen verrückten Hund abzugeben.

Er deutete mit dem Daumen zum Restaurant.

»Werden Sie das durchstehen?«, fragte er.

Sie nickte.

»Ich will es wenigstens versuchen«, sagte sie. »David hilft Gerhard in der Küche, immerhin das bleibt mir heute erspart.«

Tryggve hatte davon gehört, als er Gerhard vorm Supermarkt begegnet war. Der frühere Betreiber des Plogbillen hatte angeboten, einzuspringen und für das Essen zu sorgen, wenn sich die gesamte Trüffelgesellschaft noch einmal im Restaurant zusammensetzen wollte. Micke Hansson war nicht in der Verfassung, das zu leisten, ohnehin war es fraglich, ob er je wieder an diesen Arbeitsplatz zurückkehren konnte. Dass die eigene Frau wegen Giftmords im Gefängnis saß, war nicht gerade die beste Werbung für einen Koch.

»Ich habe ja vorausgesagt, dass es schwierig werden wird«, hatte Gerhard ihm erklärt, »aber diese Dimension habe selbst ich nicht ahnen können. Das ist einfach tragisch.«

Tryggve löste sich aus seinen Gedanken und betrat das Restaurant, genauer gesagt den gemütlichen Bereich mit dem Kiesboden, den Lammfellen, Sofas und der Bar aus Kalkstein. Genau das, was die Bewohner dieser Gegend sich so dringend zurückwünschten.

Er schien einer der Letzten zu sein, die fehlten. In einer Sofagruppe saßen bereits Anki, ihre drei Freudinnen – und Åke als Hahn im Korb mittendrin. Tryggve führte schnell eine Hand zum Mund, um sein Lächeln zu verbergen. Anki hätte über den Ausdruck »Hahn im Korb« sicher die Nase gerümpft. Als ob sie und ihre Freundinnen ein Hühnerhaufen wären.

Margaretha und Per saßen am gleichen Tisch wie Oskar und Astrid Bergsten. Der Pfarrer sah blass und mitgenommen aus. Er hatte vermutlich nicht mit solch dramatischen Todesfällen gerechnet, als er sich um die Stelle in Mullvald bewarb.

Lotta verharrte zögernd an der Tür. Im selben Augenblick tauchte David auf. Er ging zu seiner Frau und legte ihr einen Arm um die Schultern. Für ihn war es nur gut, dass die Morde aufgeklärt waren, schließlich hatte er sich eine Zeit lang ernsthaft gefragt, ob seine Frau hinter den Taten steckte. David legte seine freie Hand auf einen der Zapfhähne und zwinkerte Tryggve zu.

»Willkommen, möchten Sie etwas trinken?«

»Das wäre toll«, sagte Tryggve. »Gern ein Visby Pils aus der Flasche.«

Nachdem er sein Bier bekommen hatte, trat er an den Tisch, der dem Kamin am nächsten war. Dort saß nur Robin Fransson und starrte in die tanzenden Flammen. Sein Bierglas hatte er noch nicht angerührt.

»Darf ich mich zu Ihnen setzen?«

Robin zuckte mit den Schultern.

»Bitte sehr«, sagte er ohne jeglichen Enthusiasmus.

»Wo ist denn Ihre Frau?«

Robin zuckte erneut mit den Schultern.

»Keine Ahnung«, antwortete er, noch immer ins Feuer starrend.

Tryggve rechnete kaum damit, dass dies eine besonders fröhliche Veranstaltung werden würde, aber es erschien ihm doch notwendig, dass sie sich alle noch einmal versammelten. Nach all den nervenaufreibenden Geschehnissen verlangten die Bewohner von Mullvald einfach nach Erklärungen, und besonders all jene, die an der fantastischen Trüffelsafari mit anschließendem Sechs-Gänge-Menü teilgenommen hatten. Während der vergangenen Wochen waren besagte Teilnehmer unangenehm in den Fokus gerückt. Jetzt, nach Aufklärung der Taten, erwarteten sie einen sachlichen Bericht, denn die reißerischen Schlagzeilen der Zeitungen brachten sie nicht weiter. Was dort geschrieben wurde, gab die Fakten leider nicht immer wahrheitsgetreu wieder.

»Also«, setzte Tryggve an und trank einen Schluck von seinem Bier, »wir möchten Ihnen allen gern so deutlich und genau wie möglich schildern, was geschehen ist. Vermutlich haben Sie alle mitbekommen, dass Sara als Verdächtige in beiden Mordfällen verhaftet wurde.«

»Das wissen wir«, sagte Per, »aber wie genau hat sie das angestellt? Also, ich meine, der erste Mord geschah durch Vergiftung während unseres Menüs, da ist es doch verständlich, dass man sich das fragt, oder?«

Tryggve warf Anki einen auffordernden Blick zu.

»Da kannst du mir vielleicht erklärend unter die Arme greifen? Ich bin nicht so bewandert, was das Frittieren angeht.«

»Das Frittieren?«, fragte Robin und schaute dumm drein. »Ich dachte, wir wollten über Mord sprechen?«

Anki stand auf.

»Das Gift, das Nils Hansson das Leben kostete, versteckte sich in den frittierten Käsebällchen. Lotta weiß genau, wie sie zubereitet werden, aber sie muss sich keine Sorgen machen, deshalb ins Fadenkreuz zu geraten. Die Bällchen wurden mit Trüffel- und mit Fichtensprossenöl aromatisiert und dann frittiert. Durch die Aussagen von David und Lotta wissen wir, dass Gull-Britt noch vor Beginn des Dinners unten in der Küche war, um eine Flasche Champagner und ein paar Appetithappen zu holen. Just diese Appetithappen waren frittierte Käsebällchen, eigens dafür vergiftet und serviert von Sara.«

»Daran ist Nils Hansson gestorben«, fügte Tryggve hinzu.

»Aber wieso nicht auch Gull-Britt?«, fragte Astrid.

Lotta sog heftig die Luft ein.

»Also, ich meine, warum hat das Gift bei ihr nicht gewirkt?«, verdeutlichte Astrid. »Entschuldige, Lotta.«

»In dem Fall hatte Gull-Britt Glück«, sagte Tryggve. »Sie hat mir erzählt, dass Nils alle Käsebällchen aufgegessen hat, während sie im Bad war und nach einer Kette suchte. Sara muss impulsiv gehandelt haben, ohne zu bedenken, dass sie damit Gull-Britt der gleichen Gefahr aussetzte. Denn, soweit ich das verstanden habe, wollte sie anfangs nur Nils umbringen.«

»Und was war das für ein Gift?«, fragte Margaretha. »Und warum ist er nicht noch vor dem Dinner tot umgefallen?«

»Das ist eine sehr gute Frage«, erklärte Anki. »Das Gift heißt Paclitaxel und ist identisch mit dem Gift der Eibe. Hochgiftig.«

»Man verwendet es unter anderem als Zellgift bei der Behandlung von Brustkrebs«, fügte Lena hinzu.

»Und Nils starb nicht sofort, weil das Gift erst nach circa drei Stunden wirkt, was zeitlich perfekt passt, da er direkt nach dem Nachtisch zusammenbrach«, erklärte Anki und setzte sich wieder.

»Kommen wir zu Gull-Britt«, sagte Tryggve.

Lotta trocknete sich mit einem Taschentuch die Tränen aus den Augenwinkeln und holte tief Luft. David zog sie noch fester an sich.

»Gull-Britt wurde mit einem Kissen erstickt«, fuhr er fort. »Als wäre das nicht schlimm genug, hat die Mörderin sogar noch intensiv riechende Trüffel in den Bezug gesteckt. Die Pilze erfüllten keine weitere Funktion. Sie dienten nur dazu, Gull-Britt, die in Sachen Trüffel unglaublich bewandert, ja regelrecht besessen von dieser Delikatesse war, mit dem Geruch von Trüffeln ins Jenseits zu befördern. Es tut mir sehr leid, Lotta.«

Tryggve warf der Frau, die nun ihren Tränen freien Lauf ließ, einen Blick zu. *Wie gut*, dachte er. *Für diejenigen, die nicht weinten, war es schlimmer.*

»Aber was war denn der Anlass für diese schrecklichen Gräueltaten?«, wollte der Pfarrer wissen.

In diesem Augenblick erschien Micke in der Tür, Ann an seiner Seite. Wenn möglich, wurde es an den Tischen sogar noch ruhiger. Selbst Robin konnte seine Frau nur ungläubig anstarren.

Åke betrachtete sie nur kurz, stand dann schnell auf, um beide zu umarmen.

»Ihr kommt genau richtig«, sagte er. »David, kannst du Gerhard bitten, auch etwas für Ann und Micke zuzubereiten und ihnen etwas zu trinken bringen?«

Erst als Gerhard die Neuankömmlinge versorgt hatte, wurde der Gesprächsfaden wieder aufgenommen.

»Sara hat es für ihre Schwester getan«, erklärte Åke. »Die beiden Mädchen waren von Anfang an hauptsächlich auf sich allein gestellt. Ihre Mutter war der Aufgabe nicht gewachsen, und Anns Vater glänzte durch Abwesenheit. Er hat nie Verantwortung für seine Tochter übernommen. Saras Vater war zumindest ein paar Jahre lang für die Familie da.«

»Und was hat das mit den Morden zu tun?«, fragte Robin, der offenkundig nicht folgen konnte.

»Nils war Anns Vater«, verdeutlichte Åke. »Aber er hat das Ann gegenüber nie geäußert, weshalb sie einander nicht näher kannten.«

»Meine Mutter hat es mir in einem Augenblick der Schwäche gestanden«, sagte Ann. »Wir hatten Nils bei einem Sommerfest gesehen. Ich war damals zwölf, glaube ich, und ich habe mich sofort in ihm erkannt. Wir waren uns so ähnlich. Ich habe meine Mutter so lange bequatscht, bis sie es zugegeben hat.«

»Aber Sara hat davon nichts gewusst?«, fragte Åke an Ann gewandt.

Sie schüttelte den Kopf. »Nicht bis zum Trüffelfest. Er schlenderte über den Markt, als ich an Saras Stand war. ›Da ist mein Vater‹, habe ich gesagt. Es ist mir einfach herausgerutscht, ich habe nicht darüber nachgedacht.«

»Und dann hast du ihr davon erzählt, wie du ihn einmal um Hilfe gebeten hast«, fuhr Åke fort.

Wieder nickte Ann.

»Das war an Weihnachten. Mama war schrecklich betrunken, und wir hatten nichts mehr zu Hause. Nichts zu essen, und selbstverständlich auch keine Geschenke. Mama ist durchgedreht und in der Psychiatrie gelandet. Meine kleinen Brüder schrien und quengelten, und mit Sara war nicht zu reden. Da bin ich durch den Schneesturm geradelt, bis zum

Hansarve Hof. Weil ich dachte, dass er mir helfen würde. Er war schließlich mein Vater.«

»Sie ist geradewegs in unsere Weihnachtsfeier geplatzt«, sagte Åke. »Ich weiß noch, wie du plötzlich am Kopfende des Tisches standst und sagtest, dass Nils dein Vater sei. Es wurde nicht gerade mit Kusshand aufgenommen.«

Ann kramte ein Taschentuch hervor und trocknete sich die Tränen. Es war nicht leicht, diese Erinnerung wiederzugeben.

»Du hast mir geholfen«, sagte sie zu Åke. »Und eine nette Frau hat für uns schnell ein paar Brote gemacht und zusammen mit Kuchen eingepackt. Das war ein großes Glück, sonst hätte ich mich vermutlich nicht getraut, nach Hause zu fahren.«

»Und das haben Sie Ihrer Schwester auf dem Markt erzählt?«, fragte Tryggve.

»Ja, ich kann es nicht mal erklären. Die Geschichte floss einfach aus mir heraus. Ich habe gesagt, dass ich ihn wegen dieses Weihnachten liebend gern umbringen würde.«

»Und darüber wurde Sara wütend«, sagte Åke. »Sie beschloss, Ann zu helfen. Ann hatte ja gesagt, dass er genauso gut tot sein könnte, und den Wunsch wollte Sara ihrer Schwester erfüllen.«

»Genauso hat sie mich beim Wort genommen, als es um Gull-Britt ging«, sagte Micke mit schwacher Stimme. »Dabei meinte ich natürlich nicht, dass sie wirklich sterben sollte. Ich glaube, ich habe diese Worte auch gar nicht so in den Mund genommen. Ich war einfach nur so frustriert über unsere Finanzlage …«

Er verstummte und senkte den Blick. Er sah wirklich fassungslos aus, fand Tryggve.

»Ich liebe meine Schwester«, sagte Ann so leise, dass sie fast nicht zu verstehen war, »aber sie hat eine Störung, die man vielleicht gar nicht sofort bemerkt. Alles, was man sagt, nimmt sie beim Wort, und als ich aussprach, dass ich meinen Vater hätte umbringen wollen …«

Anns Tränen strömten von Neuem, sie konnte unmöglich weitersprechen.

»Aber Ann ist gar keine offizielle Erbin«, sagte Margaretha. »Wie hat sich dieser arme Mensch das denn ausgemalt? Sara meine ich?«

»Mittlerweile ist sie das«, erklärte Åke. »Weder Sara noch Ann wussten das, aber Nils hat in einem kürzlich erst aufgesetzten Testament bestätigt, dass Ann seine biologische Tochter ist.«

»Heißt das, er hat Ann als Alleinerbin eingesetzt?«, wollte Anki wissen.

»Nicht als Alleinerbin, er hat sogar mir etwas hinterlassen. Mein Bruder ist auf seine alten Tage doch noch großzügig geworden.«

Anns Tränenfluss versiegte, und sie schaute Åke direkt an. Ihr Cousin, denn das war Micke, stand dicht neben ihr. Sein Gesicht war rot und weiß gefleckt.

»Ich übernehme den Hof und die Grundstücke«, fuhr Åke fort, »und ich werde ein ordentliches Vermögen in den Betrieb meines Sohns investieren.«

Micke schaute auf. »Aber Papa ...«, setzte er an.

»Doch, doch«, sagte Åke und hob abwehrend die Hände, »lass mich erst einmal ausreden. Mag sein, dass du mit meinen Vorgaben gar nicht einverstanden bist.«

Gerhard war aus der Küche gekommen und stand nun bei Lotta und David hinter der Bar.

»Vorausgesetzt, du kehrst zu Gerhards ursprünglicher Speisekarte zurück und befolgst die Wünsche der Bewohner von Kajpe Kviar, kannst du deine Arbeit hier wieder aufnehmen«, sagte Åke. »Eine Ausnahme darfst du machen, und zwar im Herbst zur Trüffelzeit. Dann darfst du dich zwei Wochen lang mit deinen Luxusideen austoben.«

Micke musste sich erst einmal setzen. Er schlug die Hände vors Gesicht und schüttelte den Kopf. Ob er sich freute oder nicht, war schwer zu sagen.

»Ist das dein Ernst, Papa?«, fragte er schließlich und schaute zu seinem Vater auf.

»Wenn du möchtest«, sagte Åke. »Und was Lotta und David betrifft: Ich überschreibe euch das Grundstück, das euch für die Trüffeljagd so wichtig ist. Ich habe schließlich nicht vor, Vollzeitbauer zu werden.«

50

Freitag, 27. November

»Brr, ich fürchte, es liegt Schnee in der Luft«, sagte Tryggve, als Anki ihm die Tür öffnete.

Er hängte seine Jacke im Flur an einen Haken, und Anki fiel auf, dass er offensichtlich endlich seine Wintergarderobe hervorgeholt hatte. Und das war wirklich an der Zeit. Der fantastische, warme Herbst war nun aller Wahrscheinlichkeit nach vorbei. Bei ihrem morgendlichen Ausritt hatte es unter den Hufen ihrer Stute nur so gekracht, wenn sie über die gefrorenen Pfützen trabte.

»Das habe ich vorhin auch gedacht, als ich aus dem Stall kam«, sagte Anki. »Kurz bevor der erste Schnee fällt, liegt etwas Besonderes in der Luft. Hallo erst mal.«

Sie hatte Tryggve an diesem Freitagabend zum Essen eingeladen und Putte selbstverständlich auch. Der Hund streifte wie gewöhnlich um sie herum, um sie zu begrüßen. Klug, wie er war, wusste er, dass Anki mittlerweile immer irgendeine Leckerei für ihn bereithielt, und es lohnte sich meist. Bei ihrer ersten Begegnung waren sie alle drei äußerst angespannt gewesen. Anki war froh, dass sich das mit der Zeit geändert hatte.

Früh an diesem Morgen hatte Anki ihre Freundinnen zum Flugplatz gebracht. Selbst bei Tryggve war wieder Ruhe eingekehrt. Margaretha, Per und Åke waren mit der Fähre abgereist. Lena war es diesmal schwergefallen, sich zu verabschieden. Sie wollte an der Beziehung mit Åke festhalten, aber erst einmal musste sie am Festland weiterlaufen.

Trotzdem war es kein trauriger Abschied gewesen, dort am Visbyer Flughafen. Alle waren zufrieden, dass die dramatischen Ereignisse auf Gotland doch noch ein gutes Ende gefunden hatten.

»Aber nächstes Jahr«, sagte Gunilla, »nächstes Jahr locken wir dich für ein paar Wochen von hier weg und bereisen die Welt. Das wäre doch schön.«

Sie hatte auf die Pferde verwiesen, war aber schnell unterbrochen worden.

»Hör schon auf«, hatte Lena gesagt. »Um deine Zossen kann sich Åke kümmern. Der ist schließlich auf einem Hof aufgewachsen. Oder aber du beantragst Pässe für sie und nimmst sie mit.«

Anki hatte versprochen, darüber nachzudenken, und ihren besten Freundinnen hinterhergewinkt. Das Letzte, was sie von ihnen sah, war, dass sie vor der Sicherheitskontrolle widerwillig ihre Schuhe auszogen.

Sie hörte auf, über den morgendlichen Abschied nachzudenken, und brachte Tryggve ins Wohnzimmer.

»Komm und setz dich. Das Essen ist auch fast fertig, braucht höchstens noch ein paar Minütchen. Wir könnten vorab etwas trinken. Was hältst du von einem Whisky?«

»Da sage ich nicht Nein«, sagte Tryggve. »Wie immer mit einem Schuss Wasser, aber das weißt du ja mittlerweile.«

»Das mit dem Wasser überlasse ich dir gern selbst«, lachte sie. »Dann wird es auch die richtige Mischung.«

Schweigend saßen sie schon bald nebeneinander auf Ankis Sofa und nippten am Whisky. Im Haus war es angenehm ruhig, eine Wohltat nach Wochen der ständigen Anwesenheit mehrerer Menschen und der Unruhe, die zwei Morde gestiftet hatten. Schweigend mit Tryggve dazusitzen und einen Whisky zu genießen, war wie Balsam für die Seele.

»Das ist besser als Therapie«, befand auch Tryggve und hob sein Glas. »Prost, Anki, das waren ja mal wieder furchtbare Wochen.«

Da musste sie zustimmen. Die Ereignisse im Hühnerstall waren nicht leicht zu verarbeiten und würden sie sicher noch eine Weile verfolgen. Åke und Lena gefesselt am Boden, kurz vor dem Flammentod, die Augen der Mörderin, die vor Wahnsinn funkelten …

»Eine Sache habe ich immer noch nicht ganz verstanden«, sagte Tryggve. »Wie ist es Sara eigentlich gelungen, Åke und Lena wegzulocken?«

Wie so oft hatten sie beide einen ganz ähnlichen Gedanken gehabt.

»Erinnerst du dich, dass es eine kleine Unstimmigkeit zwischen den beiden Turteltauben gab?«

Tryggve sagte nichts und wartete ab, dass Anki fortfuhr.

»Sara hat Lena angerufen und war kurz darauf erschienen, um Lena abzuholen. Sie hatte ihr erzählt, dass sie Åke getroffen habe, der gestürzt sei und sich verletzt habe.«

»Und darauf ist Lena reingefallen?«

Anki nickte.

»Sofort! Sie hatte sich doch seit seiner Festnahme riesige Sorgen um ihn gemacht. Sie hat einfach nicht klar gedacht, und es gab ja auch keinen Grund, an Saras Aussage zu zweifeln.«

Anki hob ihr Glas an die Lippen und trank einen Schluck.

»Und als sie am Hansarve Hof angelangt waren, hat sie Lena also einfach in den Hühnerstall gebracht?«, fragte Tryggve.

»Korrekt kombiniert, Herr Kommissar«, bestätigte Anki. »Und dann hat sie Lena überwältigt und gefesselt. Und eigentlich diente Lena nur dazu, Åke anzulocken, den Sara ja auch noch umbringen wollte.«

»Und ihn hat sie auf die gleiche Art hingelockt?«, fragte

Tryggve. »Ja, man denkt eben nicht mehr klar, wenn einen Amors Pfeil getroffen hat. Prost, Anki! Wie gut, dass sie beide heil davongekommen sind.«

»Meine Gedanken sind immer noch bei Ann«, sagte Anki. »Sie tut mir so leid. Jetzt, wo ihre Schwester mehrere Jahre im Gefängnis verbringen muss, wird sich ihr Leben drastisch ändern. Ich wünsche ihr, dass sie in ihrer Handarbeit Trost findet. Sie ist wirklich sehr talentiert.«

»Hm«, murmelte Tryggve. »Übrigens habe ich heute mit meinem guten Freund Mats Myrstedt gesprochen. Sara hat gestanden.«

»Die Morde?«

Er nickte. »Auch, dass sie die Drohung an die Hauswand geschrieben hat.«

»Und den Brand?«

»Richtig, und dass sie den Lokus in Brand gesetzt hat. Das Öl und den Lappen hat sie bei Gerhard entwendet, damit es so aussah, als hätte sich die Dose selbst entzündet. Ganz schön gerissen die Dame, wenn du mich fragst.«

Sie verfielen wieder in Schweigen und nippten am Whisky.

»Kann ich dich kurz allein lassen? Dann ziehe ich mich eben zurück und richte an«, sagte Anki und stand auf. »Aber wenn alles fertig ist, musst du sofort zu Tisch kommen.«

»Es gibt so vieles, das sich nun zum Besseren wendet«, sagte Tryggve etwas später, als sie zusammen an Ankis Esstisch saßen und ihre *Pasta alle Vongole* verspeisten.

Anki schob sich eine kleine Herzmuschel zusammen mit einer aufgewickelten Linguina in den Mund. Der Geschmack wurde perfekt durch Öl, Knoblauch und Chili abgerundet.

»Was genau meinst du?«, fragte sie.

»Zum Beispiel, dass Åke den Hof übernimmt und sicher häufiger hier sein wird, als Nils Hansson das jemals war.«

»Und weißt du, was das wiederum heißen wird?«, entfuhr

es Anki, die ihre Gabel beiseitelegte. »Ich habe Reitbegleitung, weil Lena sicher viel Zeit mit ihm hier verbringen wird. Oh, ich bete zu Gott, dass ihre Liebe hält. Aus purem Egoismus.« Dann fuhr sie in ernsterem Ton fort: »Ganz wie Åke schon gesagt hat, war das alles so furchtbar unnötig. Ich finde es wirklich schlimm, wenn alte Traumata nicht bewältigt werden und dann auf diese Weise an die Oberfläche kommen. Also, mit so dramatischen Folgen, meine ich. Selbst wenn Sara sich nicht eingemischt hätte, wäre das Auskommen früher oder später dasselbe gewesen.«

Tryggve aß den letzten Rest seiner Linguine und wischte sich mit der Leinenserviette den Mund ab, bevor er Anki ansah.

»Meine Schwester, die Psychologin, ist ja der Meinung, dass man in der Vergangenheit wühlen muss, um seine Angst und Depressionen zu bewältigen. Aber ich bin mir nicht ganz sicher, ob ich da ihrer Meinung bin.« Er machte eine Pause und schien weiter darüber nachzudenken. »Warum lässt man das Vergangene nicht einfach ruhen?«, fragte er dann.

Anki antwortete nicht, war jedoch geneigt, Tryggve recht zu geben. Sie schaute hinaus in die herbstliche Dunkelheit, die sich vor ein paar Stunden gesenkt hatte.

»Sieh mal, Tryggve«, sagte sie und deutete hinaus. »Es schneit!«

Große Flocken schwebten vom Himmel und legten sich wie eine weiche Decke über Ankis Hof, über die Kirche, über die Gemeinde Mullvald und über ganz Gotland. Nun konnten sie alle ruhen.

Dank der Autorin

Im Herbst 2014 nahmen zwei meiner Freundinnen und ich an einer Trüffelsafari auf Gotland teil. Mit der Hilfe von Hunden Trüffel zu suchen, dabei von sehr guten Hundeführern begleitet zu werden und anschließend ein herrliches Menü zu verspeisen, war ein wirklich luxuriöses Erlebnis! Die geschlossene Gesellschaft um den Tisch im Restaurant beflügelte meine Fantasie, und so entstand die Idee zu einem neuen Roman um Anki Karlsson und Tryggve Fridman.

Dabei wäre es um ein Haar gar nicht zur Veröffentlichung dieses Buches gekommen. Denn gegen Ende meines Schreibprozesses habe ich meinen Rucksack im Zug liegen lassen. Darin waren sowohl mein Rechner als auch die Sicherungskopie meiner Datei. Die Arbeit mehrerer Monate einfach weg, ich war völlig verzweifelt. 830 Menschen teilten mein Gesuch auf Facebook, Privatpersonen, die an der Zugstrecke wohnten, meldeten sich und versprachen, sich auf die Suche zu machen. Sowohl Polizei als auch Versicherung waren höchst verständnisvoll, Freunde und die Freunde von Freunden engagierten sich. Und nach zwei entsetzlichen Tagen bekam ich eine Mail vom Fundbüro des Stockholmer Hauptbahnhofs, wo ich meinen Rucksack abholen konnte, ohne dass auch nur das geringste bisschen von seinem Inhalt fehlte! Ich möchte allen, die mir so bereitwillig geholfen haben, und besonders diesem einen unbekannten Menschen, der meinen Rucksack gefunden und abgegeben hat, von ganzem Herzen danken.

Christian Larsson und Maria Kleemo haben mir Rede und Antwort gestanden, wo ich Fragen zur Arbeit der Polizei und des Rettungsdienstes hatte. Mari Jansson und Rälg Göran Almegård haben Fakten und Tipps rund um den Segnungsgottesdienst für Trüffel geliefert. Carola Rosengård und Lisa Liljeberg haben während einer lebhaften Diskussion auf Gotska Sandön ihre Erfahrungen und ihr Fachwissen mit mir geteilt.

Elisabeth Sigurdson, du leistest immer ganze Arbeit, wenn es um mein Schreiben geht, diesmal hast du aber sogar noch mehr deiner Zeit aufwenden müssen, nicht wahr? Katja Tydén von Lind & Co, all dein Können, wenn es um Sprache und Handlung geht, ist unersetzlich.

Ein herzliches Dankeschön an alle!

Västerås, im Mai 2016
Marianne Cedervall